职业教育人工智能领域系列教材

人工智能系统管理与维护

组　编　北京博海迪信息科技有限公司

主　编　王小玲　李　季

参　编　刘　俊　李红日　黄　虹　吴　伟

机械工业出版社

本书内容重点介绍了人工智能系统管理与维护的全生命周期流程和典型工作任务，包括初识人工智能系统、人工智能系统基础运行环境搭建、人工智能系统开发环境搭建、人工智能系统模型数据处理、人工智能系统模型训练、人工智能系统模型评估与优化、人工智能系统整体测评、人工智能系统部署以及综合实战。

本书将人工智能伦理道德与人工智能技术深度融合，强化工程伦理教育；并紧密对接华为"1+X"智能计算平台应用开发职业技能等级证书要求，实现书证融通。

本书配有电子课件、素材及源代码、习题、习题答案、拓展案例等立体化教学资源。选用本书作为教材的教师可以从机械工业出版社教育服务网（www.cmpedu.com）免费注册下载，或联系编辑（010-88379543）获取。

图书在版编目（CIP）数据

人工智能系统管理与维护/北京博海迪信息科技有限公司组编；王小玲，李季主编.
—北京：机械工业出版社，2022.11
职业教育人工智能领域系列教材
ISBN 978-7-111-71857-4

Ⅰ．①人… Ⅱ．①北… ②王… ③李… Ⅲ．①人工智能-系统管理-职业教育-教材
②人工智能-维修-职业教育-教材 Ⅳ．①TP18

中国版本图书馆CIP数据核字（2022）第195901号

机械工业出版社（北京市百万庄大街22号 邮政编码100037）
策划编辑：徐梦然　　　　　　责任编辑：徐梦然
责任校对：史静怡 梁 静　　　封面设计：马精明
责任印制：李 昂

北京捷迅佳彩印刷有限公司印刷

2023年3月第1版第1次印刷
184mm×260mm · 15.75印张 · 365千字
标准书号：ISBN 978-7-111-71857-4
定价：49.00元

电话服务　　　　　　　　　　网络服务
客服电话：010-88361066　　　机　工　官　网：www.cmpbook.com
　　　　　010-88379833　　　机　工　官　博：weibo.com/cmp1952
　　　　　010-68326294　　　金　书　网：www.golden-book.com
封底无防伪标均为盗版　　　机工教育服务网：www.cmpedu.com

职业教育人工智能领域系列教材编委会

夏　汛　泸州职业技术学院

何凤梅　温州科技职业学院

倪礼豪　温州科技职业学院

郭洪延　沈阳职业技术学院

张庆彬　石家庄铁路职业技术学院

刘　佳　石家庄铁路职业技术学院

温洪念　石家庄铁路职业技术学院

齐会娟　石家庄铁路职业技术学院

李　季　长春职业技术学院

王小玲　湖南机电职业技术学院

黄　虹　湖南机电职业技术学院

吴　伟　湖南机电职业技术学院

贾　睿　辽宁交通高等专科学校

徐春雨　辽宁交通高等专科学校

于　淼　辽宁交通高等专科学校

柴方艳　黑龙江农业经济职业学院

李永喜　黑龙江生态工程职业学院

王　瑞　黑龙江建筑职业技术学院

鄢长卿　黑龙江农业工程职业学院

向春枝　郑州信息科技职业学院

谷保平　郑州信息科技职业学院

李　敏　荆楚理工学院

丁　勇　昆明文理学院

徐　刚　昆明文理学院

宋月亭　昆明文理学院

陈逸怀　温州城市大学

潘益婷　浙江工贸职业技术学院

钱月钟　浙江工贸职业技术学院

章增优　浙江工贸职业技术学院

马无锡　浙江工贸职业技术学院

周　帅　北京博海迪信息科技有限公司

赵志鹏　机械工业出版社有限公司

前 言

近年来，人工智能（Artificial Intelligence，AI）技术不断发展，其应用场景日益增加，正在深刻影响着诸多领域，如交通、零售、能源、化工、制造、金融、医疗、天文地理、智慧城市等，引起经济结构、社会生活和工作方式的深刻变革，并重塑世界经济发展的新格局。

人工智能技术在全球发展中的重要作用已引起国际范围内的广泛关注和高度重视，多个国家已将人工智能技术提升至关乎国家竞争力、国家安全的重大战略地位，并出台了相关政策和规划，从国家机构、战略部署、资本投入、政策导向、技术研发、人才培养、构建产业链和生态圈等方面集中发力，力求在未来全球竞争中抢占制高点。

人工智能技术及产业的蓬勃发展必然带来对人工智能人才的迫切需求，尤其是对实用型、创新型、复合型人才的需求。但现在，我国人工智能领域的高端人才尤为紧缺，培养高质量人工智能人才成为当前社会的重要任务之一。因此，北京博海迪信息科技有限公司组织多所职业院校老师，编写了职业教育人工智能领域系列教材，以期推动人工智能人才的培养。

1. 教材结构

本书由 9 个项目组成。

项目 1 为初识人工智能系统，主要对人工智能系统的定义、典型构成及其管理与维护中的主要工作过程等内容进行总体介绍。学生通过学习对人工智能系统有初步了解，对人工智能系统管理与维护有一定的认识。

项目 2 为人工智能系统基础运行环境搭建，主要介绍系统启动盘的制作、虚拟机安装、Ubuntu 系统安装、云服务器的购买配置和 GPU 环境搭建，让学生掌握搭建人工智能系统基础运行环境的实用技能，最后通过技能实训介绍 Ubuntu 系统中操作文件的常用命令，让学生学以致用。

项目 3 为人工智能系统开发环境搭建，主要对 Windows 和 Linux 操作系统下安装配置人工智能系统开发环境进行介绍，让学生掌握搭建人工智能系统开发环境的实用技能，通过技能实训介绍 Anaconda 虚拟环境的管理过程，对学生强化训练。

项目 4 为人工智能系统模型数据处理，主要对人工智能系统模型数据处理的主要工作过程进行讲解，包括数据获取、数据清洗、数据标注和数据增强。本书遵循理论知识和实训实操相结合的原则，便于学生明确数据处理的意义及知识脉络。

项目 5 为人工智能系统模型训练，主要对人工智能模型训练主要工作过程进行介绍，以实际案例和实训项目讲解人工智能模型训练的完整过程，重点实现了 LeNet-5 卷积神经网络，让学生可以搭建属于自己的神经网络。

项目 6 为人工智能系统模型评估与优化，主要对人工智能模型评估与优化的主要工作过程进行介绍，结合技能实训，让学生体会模型不断优化的过程，在开发过程中融入追求极致的迭代优化精神。

项目 7 为人工智能系统整体测评，主要对人工智能整体测评的主要工作过程进行介绍，以实际案例和实训项目讲解 pytest 测试框架安装与使用以及使用 pytest_html 生 HTML 格式测试报告，让学生切身体验更多自动测试开发技术。

项目 8 为人工智能系统部署，主要对在物理服务环境、虚拟机环境以及云服务环境下部署 Django 项目进行介绍，让学生建立产品服务意识。

项目 9 为综合实战，主要整合前面所讲的相关技术，形成一个完整的综合实战项目，帮助学生对人工智能系统管理与维护工作有全面和系统化的认识，并能将所学的人工智能技术应用到实际项目中。

2．教材特色

特色 1：产教融合。北京博海迪信息科技有限公司与院校深度合作，充分整合企业项目案例资源，由浅入深、循环迭代贯穿人工智能典型工作任务，注重体现人工智能技术的实用价值。

特色 2：课证融通。紧密对接华为"1+X"智能计算平台应用开发职业技能等级标准证书中要求，在每个项目的技能实训环节均创设实训任务情境，并明确职业技能目标，以任务和目标导向，建立实现课证融通的有效路径。

特色 3：德技并修。将人工智能伦理道德与人工智能技术深度融合，强化工程伦理教育。在技能提升的同时，将社会主义核心价值观以及迭代优化、精益求精等职业精神贯穿始终，并设置考核评价环节。每个项目设置"视野拓展"环节，系统化介绍中国在人工智能发展浪潮中做出的创新实践，让学生树立"科技兴国、科技强国、科技报国"的使命感。

特色 4：主线清晰。结合人工智能领域的热点问题，将人工智能技术分解成易于教学的知识单元，较为系统地总结和归纳了人工智能系统管理与维护的全生命周期流程和典型工作任务所需要的核心知识与技能。本书紧扣这条主线进行讲解，包括人工智能系统所需运行环境及开发环境搭建、人工智能模型数据处理、人工智能模型训练、人工智能模型评估与优化、人工智能系统整体测评与部署以及综合项目实战等内容。

特色 5：讲练结合。对重要知识点讲解后都有对应的代码演练小案例，让学生即学即用，以案例形式夯实知识基础；本书每个项目都设置综合技能实训环节，复刻企业真实项目情境，强化工程实践能力，配套丰富的线上＋线下立体化教学资源，拓展学习渠道。

3．编写团队

本书由王小玲、李季主编，刘俊、李红日、黄虹、吴伟参与了编写。

在本书的编写过程中，编者参考了大量与人工智能技术相关的网站资料、行业标准、书籍文献，以供教学使用，与资料相关的著作权均属于原创作者，在此向他们表示深深的谢意！

尽管我们在编写过程中力求准确、完善，限于编者的经验和水平，书中难免有疏漏之处，恳请广大读者、专家批评指正。

编　者

二维码索引

（续）

目 录

01 项目 1
初识人工智能系统

　　人工智能（Artificial Intelligence，AI）是当前全球最热门的话题之一，是引领世界未来科技发展和生活方式转变的风向标。2017 年 7 月 8 日，国务院印发《新一代人工智能发展规划》，以新一代人工智能技术的产业化和集成应用为重点，以加快人工智能与实体经济融合为主线，着力推动人工智能技术、产业全面健康发展。我国的人工智能产业发展迅猛，生产生活中随处可见人工智能技术的身影，如自动驾驶系统、人脸考勤管理系统等，人工智能的发展已经从学术探究导向转变为快速迭代的实践应用导向。

知识导航

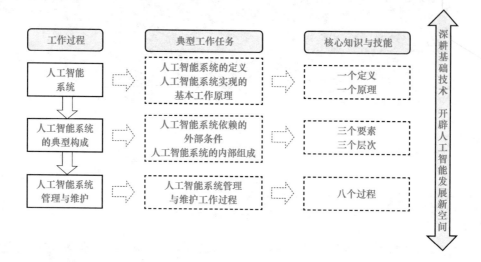

知识储备

1.1 人工智能系统

　　人工智能系统的理论前身为 20 世纪 60 年代末由斯坦福大学提出的机器人操作系统，该系统除了具备通用操作系统的所有功能，还包括语音识别、机器视觉、执行器系统和认知行为等功能。随着人工智能技术的不断更迭，其应用领域不断扩大。其中，作为人工智能最具前景的应用之一，自动驾驶系统就是一套比较完善且复杂的人工智能系统。自动驾驶软件系统包括车辆大数据系统、道路与交通大数据系统、环境感知系统、导航系统以及驾驶与执行系统，而自动驾驶硬件系统主要由自动驾驶计算机、信号通信模块、定位模块、感知模块、供电模块、辅助避障模块、执行和制动模块等组成，如图 1-1 所示。

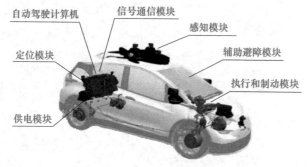

图 1-1　自动驾驶硬件系统

　　自动驾驶系统是比较复杂的人工智能系统，涉及的人工智能软件、硬件技术非常多。图 1-2 所示的考勤管理软件系统也是一个功能相对简单的人工智能系统，通过人脸注册，形成人脸数据库，之后通过人脸识别进行日常考勤管理。

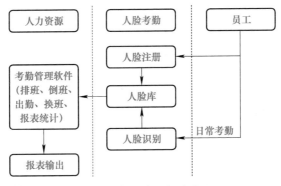

图 1-2　考勤管理软件系统

1.1.1　人工智能系统的定义

人工智能系统从宏观上可以概括为由输入系统（传感器、探测器等）、网络系统、处理系统（语音识别、图像识别、自然语言处理等）、决策系统、输出系统等组成，具有智能化的，可以代替人完成重复性、复杂繁重工作的自动化处理系统，如图 1-3 所示。输入系统通过传感器或者探测器等多种方式获取数据；网络系统负责整个系统数据的传输；处理系统根据规则、算法、模型对输入数据进行处理；决策系统根据处理后的数据进行决策分析，把相关指令传递给输出系统，执行相关的操作，如操作机械臂移动、打开闸机等。

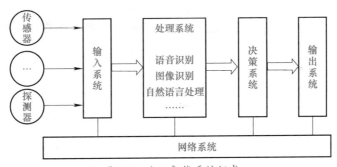

图 1-3　人工智能系统组成

思考

请结合实际情况，说一说我们实际生活中，哪些场景用到了人工智能技术，简单描述其系统组成。

1.1.2　人工智能系统实现的基本工作原理

人工智能是利用数字计算机或者数字计算机控制的机器模拟、延伸和扩展人的智能，感知环境、获取知识并使用知识获得最佳结果的理论、方法、技术及应用系统。人工智能系统应能借助传感器等器件产生对外界环境（包括人类）进行感知的能力，可以像人一样通过听觉、视觉、触觉等接收来自环境的各种数据。包括语音、图像、文字等。对数据进行处理后，产生必要的反应，甚至影响环境或人类。例如，利用人工智能系统可以完成汽车驾驶、人脸解锁、智能客服等任务。那么人工智能系统具体是如何工作的？如图1-4所示，首先人工智能系统会接收外部的语音、图像、文字等数据，然后通过运用各种数据规则和算法来处理数据，对输入数据进行解释、预测和处理后，人工智能系统会输出目标结果，然后通过分析、发现和反馈的方法对结果进行评估，最后人工智能系统根据评估结果来调整输入数据、数据规则和算法，直至达到预期的结果。

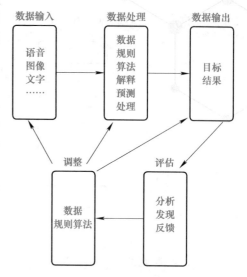

图1-4　人工智能系统基本工作原理

1.2　人工智能系统的典型构成

人工智能技术从诞生以来，受到智能算法、计算速度、存储能力、数据训练等多方面因素的制约，理论和技术发展经历了多次崛起和低谷。人工智能系统发展从原来的CPU架构，逐步转变为GPU并行计算架构；从封闭的单机系统，转变为使用灵活的开源框架；从学术探究导向，转变为快速迭代的实践应用导向的发展。人工智能理论和技术不断更迭，应用领域也不断扩大，人工智能与工业、农业、医疗、金融、教育、家居等领域紧密结合，开发出各种各样的人工智能系统，给行业带来巨大变化。

1.2　人工智能系统的典型构成

1.2.1　人工智能系统依赖的外部条件

人工智能的核心要素包括算法、算力和数据。其中，算法是人工智能的灵魂；算力就是计算机的超级计算能力，是人工智能发展的保障；数据就是大数据，是人工智能发展的基础。三者相辅相成。

1．算法

算法是实现人工智能的根本途径，是挖掘数据智能的有效方法。当前，机器学习算法是主流算法，它是从数据分析中获得规律，并利用规律对未知数据进行预测的算法。机器学习算法主要分为传统的机器学习算法和神经网络算法。神经网络算法快速发展，作为其分支的深度学习算法的发展于近几年达到了高潮。大量的算法（如计算机视觉、卷积神经网络等）研究成果为深度学习提供充分的理论支撑。

2．算力

让人工智能进一步产业化、变得更"聪明"，算力尤其重要。计算机硬件的飞速发展，特别是计算机图形处理（GPU）的出现，为深度学习提供了算力保障，使得训练大规模网络计算成为可能。

算力就是设备的计算能力，也被称作计算力。小至手机、PC，大到超级计算机，算力存在于各种硬件设备。算力为人工智能提供了基本的计算能力的支撑。

3．数据

要检验一个算法的好坏，就需要用有关的数据集进行实验。大规模数据（如 ImageNet）为深度学习提供了必要的模型训练数据。

在计算机视觉技术发展过程中，开源数据集起到了良好的助推作用，开源数据集为科研人员提供了公平的算法测试平台，具有代表性的开源数据集有 MNIST、Fashion-MNIST、CIFAR-10、CIFAR-100、ImageNet、Pascal VOC、MS COCO、LFW 等。

> **提示**
>
> 目前我国的神威太湖之光是世界运算速度排前十位的超级计算机，峰值性能达每秒 12.5 亿亿次，运算速度相当于普通家用计算机的 200 万倍，神威太湖之光 1 分钟的运算量需要全球 72 亿人用计算器不间断运算 32 年，该系统全部使用我国自主知识产权的处理器芯片。

1.2.2　人工智能系统的内部组成

人工智能系统的设计核心是以人为本，按照人类设定的程序逻辑或软件算法，借助人类发明的芯片等硬件载体来运行或工作，其本质体现为计算，通过对数据的收集、理解、处理，形成有价值的算法模型，来为人类提供延伸人类能力的应用服务，模拟人类期望的一些"智能行为"。人工智能系统的内部组成可以抽象为基础层、技术层和应用层 3 层架构。基础层主要是准备硬件计算资源和数据收集处理；技术层是为满足特定应用需求而提供合适的算法、模型和技术；应用层是聚焦人工智能模型和各行业相结合的具体应用，如图 1-5 所示。

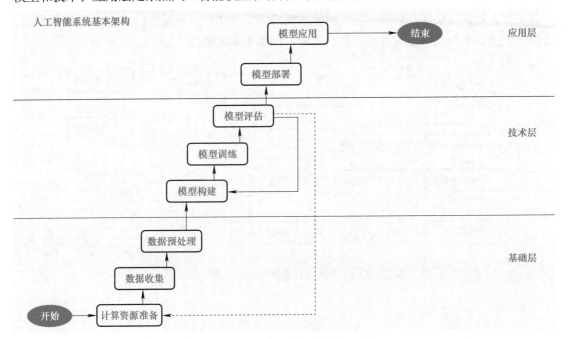

图 1-5　人工智能系统的内部组成

基础层主要为计算资源准备、数据收集和数据预处理。计算资源准备是根据系统应用需求选择合适的硬件资源，如 CPU 或者 GPU、本地或者云资源等。数据一般是通过智能设备、传感器、物联网、互联网等方式收集的，收集到的人工智能应用相关的原始数据的数量和质量，直接决定人工智能的落地程度。数据预处理是指获取到原始数据之后，分析数据里面有什么内容、数据准确性如何。例如，在自动驾驶系统中收集的各种图像中，需要提取出包含红绿灯、交通指示牌等图像，原始数据可能会有环境影响或者干扰因素，为了保证预测数据的准确性和有效性，需要将其转换成为有意义的数据，以作为机器学习算法的可靠数据。例如，调整图像亮度、对比度等方式。

技术层主要完成模型构建、模型训练和模型评估。根据系统应用需求，构建合适的模型结构（如神经网络模型等），对于神经网络模型构建，可以将其理解为搭积木的过程。模型训练是基于输入数据和模型结构，寻找一组使得损失函数取值最小（在训练集上）的模型参数。模型评估是模型开发过程中不可或缺的一部分，通过各种指标的计算与分析，有助于发现表达数据的最佳模型和所选模型将来工作的性能如何。根据模型评估的结果，如果模型不能满足要求，可能是模型选择不恰当，或者是数据质量不高，需要重新构建模型或者重新收集数据，对模型进行不断的训练调优，以达到更好的效果。

应用层是指模型部署和模型应用，将模型部署到实际应用场景中形成完整的人工智能系统。

1.3　人工智能系统管理与维护的主要工作过程

在人工智能系统管理与维护的过程中，主要经过硬件环境评估、基础环境搭建、开发环境搭建、数据预处理、模型构建与训练、模型评估与优化、系统测评、系统部署等环节，才能最终确保系统正常运行及满足客户需求，如图 1-6 所示。

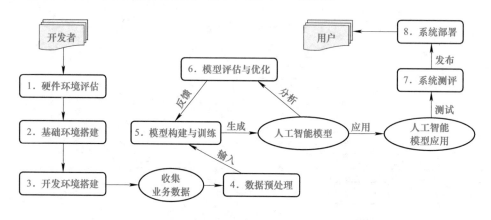

图 1-6　人工智能系统管理与维护主要工作过程

1. 硬件环境评估

人工智能系统在前期研发过程中需要处理大量数据，同时模型训练非常依赖计算算力，所以对硬件环境具有较高要求。为了提高研发效率和生产效率，在人工智能系统开发之前，至少需要充分评估设备性能、网络资源、存储资源，以保障硬件环境满足应用需要。

在 CPU 和 GPU 笔记本计算机中运行同一段人工智能卷积神经网络模型训练代码，CPU 与 GPU 的性能对比分析见表 1-1，可明显看到二者的表现差异，从而看出算力的重要性。

表 1-1　CPU 与 GPU 的性能对比分析

比 较 维 度	CPU	GPU
型号	笔记本计算机，Windows 10 Core i5、16G	笔记本计算机，Windows 10 GTX 1050Ti、4G
处理器 / 显示适配器	∨ □ 处理器 　□ Intel(R) Core(TM) i5-7200U CPU @ 2.50GHz 　□ Intel(R) Core(TM) i5-7200U CPU @ 2.50GHz 　□ Intel(R) Core(TM) i5-7200U CPU @ 2.50GHz 　□ Intel(R) Core(TM) i5-7200U CPU @ 2.50GHz	∨ □ 显示适配器 　□ Intel(R) UHD Graphics 630 　□ NVIDIA GeForce GTX 1050 Ti
测试源码	MNIST 分类官网示例程序 源码地址：https://keras.io/examples/vision/mnist_convnet/	MNIST 分类官网示例程序 源码地址：https://keras.io/examples/vision/mnist_convnet/
CPU 占用	17%	26%
耗费时间	约 375s	约 33s

人工智能对计算机的配置要求是比较高的，如果是处于学习应用阶段，一般需要八代酷睿 i5 或三代锐龙 R5 以上处理器、16G 以上内存、GTX1060 以上独立显卡。如果是准备采用人工智能技术进行开发的企业，可以利用现有数据中心的"空闲时段"来运行人工智能工作负载，还可以通过单个"空闲"服务器、工作站节点、小型集群、云服务器等方式来解决硬件算力不足等问题。

2．基础环境搭建

基于业务的需求，人工智能系统可能运行在 Ubuntu、Windows、macOS 和 Raspberry Pi（树莓派）等不同的操作系统中，同时支持 CPU、GPU 和 TPU，能够部署在云端或本地。因此需要开发人员或运维人员掌握不同操作系统的管理与维护方法。

3．开发环境搭建

任何软件系统都会对运行环境和开发环境有一定要求，人工智能系统也不例外。Python、Anaconda、TensorFlow 等是人工智能系统最基本的开发环境。当出现开发工具软件版本不匹配或者缺少依赖库时，都可能会造成系统无法运行。因此要求开发人员或运维人员掌握不同操作系统下开发工具的安装与调试方法，实现快速开发。在搭建或使用人工智能开发系统的过程中，对操作系统、工具软件安装过程的常见异常进行分析与处理也非常重要。

4．数据预处理

人工智能系统研发的首要阶段就是数据处理，既然是数据处理，那么需要有数据才能处理。数据作为人工智能系统的首要材料之一，是不可或缺的。获得良好的数据，是处理好数据的第一步，没有质量保证的数据，无论如何处理，也很难达到数据处理结果的要求。之所以要做数据预处理，是因为提供的数据集往往很少是可以直接拿来使用的。例如，人脸识别预处理，原始图片由于受到各种条件的限制和随机干扰，往往不能直接使用，必须进行灰度校正、噪声过滤等预处理，在图像中准确标出人脸的位置和大小。人工智能系统模型训练的前提是导入数据，能够训练的数据是需要经过处理后才能得到的。数据预处理包括数据获取、数据清洗、数据标注、数据增强等过程。

5．模型构建与训练

人工智能系统模型训练主要是根据选择的模型，构建出对应模型结构并进行训练。熟悉一两种主流深度学习框架是很有必要的。如果选择深度学习算法框架 TensorFlow 和高阶 API-Keras，需要掌握 TensorFlow 基本操作，基于 TensorFlow 和 Keras 构建模型，并对模型进行训练。

模型训练十分考验算法工程师的实战经验，例如，选择什么样的主干模型，进行什么样的微调，以及选择什么样的损失函数和优化方法，是否进行多阶段训练，是否对图像数据进行多尺度训练，进行多大数据量的采样，如何提高训练的速度等，而这些都和具体的设备类型和业务问题相关。有经验的训练人员在训练模型的时候，一般先采取小批量数据进行训练，目的是检验模型的优劣，然后再根据检验情况进行下一步操作。当确定模型没有问题了，再加载大批量的数据训练。

6．模型评估与优化

模型的质量直接影响接下来的模型应用效果，对模型的评估至关重要，只有选择与问题匹配的评估方法，有针对性地选择合适的评估指标、根据评估指标的反馈进行模型的调整，快速地发现模型选择或训练过程中出现的问题，对模型进行迭代优化。

在人工智能系统模型训练前，应定义几个关键评估指标来评估模型性能和效果。评估模型精度，可以调用 Matplotlib 绘制图形来直观展示。如果要评估训练集和验证集的划分效果，常用的方法有留出法、交叉验证法、自助法、模型调参等。如果是过拟合，则可通过引入正则化项来抑制；如果单个模型效果不佳，可以集成多个学习器通过一定策略结合。可以使用更多的数据、不同的特征或调整过的参数来提升模型的性能表现，对模型进行适当优化，直到达到预期效果。

7．系统测评

人工智能系统对算力、GPU、服务器、硬件传感器、机器人设备等硬件设施有一定性能要求，而数据集质量、代码质量以及算法功能和性能等也是人工智能系统需要关注的指标。评估系统是否满足用户需求，可采用软件测试方法和步骤对系统进行整体测试。人工智能系统测评除了采用以上方法，还需要关注人工智能系统的评估指标。Python 提供了 doctest、unittest、nose、pytest 等测评框架，用于测评人工智能系统的每个子系统或者模块的功能和性能。通过需求阶段的测评、设计阶段的测评、实现阶段的测评、运行阶段的测评、维护阶段的测评等全周期测评，保证人工智能系统能满足质量要求。

8．系统部署

人工智能系统正式投产使用前，除了完成系统测评，还应在生产环境下完成应用部署，部署是系统向客户交付前的最后一步，十分重要。按部署的设备不同，大概可以分为 Server 端（服务器）、PC 端（个人计算机）、Mobile 端（移动设备：iOS，Android）、IoT 端（传感器、板卡）等。其中，Server 端（服务器）部署可以将系统功能实现的核心部分集中到服务器上，可简化系统的开发、维护和使用过程，本书重点介绍该内容。按部署软环境不同，大概可以分为物理环境、云服务环境、VMware 虚拟服务环境等。

思考

观察我们生活中，你都使用过哪些人工智能系统？简单分析它们的开发实现过程。

视野拓展　深耕基础技术，开辟人工智能发展新空间

如今，我国人工智能产业发展取得了显著成效，图像识别、语音识别等技术创新应用进入了世界先进行列，核心产业规模持续增长，已经形成覆盖基础层、技术层和应用层的完整产业链和应用生态。目前，我国的人工智能企业部分还处在各自为营的态势，还未完全形成产业分工。在底层基础构建方面，百度、阿里巴巴、腾讯、华为等企业依托自身数据、算法、技术和服务器优势，为行业链条的各企业提供基础资源支持；而以科大讯飞、旷视科技为代表的企业将主要以计算机视觉和语音识别为方向；在硬件方面则有地平线机器人、华为、小米等企业深入研发。在未来整个人工智能行业有望形成一个产业分工、合作大于竞争的局面。

国家依托百度、阿里巴巴、腾讯、华为、科大讯飞等企业，建设自动驾驶、医疗影像、智能语音、智能视觉等国家级新一代人工智能开放创新平台。

1）百度 AI 开放平台。拥有建立在超大规模神经网络、万亿级参数、千亿级样本上的人工智能算法；依托数十万服务器和我国最大 GPU 集群的计算能力，提供端到端软硬一体的应用，开放 Apollo、DuerOS、百度智能云，超过 190 万的开发者正在使用。

2）阿里 AliGenie 开放平台。AliGenie 将阿里巴巴的底层技术、算法引擎、云端服务和软硬件标准系统进行输出，赋能开发者，为开发者带去更多可能。该平台提供语音交互技术、自然语言处理能力、云服务系统、开发工具包和一站式软硬及量化标准。

3）腾讯优图 AI 开放平台。腾讯旗下拥有顶级的机器学习研发团队，专注于图像处理、模式识别、深度学习。在人脸识别、图像识别、医疗 AI、交通、OCR 等领域积累了领先的技术和完整的解决方案。

4）华为 HiAI 能力开放平台。华为发布面向智能终端的 AI 能力开放平台 HUAWEI HiAI 3.0，支持多终端共享 AI 算力，端侧 AI 正式走向分布式 AI。随着端侧 AI 向分布式 AI 演进，多终端的资源与算力共享，将大幅拓宽端侧 AI 应用场景，进一步赋能开发者，实现更多智慧创新，为消费者带来极致体验。

5）讯飞开放平台。基于科大讯飞人工智能技术、向开发者提供语音识别、语音合成等语音技术，支持中文、英语、粤语等40多种语种语音文字互转。

项目小结

人工智能时代已经来临，随着各种各样的应用落地，它将越来越多地改变我们的工作、学习、生活和思考模式。本项目主要学习了人工智能系统的定义、典型构成及其管理与维护工作过程等内容，使读者对人工智能系统有了初步的印象，对管理与维护人工智能系统有一定的思考。

02 项目 2
人工智能系统基础运行环境搭建

  2016 年，人工智能 AlphaGo 战胜世界著名围棋九段选手李世石，世人首次感受到人工智能的强大和前所未有的危机。各大 IT 企业纷纷布局人工智能，准备开启新一轮的产业革命，从底层基础运行环境构建到人工智能行业应用，并逐步形成人工智能的生态链。本项目主要讲解 U 盘启动盘的制作、通过 Ubuntu 的 Linux 系统安装来搭建物理服务环境，云服务环境搭建与配置、虚拟服务搭建与配置、GPU 环境配置等技术，从服务器、GPU 等维度构建人工智能系统的基础运行环境，以及运行环境异常检测与处理。

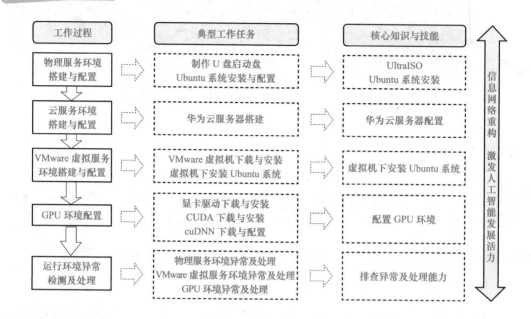

知识储备

2.1 物理服务环境搭建与配置

2.1 物理服务环境搭建与配置

物理服务环境搭建是指在人工智能系统开发前，在独立服务器（实体机）中搭建运行环境（操作系统），以确保系统开发工作能正常开展。Ubuntu 是一个以桌面应用为主的 Linux 操作系统，作为 Linux 发行版中的后起之秀，Ubuntu 系统在很短的时间内成为当今最流行的 Linux 操作系统之一。本节主要介绍制作 U 盘启动盘和 Ubuntu 系统安装及配置。

2.1.1 制作 U 盘启动盘

U 盘是存储和传递数据文件的重要设备，而 U 盘还可以制作成系统启动盘，用来修复和重装操作系统。

1. 启动盘

启动盘又称紧急启动盘或安装启动盘，主要用来在操作系统崩溃时进行修复或者重装系统。早期的启动盘主要载体是光盘或软盘，现在主要是用 U 盘和移动硬盘制作系统启动盘。

2. 制作 U 盘启动盘的工具

制作 U 盘启动盘的工具软件有 UltraISO、大白菜、老毛桃等。本书选用 UltraISO 制作软件。UltraISO 软件是一款功能强大而又方便实用的光盘映像文件制作、编辑、转换工具，它可以处理 ISO 文件的启动信息，从而制作可引导光盘或 U 盘。

3．制作 U 盘启动盘

需要准备 4G 及以上并且格式化的 U 盘 1 个。本书讲解为 Ubuntu 16.04 64 位操作系统制作 U 盘启动盘并安装 Ubuntu 系统。

1）进入 UltraISO 官网，单击"免费下载试用"按钮下载 uiso9_cn.exe 安装文件，如图 2-1 所示。

图 2-1　下载 UltraISO 软件

2）双击下载的 uiso9_cn.exe 安装文件，按照操作指引完成安装。安装 UltraISO 过程如图 2-2 所示。

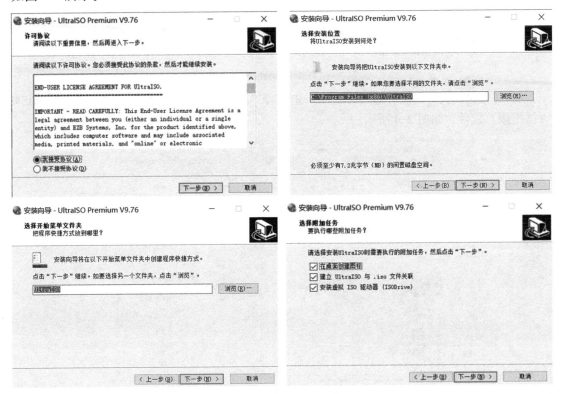

图 2-2　安装 UltraISO 过程

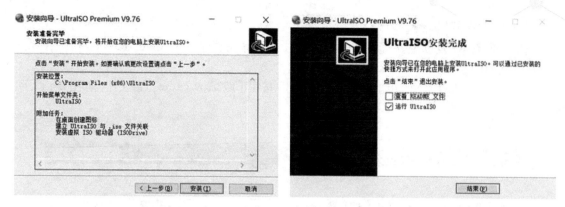

图 2-2　安装 UltraISO 过程（续）

3）下载 Ubuntu 操作系统镜像文件。打开阿里云镜像文件下载地址 http://mirrors.aliyun.com/ubuntu-releases/16.04/，选择 ubuntu-16.04.7-desktop-amd64.iso 版本进行下载，如图 2-3 所示。

ubuntu-16.04.6-server-i386.iso.torrent	33.0 KB	2019-02-28 11:52
ubuntu-16.04.6-server-i386.iso.zsync	45.0 B	2019-02-28 11:52
ubuntu-16.04.6-server-i386.jigdo	41.0 B	2019-02-28 11:52
ubuntu-16.04.6-server-i386.list	40.0 B	2019-02-28 11:52
ubuntu-16.04.6-server-i386.manifest	44.0 B	2019-02-28 11:52
ubuntu-16.04.6-server-i386.metalink	48.1 KB	2019-03-01 12:54
ubuntu-16.04.6-server-i386.template	44.0 B	2019-02-28 11:52
ubuntu-16.04.7-desktop-amd64.iso	41.0 B	2020-08-13 11:44
ubuntu-16.04.7-desktop-amd64.iso.torrent	126.9 KB	2020-08-13 11:44
ubuntu-16.04.7-desktop-amd64.iso.zsync	47.0 B	2020-08-13 11:44
ubuntu-16.04.7-desktop-amd64.list	42.0 B	2020-08-13 11:44
ubuntu-16.04.7-desktop-amd64.manifest	46.0 B	2020-08-13 11:44
ubuntu-16.04.7-server-amd64.iso	40.0 B	2020-08-14 12:00
ubuntu-16.04.7-server-amd64.iso.torrent	69.1 KB	2020-08-14 12:00

图 2-3　下载 Ubuntu 镜像文件

4）在桌面找到 UltraISO 软件图标，右击选择"以管理员身份运行"方式，打开 UltraISO（试用版）软件，如图 2-4 所示。

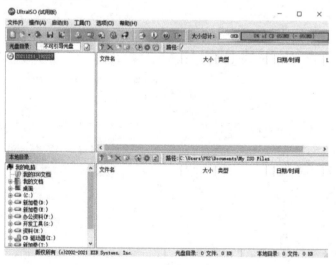

图 2-4　运行 UltraISO

5）选择"文件"→"打开 ..."命令，选择下载的 ubuntu-16.04.7-desktop-arm64.iso 文件，如图 2-5 所示。单击"打开"按钮，打开镜像文件，如图 2-6 所示。

图 2-5　选择 Ubuntu 镜像文件　　　　　　图 2-6　打开 Ubuntu 镜像文件

6）在 UltraISO 窗口中选择"启动"→"写入硬盘映像"命令，如图 2-7 所示，进入写入硬盘映像窗口。

7）在写入硬盘映像窗口中设置写入方式为"USB-HDD+"，单击"写入"按钮，开始把镜像文件写入到 U 盘中，如图 2-8 所示。等待几分钟，U 盘启动盘就制作完毕。

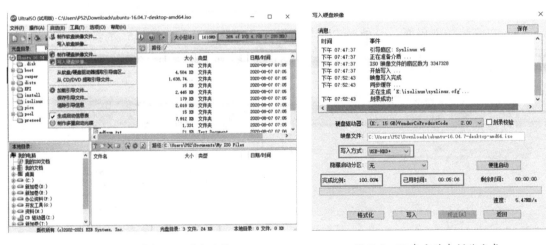

图 2-7　选择写入硬盘映像　　　　　　图 2-8　U 盘启动盘制作完成

2.1.2　Ubuntu 系统安装与配置

系统安装

1）设置计算机 USB 启动。将制作好的 U 盘启动盘插入计算机 USB 接口，重启计算机，按 <F12> 键进入 BIOS 启动选项菜单设置界面，如图 2-9 所示，选择第三行"USB HDD"，即从 U 盘启动，按 <Enter> 键进入系统安装界面。注意：不同计算机设置 U 盘启动的方式不一致，按照对应提示操作。

图 2-9 设置 USB 启动

2）在欢迎界面左侧选择"中文（简体）"语言，单击"继续"按钮，如图 2-10 所示。

3）在准备安装 Ubuntu 界面，不用勾选下载更新和第三方软件的相关选项，单击"继续"按钮，如图 2-11 所示。

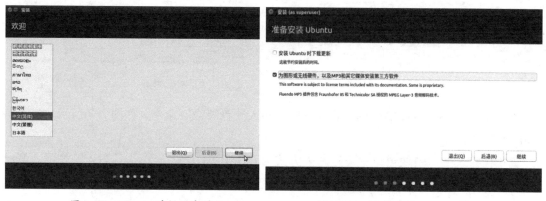

图 2-10 Ubuntu 选择语言界面   图 2-11 准备安装 Ubuntu 界面

4）在安装类型界面，一种模式是与原操作系统共存，另一种模式是安装一个全新的 Ubuntu 系统。本书选择与原操作系统共存，如图 2-12 所示。单击"继续"按钮。

5）设置 /boot 挂载点，用来存放系统引导的挂载点，如图 2-13 所示。

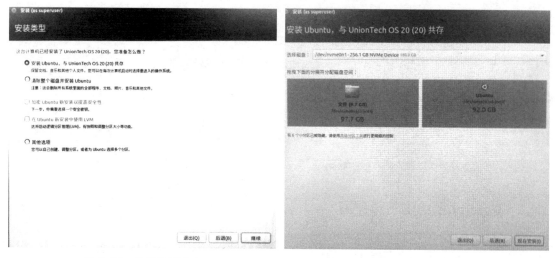

图 2-12 安装类型界面   图 2-13 设置挂载点

6）单击"现在安装"按钮，弹出对话框，告知"在您选择一个新的分区大小之前，程序必须把之前的修改内容都写入磁盘，您不能撤销此操作"，如图 2-14 所示。

7）单击"继续"按钮，弹出对话框，告知分区信息被格式化，如图 2-15 所示。

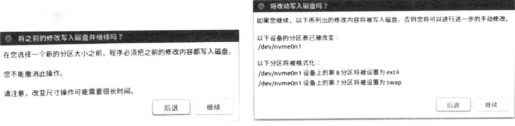

图 2-14　询问对话框　　　　　　　　　　　　　　图 2-15　分区信息

8）区域选择 Shanghai，单击"继续"按钮。

9）键盘布局选择"汉语"，单击"继续"按钮，如图 2-16 所示。

图 2-16　选择键盘布局

10）设置 Ubuntu 系统登录的用户名和密码，设置成功后单击"继续"按钮，如图 2-17 所示。

11）等待大约 3 ～ 5 分钟，系统安装完毕，如图 2-18 所示。

图 2-17　设置用户名和密码　　　　　　　　　图 2-18　安装 Ubuntu 系统

12）系统安装完成，重启系统即可使用，单击"现在重启"按钮，如图 2-19 所示。

图 2-19　系统安装成功

2.2 云服务环境搭建与配置

云服务器是一种云服务商提供付费功能的虚拟化服务器，是目前常用的一种服务模式。

2.2 云服务环境搭建与配置

2.2.1 云服务器介绍

云服务器又叫云计算服务器或云主机，使用了云计算技术，整合了数据中心三大核心要素，即计算、网络与存储。云服务器基于集群服务器技术，是一种类似VPS服务器（Virtual Private Server，虚拟专用服务器）的虚拟化技术，虚拟出多个类似独立服务器的部分，采用集中的管理与监控，确保业务稳定可靠。云服务器的硬件可以根据需要灵活配置与扩展，如CPU、内存、SSD数据盘等。云服务器在使用时需要购买，支持月付、年付等，具有灵活的计费方式，无须押金，可按需弹性扩容，只需为使用的存储能力、计算能力与资源支付费用，不会造成资源的浪费。

2.2.2 云服务器搭建与配置

国内的云计算行业市场充斥着各种云服务商，用户将业务部署和迁移到云端，就需要选择云服务商。我国的云服务商有阿里云、华为云、腾讯云、百度智能云等。本书以华为云为例来介绍云服务器的搭建与配置。

1）登录华为云官网 https://www.huaweicloud.com，输入账号和密码登录（如果没有华为云账号则需要注册账号），如图2-20所示。

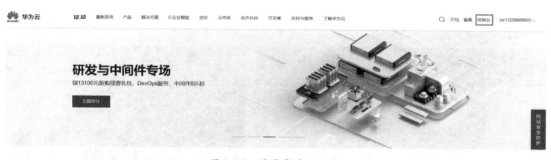

图2-20 登录华为云网站

除了华为云服务商，还有哪些云服务提供商，它们各自的优势有哪些？

2）单击右上角"控制台"，进入华为云控制台页面，如图2-21所示。

3）单击"弹性云服务器ECS"，进入弹性云服务器界面，如图2-22所示。

4）单击右上角"购买弹性云服务器"按钮开始配置云服务器，根据自己业务的实际情况选择相关的计费模式、区域、可用区、CPU架构和规格，如图2-23所示。镜像选择需要的Ubuntu系统版本，主机安全和系统盘类型大小选项使用默认，基础配置完成后，如图2-24所示，单击右下角"下一步 网络配置"按钮进入网络配置页面。

图 2-21　华为云控制台

图 2-22　购买弹性云服务器

图 2-23　基础配置 1

图 2-24　基础配置 2

5）网络配置。网络选择系统默认选项，弹性公网 IP 选择"现在购买"（如果不购买，将影响后面的远程登录），宽带大小根据实际需求来选择，如图 2-25 所示。配置完成后单击右下角"下一步 高级配置"按钮进入高级配置页面。

6）高级配置。可以自定义云服务器名称，设置远程登录服务器密码，如图 2-26 所示。配置好后单击右下角"下一步 确认配置"按钮，进入确认配置页面。

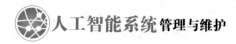

图 2-25　网络配置

图 2-26　高级配置

7）确认配置。确认所有配置及费用后，勾选"我已经阅读并同意《镜像免责声明》"，如图 2-27 所示。支付完毕后进入已购买服务器界面。

图 2-27 确认配置

8）已购服务器列表如图 2-28 所示。

图 2-28 已购服务器列表

9）单击"远程登录"，输入账号 root 和设置的密码，登录后，如图 2-29 所示，表示购买服务器成功。

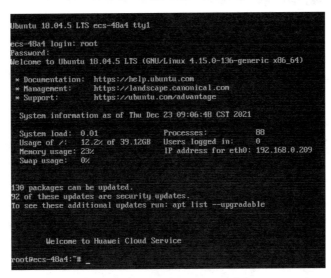

图 2-29 远程登录 Ubuntu 系统

2.3 VMware 虚拟服务环境搭建与配置

虚拟机（Virtual Machine）指通过软件模拟的、具有完整硬件系

2.3 VMware 虚拟服务
环境搭建与配置

统功能的、运行在一个完全隔离环境中的计算机系统。在实体计算机中能够完成的工作，在虚拟机中都能够实现。在计算机中创建虚拟机时，需要将实体机的部分硬盘和内存容量作为虚拟机的硬盘和内存容量，每个虚拟机都有独立的 CMOS、硬盘和操作系统，可以像使用实体机一样对虚拟机进行操作。

VMware 虚拟机软件是一个"虚拟 PC"软件，它可以在一台机器上同时运行两个或更多操作系统，如 Windows、Linux。

2.3.1 VMware 虚拟机下载及安装

1. VMware 下载

1）进入网址 https://www.vmware.com/cn.html，如图 2-30 所示，单击"工作空间"菜单，之后再单击"Workstation Pro"子菜单。

图 2-30 选择 Workstation Pro

2）单击"下载试用版"链接，如图 2-31 所示。

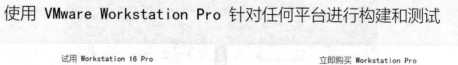

图 2-31 下载虚拟机安装包

3）在弹出的页面中，可以选择虚拟机的版本，本书选择 Windows 版的虚拟机，找到对应的"DOWNLOAD NOW"链接，下载 VMware-workstation-full-16.2.1-18811642.exe 虚拟机安装文件，如图 2-32 所示。

图 2-32　下载 VMware

2．安装

1）双击运行下载的 VMware 安装文件，进入安装向导页面，单击"下一步"按钮，如图 2-33 所示。

2）勾选"我接受许可协议中的条款（A）"，单击"下一步"按钮，如图 2-34 所示。

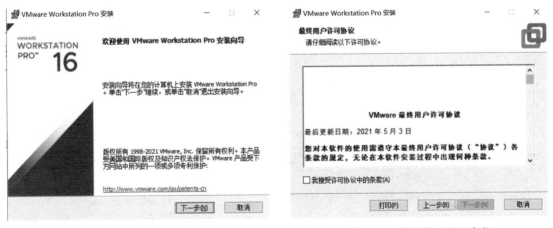

图 2-33　安装欢迎界面　　　　　　　　　　图 2-34　选择许可协议条款

3）设置安装路径，单击"确定"按钮，如图 2-35 所示。

4）勾选"将 VMware Workstation 控制台工具添加到系统 PATH"，单击"下一步"按钮，如图 2-36 所示。

5）用户体验设置。可以不用设置，直接单击"下一步"按钮，如图 2-37 所示。

6）设置快捷方式，根据自己情况勾选，单击"下一步"按钮，如图 2-38 所示。

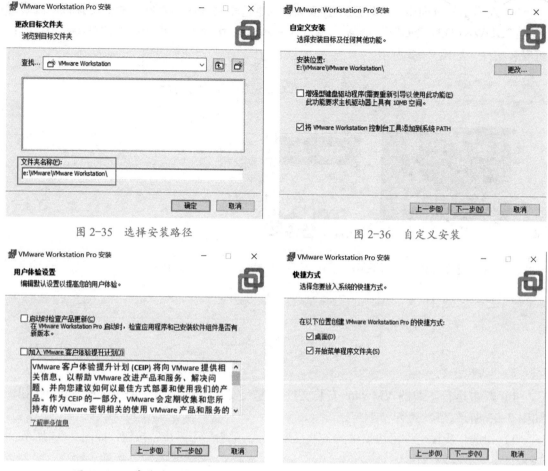

图 2-35　选择安装路径　　　　　　　　　　　图 2-36　自定义安装

图 2-37　用户体验设置　　　　　　　　　　　图 2-38　设置快捷方式

7）通过以上操作，已经配置好安装环境，单击"安装"按钮，开始进行安装，如图 2-39 所示。

8）耐心等待安装，大概需要 2～3 分钟安装完毕，安装成功界面如图 2-40 所示，单击"完成"按钮退出安装向导。

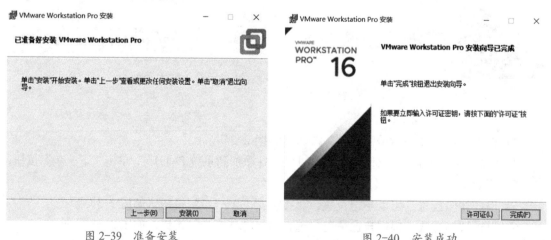

图 2-39　准备安装　　　　　　　　　　　　　图 2-40　安装成功

2.3.2　虚拟机下 Ubuntu 系统安装与配置

1．创建虚拟机

1）打开 VMware 软件，单击"创建新的虚拟机"，如图 2-41 所示。

2）选择自定义安装，单击"下一步"按钮，如图 2-42 所示。

图 2-41　打开 VMware 软件　　　　　　图 2-42　选择自定义安装

3）选择虚拟机硬件兼容性，采用默认选项，单击"下一步"按钮，如图 2-43 所示。

4）选择"稍后安装操作系统"，单击"下一步"按钮，如图 2-44 所示。

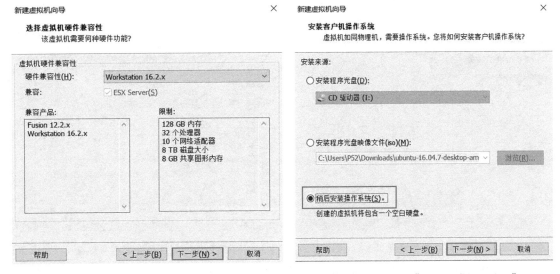

图 2-43　选择虚拟机硬件兼容性　　　　图 2-44　选择"稍后安装操作系统"

5）确定操作系统和版本，选择 Linux 操作系统，Ubuntu 64 位版本，单击"下一步"按钮，如图 2-45 所示。

6）设置虚拟机名称和安装位置，单击"下一步"按钮，如图 2-46 所示。

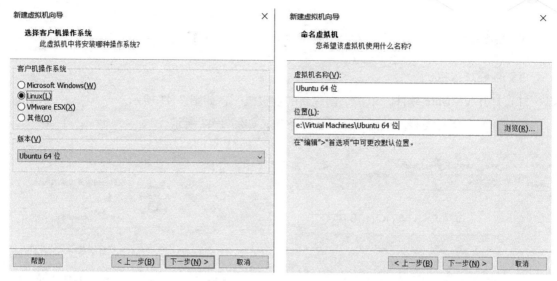

图 2-45　选择 Linux 操作系统　　　　图 2-46　设置虚拟机名称和安装位置

7）设置处理器参数，根据计算机性能，系统自动计算出处理器数量和每个处理器的内核数量，也可以人为设置，最小为1。选择默认的参数，单击"下一步"按钮，如图 2-47 所示。

8）设置虚拟机内存容量，最低为 512MB，具体大小根据自己计算机内存的容量选择，选择默认大小 4GB，单击"下一步"按钮，如图 2-48 所示。

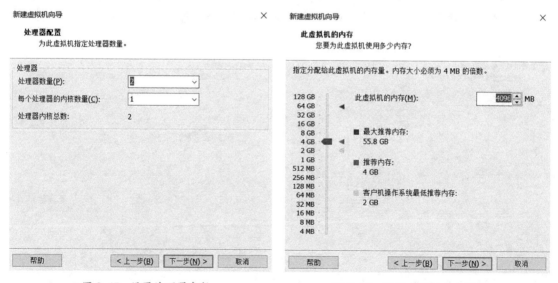

图 2-47　设置处理器参数　　　　图 2-48　设置虚拟机内存容量

9）设置网络类型，选择"使用网络地址转换（NAT）"方式，单击"下一步"按钮，如图 2-49 所示。

10）设置 I/O 控制器类型，LSI Logic 适配器具有并行接口，LSI Logic SAS 适配器具有串行接口。LSI Logic 和 LSI Logic SAS 在性能上差不多，但 LSI Logic 的兼容性更好，选择推荐的"LSI Logic"方式，单击"下一步"按钮，如图 2-50 所示。

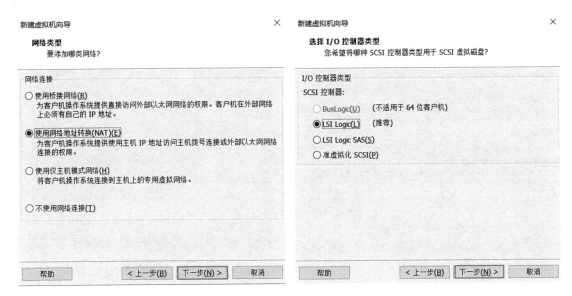

图 2-49　设置网络类型　　　　　　　　图 2-50　设置 I/O 控制器类型

11）设置磁盘类型，虚拟机提供完全虚拟的硬件环境，存储方面与硬盘模式无关，选择推荐的"SCSI"类型，单击"下一步"按钮，如图 2-51 所示。

12）选择"创建新虚拟磁盘"，单击"下一步"按钮，如图 2-52 所示。

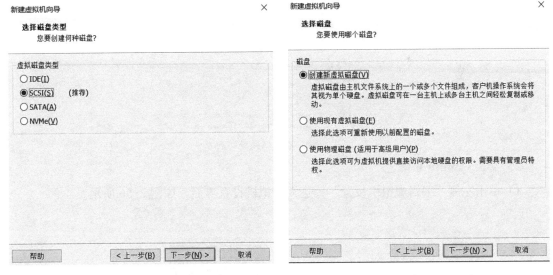

图 2-51　设置磁盘类型　　　　　　　　图 2-52　创建新虚拟磁盘

13）设置磁盘容量，具体根据计算机磁盘大小设置，Ubuntu 64 位系统建议设置为20GB，并且选择"将虚拟磁盘拆分成多个文件"，单击"下一步"按钮，如图 2-53 所示。

14）设置磁盘文件，选择默认磁盘文件，单击"下一步"按钮，如图 2-54 所示。

15）单击"完成"按钮，成功创建虚拟机，如图 2-55 所示。

新建虚拟机向导 ×

指定磁盘容量
　磁盘大小为多少?

最大磁盘大小 (GB)(S): 20.0

针对 Ubuntu 64 位的建议大小: 20 GB

☐ 立即分配所有磁盘空间(A)。

　分配所有容量可以提高性能，但要求所有物理磁盘空间立即可用。如果不立即分配所有空间，虚拟磁盘的空间最初很小，会随着您向其中添加数据而不断变大。

○ 将虚拟磁盘存储为单个文件(O)
● 将虚拟磁盘拆分成多个文件(M)

　拆分磁盘后，可以更轻松地在计算机之间移动虚拟机，但可能会降低大容量磁盘的性能。

帮助　　< 上一步(B) | 下一步(N) > | 取消

图 2-53　设置磁盘容量

新建虚拟机向导 ×

指定磁盘文件
　您要在何处存储磁盘文件?

磁盘文件(F)

将使用多个磁盘文件创建一个 20 GB 虚拟磁盘。将根据此文件名自动命名这些磁盘文件。

Ubuntu 64 位.vmdk　　浏览(R)...

帮助　　< 上一步(B) | 下一步(N) > | 取消

图 2-54　设置磁盘文件

新建虚拟机向导 ×

已准备好创建虚拟机
　单击"完成"创建虚拟机。然后可以安装 Ubuntu 64 位。

将使用下列设置创建虚拟机:

名称:	Ubuntu 64 位
位置:	e:\Virtual Machines\Ubuntu 64 位
版本:	Workstation 16.2.x
操作系统:	Ubuntu 64 位
硬盘:	20 GB, 拆分
内存:	4096 MB
网络适配器:	NAT
其他设备:	2 个 CPU 内核, CD/DVD, USB 控制器, 打印机, 声卡

自定义硬件(C)...

< 上一步(B) | 完成 | 取消

图 2-55　成功创建虚拟机

2．安装 Ubuntu 系统

1）单击左侧"编辑虚拟机设置"，进入虚拟机设置界面，如图 2-56 所示。

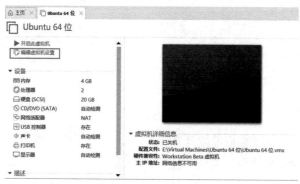

图 2-56　选择"编辑虚拟机设置"

2）在"虚拟机设置"的"硬件"选项卡中选择"CD/DVD(SATA)"，在右侧选择"使用 ISO 映像文件"，单击"浏览"按钮选择已经下载好的镜像文件，再单击"确定"按钮，如图 2-57 所示。

3）在虚拟机软件中选中新建的虚拟机"Ubuntu 64 位"，在左侧单击"开启此虚拟机"，进入系统安装，如图 2-58 所示。

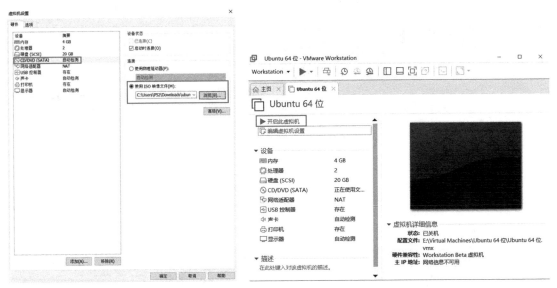

图 2-57　选择"使用 ISO 映像文件"　　　　　　图 2-58　开启此虚拟机

4）在安装欢迎界面左侧选择"中文（简体）"，单击"安装 Ubuntu"按钮，如图 2-59 所示。

5）在准备安装 Ubuntu 界面中，不用勾选相关选项，单击"继续"按钮，如图 2-60 所示。

图 2-59　安装欢迎界面　　　　　　　　　　图 2-60　准备安装 Ubuntu 界面

6）设置安装类型，因为是第一次安装虚拟机，因此选择"清除整个磁盘并安装 Ubuntu"选项，单击"现在安装"按钮，如图 2-61 所示。

7）将各个分区进行格式化，单击"继续"按钮，Ubuntu 设备分区表信息如图 2-62 所示。

8）区域选择 Shanghai，单击"继续"按钮。

9）键盘布局选择"汉语"，单击"继续"按钮，如图 2-63 所示。

10）设置 Ubuntu 系统登录的用户名和密码，设置成功后单击"继续"按钮，如图 2-64 所示。

11）等待大约 3～5 分钟系统安装完毕，如图 2-65 所示。

12）系统安装完毕，重启系统即可使用，单击"现在重启"按钮，如图 2-66 所示。

图 2-61　选择安装类型

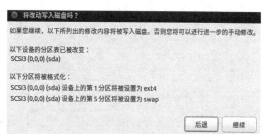

图 2-62　Ubuntu 设备分区表信息

图 2-63　选择键盘布局

图 2-64　设置用户名和密码

图 2-65　安装 Ubuntu 系统

图 2-66　系统安装完毕

2.4　GPU 环境配置

2.4　GPU 环境配置

GPU（Graphics Processing Unit）是图形处理器，又称显示核心、视觉处理器、显示芯片，在现阶段的人工智能应用中，主要用于加速计算。英伟达（NVIDIA）是 GPU 的发明者。GPU 环境主要由 NVIDIA GPU 驱动程序、CUDA 工具包和 cuDNN 加速库组成，可以有效地提高计算机的并行计算能力。

2.4.1　GPU 环境介绍

1．NVIDIA GPU 驱动程序

NVIDIA GPU 驱动程序是使计算机和显卡进行相互通信的特殊程序，操作系统只有通过这个程序，才能控制硬件设备的工作，如显卡的驱动程序未能正确安装，则不能正常工作。

2．CUDA 工具包

CUDA（Compute Unified Device Architecture）工具包是 NVIDIA 推出的通用并行计算架构，使 GPU 能够解决复杂的计算问题，只能在 NVIDIA 的 GPU 上运行。CUDA 是用于 GPU 计算的开发环境，它是一个全新的软硬件架构，可以将 GPU 视为一个并行数据计算的设备，对所进行的计算进行分配和管理。

3．cuDNN

cuDNN（CUDA Deep Neural Network library）是用于深度神经网络的 GPU 加速库。它强调性能、易用性和低内存开销。NVIDIA cuDNN 可以集成到更高级别的机器学习框架中，如谷歌的 TensorFlow、加州大学伯克利分校的 Caffe。简单的插入式设计可以让开发人员专注于设计和实现神经网络模型，而不是简单地调整性能，同时还可以在 GPU 上实现高性能并行计算。

2.4.2　GPU 驱动软件下载及安装

1．显卡驱动的下载与安装

访问网址 https://www.nvidia.cn/Download/index.aspx?lang=cn，根据显卡类型、型号和操作系统版本查找、下载相应的驱动程序。本书以 Windows 10（64 位），显卡 GTX 1050Ti 为例，演示下载驱动程序。

1）添加相关显卡信息，选择显卡类型，如图 2-67 所示。

图 2-67　选择显卡类型

2）单击"搜索"按钮，找到驱动程序，跳到如图 2-68 所示界面。

图 2-68　下载显卡驱动程序

3）单击"下载"按钮，下载驱动程序。

4）双击下载的显卡驱动程序，选择安装路径，然后单击"OK"按钮开始安装，直至安装完成即可（这里驱动版本是 472.84），如图 2-69 所示。

2．CUDA 下载与安装

图 2-69　安装显卡驱动

1）访问网址 https://developer.nvidia.com/cuda-toolkit-archive，选择所需要的 CUDA 版本。选择 CUDA Toolkit 10.0 版本进行下载，如图 2-70 所示。

CUDA Toolkit 11.4.3 (November 2021), Versioned Online Documentation
CUDA Toolkit 11.4.2 (September 2021), Versioned Online Documentation
CUDA Toolkit 11.4.1 (August 2021), Versioned Online Documentation
CUDA Toolkit 11.4.0 (June 2021), Versioned Online Documentation
CUDA Toolkit 11.3.1 (May 2021), Versioned Online Documentation
CUDA Toolkit 11.3.0 (April 2021), Versioned Online Documentation
CUDA Toolkit 11.2.2 (March 2021), Versioned Online Documentation
CUDA Toolkit 11.2.1 (Feb 2021), Versioned Online Documentation
CUDA Toolkit 11.2.0 (Dec 2020), Versioned Online Documentation
CUDA Toolkit 11.1.1 (Oct 2020), Versioned Online Documentation
CUDA Toolkit 11.1.0 (Sept 2020), Versioned Online Documentation
CUDA Toolkit 11.0 Update1 (Aug 2020), Versioned Online Documentation
CUDA Toolkit 11.0 (May 2020), Versioned Online Documentation
CUDA Toolkit 10.2 (Nov 2019), Versioned Online Documentation
CUDA Toolkit 10.1 update2 (Aug 2019), Versioned Online Documentation
CUDA Toolkit 10.1 update1 (May 2019), Versioned Online Documentation
CUDA Toolkit 10.1 (Feb 2019), Online Documentation
CUDA Toolkit 10.0 (Sept 2018), Online Documentation
CUDA Toolkit 9.2 (May 2018), Online Documentation
CUDA Toolkit 9.1 (Dec 2017), Online Documentation
CUDA Toolkit 9.0 (Sept 2017), Online Documentation
CUDA Toolkit 8.0 GA2 (Feb 2017), Online Documentation
CUDA Toolkit 8.0 GA1 (Sept 2016), Online Documentation

图 2-70　选择 CUDA 版本

2）根据实际情况选择对应的操作系统和版本。本书选择操作系统为 Windows，版本为 10，安装类型为 exe[local]。单击"Download"按钮下载 CUDA 工具包，如图 2-71 所示。

3）双击 CUDA 安装文件，如图 2-72 所示，确定安装路径。

4）单击"OK"按钮，系统检查完毕后停留在许可协议界面，如图 2-73 所示。

5）单击"同意并继续"按钮，根据实际需求选择精简安装还是自定义安装，如图 2-74 所示。选择自定义安装，可以根据自己的需求选择组件，之后单击"下一步"按钮，如图 2-75 所示。

图 2-71　选择操作系统及版本

图 2-72　确定安装路径

图 2-73　许可协议界面

图 2-74　安装选项

图 2-75　自定义安装选项

6）设置 CUDA 相关组件安装路径，如图 2-76 所示。

7）单击"下一步"按钮进行安装，如图 2-77 所示。等待几分钟后安装成功。

8）查看本机已安装 CUDA 的版本。右击系统桌面，在弹出的菜单中选择"NVIDIA 控制面板"，如图 2-78 所示。

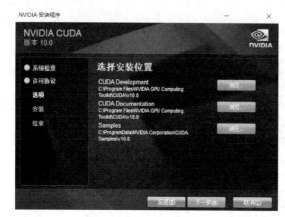

图 2-76 设置安装路径

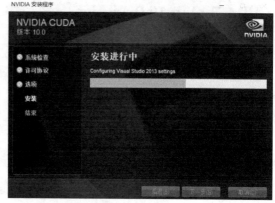

图 2-77 安装 CUDA

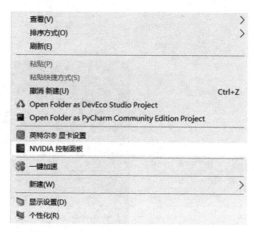

图 2-78 选择 NVIDIA 控制面板

9）在 NVIDIA 控制面板左下角，单击"系统信息"，如图 2-79 所示。在弹出的系统信息对话框中选择"组件"选项卡，如图 2-80 所示，找到 NVCUDA.DLL 对应的产品名称，以及文件版本。

图 2-79 NVIDIA 控制面板

图 2-80 系统信息对话框

3．cuDNN 下载与配置

1）访问网址 https://developer.nvidia.com/rdp/cudnn-archive，选择安装与 CUDA 版本对应的版本，本书选择 cuDNNv 7.6.4，再选择 cuDNN Library for Windows 10 链接进行下载，如图 2-81 所示。

2）将下载的 cuDNN 文件进行解压，解压路径自定义，这里是解压到"E:\Program Files (x86)\cuda"下（解压路径在配置环境变量时需要用到），如图 2-82 所示。

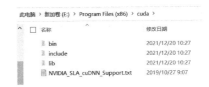

图 2-81　下载 cuDNN　　　　　　　　　　图 2-82　解压 cuDNN

3）根据 CUDA 和 cuDNN 的安装路径，将 CUDA、CUPTI 和 cuDNN 安装目录添加到 %PATH% 环境变量中，其中 CUPTI 在 CUDA 安装时会自动安装，如图 2-83 所示。

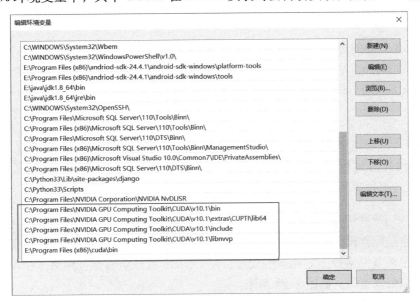

图 2-83　设置环境变量

2.5 运行环境异常检测及处理

2.5.1 物理服务环境异常及处理

物理服务环境一般是指自己（企业）搭建的独立物理服务环境，可能在搭建或使用时出现各种异常。

云服务环境是云服务企业提供的环境，一般情况下是用户根据自己的业务需求，确定操作系统的类型、版本、内存、存储容量大小等，购买相应的云服务器和资源。基础环境由云服务商提供保障，不会轻易出现异常问题，主要的问题就是不能欠费，欠费后云服务商就不再提供相应服务。

自己搭建物理服务环境时，首先保障服务器的操作系统是纯净系统，没有病毒，并安装上杀毒软件，实时备份系统，一旦系统瘫痪，能够及时恢复到最近的状态。如果服务器设备损坏，需要关闭系统所在的服务器设备，使用备份服务器替换损坏的设备，系统恢复正常使用；如果是服务器软件损坏，需要查找原因，尝试启动系统，或使用备份进行恢复。

2.5.2 VMware 虚拟服务环境异常及处理

VMware 虚拟机在使用时可能会遇到各种各样的问题，一般情况下，根据出现问题的提示尝试着去解决，下面列举几个常见的异常及处理方法。

1．VMware 虚拟机异常关闭出现虚拟机繁忙，无法使用

打开系统的资源管理器，找到 VMware Workstation VMX 进程，结束该进程。如果能关闭，则把相关的 VMware 字样的进程全部关闭；如果无法关闭，则重新启动系统。但是一定不要打开 VM 软件，而应打开控制面板，在卸载程序中找到 VM 软件，右击更改，选择修复，之后问题解决。

2．虚拟机 VMware 显示"内部错误"

这种异常出现的原因很有可能是 VM 服务没有启动。可以进入系统"服务"，将 VM DHCP Service、VMware Authorization Service、VMware NAT Service、VMware USB Arbitration Service、VMwareHostd 这 5 个服务启动即可，或者以管理员的身份运行 VM 软件。

3．通过 VMware 安装 Ubuntu 系统提示以独占方式锁定此配置文件失败

以管理员身份运行 cmd 命令，输入 netsh winsock reset，按回车键之后提示成功重置 winsock 目录，必须重新启动计算机才能完成配置。重启后再进行操作即可。

4．虚拟机 Ubuntu 系统联网失败

查看网络适配器模式，如图 2-84 所示。

可以通过恢复网络适配器相应的模式，使 Ubuntu 系统能够连接网络。在 VM 软件中打开虚拟网络编辑器菜单，如图 2-85 所示。

在虚拟网络编辑器窗口中，根据之前查看的网络连接模式，单击相应的模式，单击

"还原默认设置"按钮即可，如图 2-86 所示。

图 2-84 查看网络适配器模式

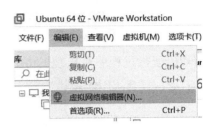

图 2-85 打开虚拟网络编辑器菜单

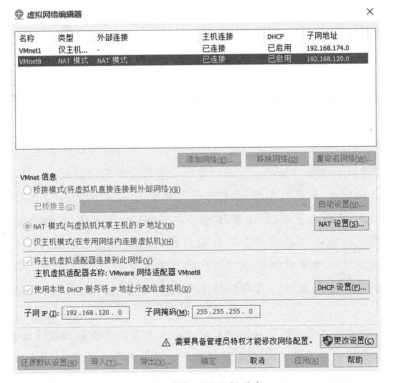

图 2-86 虚拟网络编辑器窗口

2.5.3 GPU 环境异常及处理

GPU 在使用时可能会遇到一些问题，此时需要专业人员进行检测，判断异常并根据提示信息进行解决。下面介绍几种常见的异常及处理方法。

1．GPU 不识别

GPU 识别状态检测时，首先要确保 lspci | grep -i nvidia 命令识别所有 GPU，其次确保 nvidia-smi 命令识别所有 GPU。lspci | grep -i nvidia 命令输出中确保所有 GPU 识别正常，并且每个 GPU 末尾标识为（rev a1），输出信息末尾为（rev ff），表示 GPU 异常。

2．GPU 带宽异常

需要确保 GPU 当前带宽与额定带宽一致且为 x16。通过 lspci -vvd 10de: | grep -i Lnkcap: 和 lspci -vvd 10de: | grep -i Lnksta: 命令查看额定带宽和当前带宽。

3．GPU ERR! 报错检查

GPU 运行过程中会出现 Fan ERR 以及功率等 ERR 报错，可以通过检查 nvidia-smi 输出中是否包含 ERR! 报错判断。升级 GPU 驱动至较新的正确版本后，重启系统进行观察。

视野拓展　信息网络重构，激发人工智能发展活力

　　ICT 是信息、通信和技术三个英文单词的词头组合（Information and Communication Technology，简称 ICT），它是信息技术和通信技术相融合而形成的一个新的概念和新的技术领域。作为一种技术，ICT 可提供基于宽带、高速通信网的多种业务，不仅是信息的传递和共享工具，而且还是一种通用的智能工具。作为一种向客户提供的服务，ICT 是 IT 与 CT 两种服务的结合和交融，不仅能为企业客户提供网络构架的解决方案，还能减轻企业在建立应用、系统升级、运维、安全等方面的负担，节约企业的运营成本。

　　ICT 对各行业转型变革与全球经济的增长带来了深入的影响。工信部数据显示，2018 年，我国数字经济总量超过 31 万亿元，占 GDP 比重达到 34.8%，成为经济高质量发展的重要支撑。这表明以数字经济为代表的新经济蓬勃发展，成为壮大新兴产业，提升传统产业，实现传统性增长和可持续增长的重要系统。IT 和 CT 的融合与创新形成的双轮渠道产生新模式以及业态。只有把技术创新和业态创新有机结合起来，才能形成生产力。

　　随着人工智能支持政策和规范措施陆续出台，人工智能将在推动经济社会智能化发展、助力行业数字化转型以及节能减排方面发挥更加重要的作用。未来，随着 5G、数据中心等新型基础设施不断加码，数字化转型大力推进，运营商利用数字技术与网络赋能数字化转型，以数据中心、5G 为代表的新型基础设施绿色高质量发展，将积极发挥"一业带百业"作用，推动人工智能行业快速发展，全面支撑各行业特别是传统高耗能行业的智能化转型升级，助力实现碳达峰总体目标，为实现碳中和奠定坚实基础。

技能实训　Ubuntu 基本的文件操作

一、实训任务情境

某公司是一家人工智能科技公司，该公司的开发部门主要负责人工智能算法的开发与优化、系统应用的开发等工作。服务器需要使用 Ubuntu 操作系统，但是部分工作人员对 Ubuntu 系统文件基本操作命令不了解，特组织员工进行培训。

二、实训任务内容

本实训内容为 Ubuntu 系统下文件操作常用基础命令的使用，具体内容为：

(1) 显示文件或文件夹命令 ls

(2) 目录切换命令 cd

(3) 创建文件夹命令 mkdir

(4) 创建文件命令 touch

(5) 编辑文件命令 vim

(6) 复制文件命令 cp

(7) 删除文件或文件夹命令 rm

三、职业技能目标

对照 1+X《智能计算平台应用开发职业技能等级标准》分级要求，通过本次实训能够达到以下职业技能目标，见表 2-1。

表 2-1　职业技能目标

职业技能等级	工 作 领 域	工 作 任 务	工作技能要求
智能计算平台应用开发职业技能等级标准 - 初级	人工智能应用开发	人工智能基础应用软件安装	1．能在 Linux 系统中正确浏览目录、切换目录等，能够创建文件夹和编辑文件等； 2．能运用操作系统的安装工具，独立完成智能计算平台的操作系统安装。

四、实训环境

1．硬件环境

计算机

2．软件环境

(1) 操作系统：Windows 10 系统

(2) VMware Workstation 16 Pro

(3) Ubuntu 16.04 64 位

五、实训操作步骤

（1）进入 Ubuntu 终端

在 Ubuntu 桌面，右击并选择"打开终端"菜单，进入 Ubuntu 终端。

（2）运行 ls 命令查看当前目录文件夹目录结构

命令：ls

（3）在当前目录下创建 test 文件夹

命令：mkdir test

（4）切换到 test 目录下

命令：cd test

（5）在 test 目录下创建 ai.txt 文件

命令：touch ai.txt

（6）打开文件 ai.txt

安装 vim 命令：sudo apt install vim-gtk

命令：vim ai.txt

（7）编辑文件

按 <I> 键插入，进行编辑，输入 Hello Ubuntu。

按 <Esc> 键退出编辑，输入 ":wq!"，退出并保存。

（8）把 ai.txt 文件在 test 文件夹复制一份，文件名为 ai_1.txt

命令：cp ai.txt ai_1.txt

（9）删除 ai_1.txt 文件

命令：rm ai_1.txt

（10）退回到桌面目录

命令：cd ..

（11）删除 test 文件夹

命令：rm -rf test

六、实训总结

通过本次实训，掌握 Ubuntu 系统中对文件操作的基本命令，包含查看文件目录、目录切换、创建文件 / 文件夹、编辑文件、复制文件、删除文件 / 文件夹等基本命令，但对复杂操作没有涉及，课后需要查看相关资料拓展学习。

 考核评价

学生学习效果考核评价表见表 2-2。

表 2-2　学生学习效果考核评价表

考评标准		配　分	三方考评			得　分
			学生自评（20%）	小组互评（20%）	教师点评（60%）	
知识目标（40%）	了解 Ubuntu 目录结构	5				
	掌握 ls 命令	5				
	掌握 mkdir 命令	5				
	掌握 cd 命令	5				
	掌握 touch 命令	5				
	掌握 vim 命令	5				
	掌握 cp 命令	5				
	掌握 rm 命令	5				
技能目标（45%）	能够显示文件夹下的目录和文件	10				
	能够实现目录之间切换	10				
	能够创建文件夹、删除文件夹	10				
	能够创建文件、复制文件、删除文件	15				
素质目标（15%）	自我学习	8				
	勤奋踏实	7				
合计		100				
考评教师						
考评日期				年　　　月　　　日		

填表说明：此表课前提前准备，过程形成性考评和终极考评考核相结合。

项目小结

　　本项目主要介绍了 U 盘启动盘的制作、Ubuntu 系统安装、虚拟机的安装与使用等内容，还介绍了云服务器的搭建和配置和 GPU 环境搭建，使大家掌握人工智能系统基础运行环境搭建方法，并通过实训掌握 Ubuntu 系统中操作文件的常用命令。

项目 3
人工智能系统开发环境搭建

随着人工智能应用的快速发展，数以百万计的教师、工程师、翻译、编辑、医生、销售、管理者和公务员等，将带着各自领域中的行业知识和数据资源，涌入人工智能系统开发大潮之中，深刻地改变整个 IT 行业。

在人工智能系统开发前，需要在 Windows 或 Linux 环境下搭建相关开发环境。目前市面上大部分人工智能的代码都是使用 Python 语言来编写的，为了加快人工智能系统开发进度，会用到各种第三方库或者框架，TensorFlow 只是众多深度学习框架中的一种，但是比较有代表性。

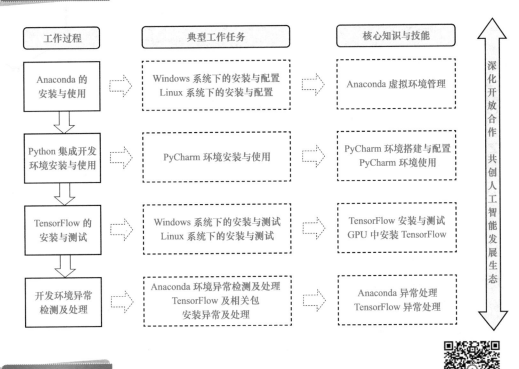

知识导航

工作过程	典型工作任务	核心知识与技能
Anaconda 的安装与使用	Windows 系统下的安装与配置 Linux 系统下的安装与配置	Anaconda 虚拟环境管理
Python 集成开发环境安装与使用	PyCharm 环境安装与使用	PyCharm 环境搭建与配置 PyCharm 环境使用
TensorFlow 的安装与测试	Windows 系统下的安装与测试 Linux 系统下的安装与测试	TensorFlow 安装与测试 GPU 中安装 TensorFlow
开发环境异常检测及处理	Anaconda 环境异常检测及处理 TensorFlow 及相关包安装异常及处理	Anaconda 异常处理 TensorFlow 异常处理

深化开放合作 共创人工智能发展生态

知识储备

3.1.1   Windows 系统下 Anaconda 的安装与配置

3.1   Anaconda 的安装与使用

人工智能系统开发通常选用 Python 语言，Python 语言可用于科学计算、数据分析、计算机视觉、自然语言处理等领域。Anaconda 是一个开源的 Python 发行版本，除了 Python 外，还包含了 conda 等 180 多个科学报及其依赖库，其特点为安装方便。相对于只安装 Python，安装 Anaconda 可以简化安装依赖库的工作。其中，conda 既是一个开源的包，又是环境管理器，可以使用 conda 命令在同一个机器上安装不同版本的软件包和创建多个环境，并能够在不同的环境之间切换。

3.1.1   Windows 系统下 Anaconda 的安装与配置

1．Anaconda 的下载

以 Windows 10（64 位）系统为例，访问网址 https://www.anaconda.com/products/individual，找到 For Windows 下载，单击"Download"按钮，如图 3-1 所示。

Anaconda Individual Edition

Download

For Windows
Python 3.8 • 64-Bit Graphical Installer • 477 MB

Get Additional Installers

图 3-1   Anaconda 下载界面

2．Anaconda 安装

1）下载成功后，双击 Anaconda3-2021.05-Windows-x86_64.exe 文件开始安装，如图 3-2

所示，进入安装欢迎界面。

2）在欢迎界面，单击"Next >"按钮，进入协议许可界面，如图3-3所示。

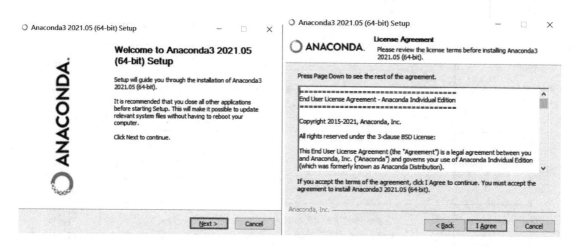

图3-2　安装欢迎界面　　　　　　　　　图3-3　同意协议许可

3）单击"I Agree"按钮，进入选择安装类型界面，如图3-4所示。如果只有一个账号，则选择"Just Me（recommend）"；如果有多个账号，则选择"All Users（requires admin privileges）"。

4）单击"Next >"按钮，进入选择安装路径界面，如图3-5所示。注意：路径中不能出现中文字符，同时记住该安装路径，在配置环境变量时需要用到此安装路径。

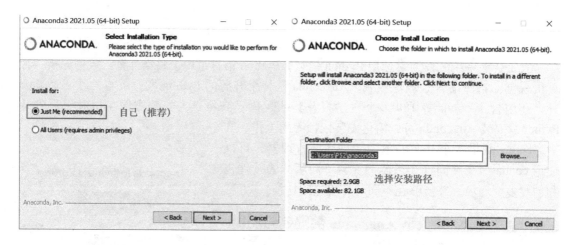

图3-4　选择安装类型　　　　　　　　　图3-5　选择安装路径

5）单击"Next >"按钮，进入高级安装选项，如图3-6所示。第一个选项为是否把Anaconda3的相关路径添加到系统环境变量中，要勾选。第二个选项为是否把Python 3.8版本的解释器注册为Anaconda3的Python解释器。

6）单击"Install"按钮，进入安装Anaconda3界面，如图3-7所示。

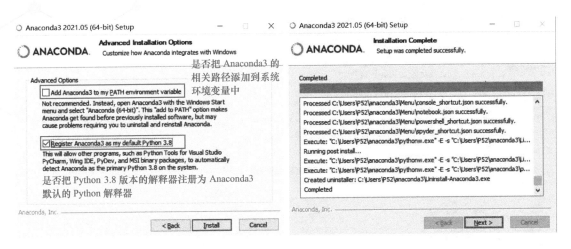

图 3-6 高级安装选项   图 3-7 安装 Anaconda3

7）单击"Next >"按钮，进入图 3-8 所示的界面。该界面告知使用 Anaconda+JetBrains 时 PyCharm 集成开发环境的网址。

8）单击"Next >"按钮，进入图 3-9 所示的安装成功界面。

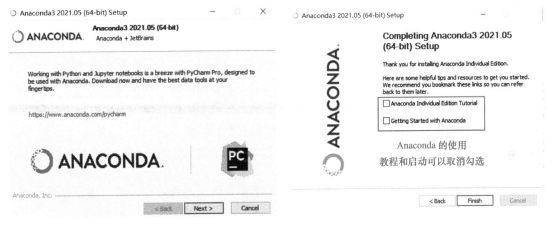

图 3-8 告知 PyCharm 网址界面   图 3-9 安装成功界面

3．配置环境

Anaconda3 有两个主要环境变量需要配置：Anaconda 安装路径，为了 Python 检查正常；安装路径 \Scripts，为了 conda 检查正常。

两个环境变量的配置方法为：执行"此电脑"→"属性"→"高级系统设置"→"环境变量"命令，在"系统变量"选项卡中双击"Path"变量，单击"新建"按钮，把对应安装路径（C:\Users\P52\anaconda3）和安装路径 \Scripts（C:\Users\P52\anaconda3\Scripts）填上去即可，如图 3-10 所示。

补充说明：具体以实际安装路径为准。

4．测试

在 Windows 系统命令窗口下输入"conda -V"命令查看版本信息，出现版本信息则表示测试 Anaconda 安装与配置环境变量成功，如图 3-11 所示。

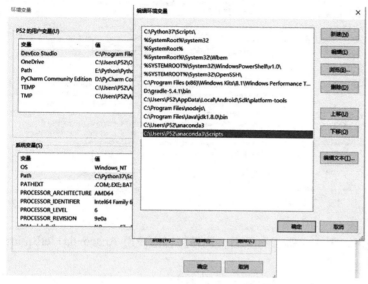

图 3-10　配置 Anaconda 环境变量

图 3-11　测试 Anaconda 安装
与配置环境变量成功

3.1.2　Windows 系统下使用 Anaconda 管理虚拟环境

虚拟环境是一个从计算机中独立出来的虚拟化环境，目的是为了给不同的项目创建互相独立的运行环境。通过虚拟化技术可以独立创建多个虚拟环境，各个虚拟环境之间相互隔离、互不影响，可以同时满足不同项目开发的需要。在每个虚拟环境中，可以只安装项目开发需要的依赖包，不同的虚拟环境中同一个包可以有不同的版本。

> **提示**
>
> 在人工智能系统实际开发中，不同的系统经常会依赖不同的包，采用虚拟环境管理不同的依赖包，可以有效解决版本不同的问题。

1．创建虚拟环境

命令 conda create -n xxx python=x.x，xxx 代表虚拟环境的命名，x.x 表示当前系统所安装的 Python 版本。例如，conda create -n testaienv python=3.8，表示创建一个名为 testaienv 的虚拟环境，在 testaienv 虚拟环境中 Python 版本为 3.8。

第一次创建虚拟环境时，可能会遇到不成功的情况，这是因为默认镜像源是国外的网站，其访问速度过慢，导致超时，更新和下载失败。更换镜像源为国内清华镜像源，并且删除默认镜像源。在用户根目录（C:\Users\ 用户名）下找到 .condarc 文件，打开并按照下文修改、编辑。win-64 代表系统是 64 位的。

channels:

  - http://mirrors.tuna.tsinghua.edu.cn/anaconda/pkgs/free/win-64

  - http://mirrors.tuna.tsinghua.edu.cn/anaconda/cloud/conda-forge/win-64

  - http://mirrors.tuna.tsinghua.edu.cn/anaconda/cloud/msys2/win-64

show_channel_urls: true

再运行 conda create -n testaienv python=3.8 命令创建虚拟环境，如图 3-12 所示。

```
C:\WINDOWS\system32\cmd.exe - conda  create -n testaienv python=3.8                    —     □    ×
(c) 2019 Microsoft Corporation。保留所有权利。

C:\Users\P52>conda create -n testaienv python=3.8
Collecting package metadata (current_repodata.json): done
Solving environment: done

## Package Plan ##

  environment location: C:\Users\P52\anaconda3\envs\testaienv

  added / updated specs:
    - python=3.8


The following NEW packages will be INSTALLED:

  ca-certificates    anaconda/cloud/conda-forge/win-64::ca-certificates-2021.10.8-h5b45459_0
  openssl            anaconda/cloud/conda-forge/win-64::openssl-3.0.0-h8ffe710_2
  pip                anaconda/cloud/conda-forge/noarch::pip-21.3.1-pyhd8ed1ab_0
  python             anaconda/cloud/conda-forge/win-64::python-3.8.12-h900ac77_2_cpython
  python_abi         anaconda/cloud/conda-forge/win-64::python_abi-3.8-2_cp38
  setuptools         anaconda/cloud/conda-forge/win-64::setuptools-58.4.0-py38haa244fe_1
  sqlite             anaconda/cloud/conda-forge/win-64::sqlite-3.36.0-h8ffe710_2
  ucrt               anaconda/cloud/conda-forge/win-64::ucrt-10.0.20348.0-h57928b3_0
  vc                 anaconda/cloud/conda-forge/win-64::vc-14.2-hb210afc_5
  vs2015_runtime     anaconda/cloud/conda-forge/win-64::vs2015_runtime-14.29.30037-h902a5da_5
  wheel              anaconda/cloud/conda-forge/noarch::wheel-0.37.0-pyhd8ed1ab_1


Proceed ([y]/n)?
```

图 3-12　创建虚拟环境

在图 3-12 的下方，提示是否安装这些组件信息，即 "Proceed ([y]/n)?"，输入字母 "y" 进行相关包下载，下载完成后的界面如图 3-13 所示，表示虚拟环境创建成功。

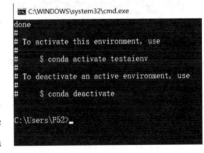

图 3-13　虚拟环境创建成功

2．激活与退出虚拟环境

安装完成虚拟环境后，如果要在这个虚拟环境下工作，需要激活所创建的虚拟环境，命令为：conda activate xxx。例如，激活创建的 testaienv 虚拟环境，运行 conda activate testaienv 命令，激活后若 C:\Users\P52> 提示符前带有 "（testaienv）"，则表示已经进入 testaienv 虚拟环境下，如图 3-14 所示。

如果要停止使用此虚拟环境，则使用 conda deactivate 命令。例如，停止使用 testaienv 虚拟环境，运行 conda deactivate 命令，则退出虚拟环境，命令提示符变为 C:\Users\P52>，如图 3-15 所示。

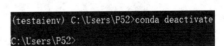

图 3-14　激活虚拟环境　　　　　　　　　图 3-15　退出虚拟环境

3．查看已经存在和激活的环境

查看已经存在和激活的虚拟环境，使用 conda env list 或 conda info -e 命令都可查看，其中环境名后面带 * 表示已激活，如图 3-16 所示。

图 3-16　查看虚拟环境

4．在虚拟环境下安装第三方包和卸载第三方包

在开发人工智能系统时，需要在虚拟环境下安装第三方包，使用命令：conda install xxx 或者 pip install xxx，其中 xxx 表示第三方包名。例如，安装 requests 包，运行命令 conda install requests，在提示信息下输入"y"，进行安装包的下载安装。

图 3-17　安装第三方包

查看在虚拟环境下安装的第三方包，使用命令：conda list 或 pip list，如图 3-18 所示。

卸载第三方包，使用命令：conda remove xxx 或者 conda uninstall xxx，其中 xxx 表示为包名。例如，卸载 requests 包，需要执行 conda uninstall requests 或 conda remove requests 命令，在提示信息"Proceed（y/n）"后输入字母"y"即可，如图 3-19 所示。

图 3-18　查看第三方包　　　　　图 3-19　卸载第三方包

5．删除虚拟环境

在不使用虚拟环境时，可以使用命令：conda remove -n xxx --all 删除虚拟环境，其中 xxx 代表虚拟环境名。例如，删除 testaienv 虚拟环境，在命令提示符下输入 conda remove -n testaienv --all 命令，之后在提示信息"Proceed（y/n）"中输入字母"y"即可。注意：在删除虚拟环境时，需要退出虚拟环境，如图 3-20 所示。

图 3-20　删除虚拟环境

3.1.3　Linux 系统下 Anaconda 的安装与配置

3.1.3　Linux 系统下 Anaconda 的安装与配置

1．Anaconda 的下载

在 Ubuntu 系统中访问网址 https://www.anaconda.com/products/ individual，如图 3-21 所示，单击"Download"下载 Linux 版本的 Anaconda 安装包。

把 Anaconda3-2021.05-Linux-x86_64.sh 保存到 Ubuntu 系统的 home 文件夹下，Anaconda3 安装文件存放目录如图 3-22 所示。

图 3-21　Anaconda 下载界面

图 3-22　Anaconda3 安装文件存放目录

2．安装

1）进入 home 文件夹，打开终端运行 bash Anaconda3-2021.05-Linux-x86_64.sh 命令进行安装，如图 3-23 所示。

2）阅读相关内容后，继续按 <Enter> 键，直到出现接受协议，提示输入"yes|no"。输入"yes"后按 <Enter> 键接受协议，如图 3-24 所示。

图 3-23　安装 Anaconda

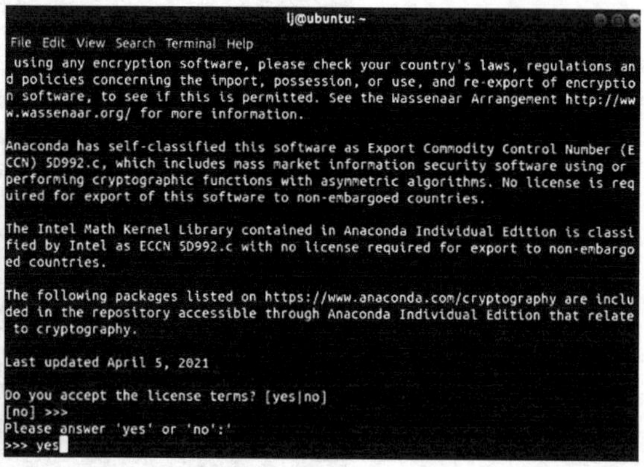

图 3-24　接受协议

3）继续按一下 <Enter> 键，确定位置后自动安装，安装路径为 /home/lj/anaconda3，需要记住此安装路径，如图 3-25 所示。

4）对 Anaconda3 进行初始化环境配置，输入"yes"后按 <Enter> 键，如图 3-26 所示。

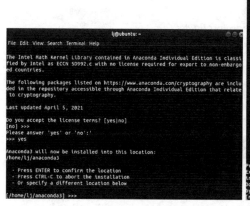

图 3-25　确定安装路径

图 3-26　Anaconda3 初始化环境配置

5）图 3-27 所示界面表示 Anaconda3 安装成功。

6）测试。退出终端，重新进入终端，输入"conda -V"，若能显示出版本号，就说明 Anaconda3 安装成功并配置了环境变量，如图 3-28 所示。

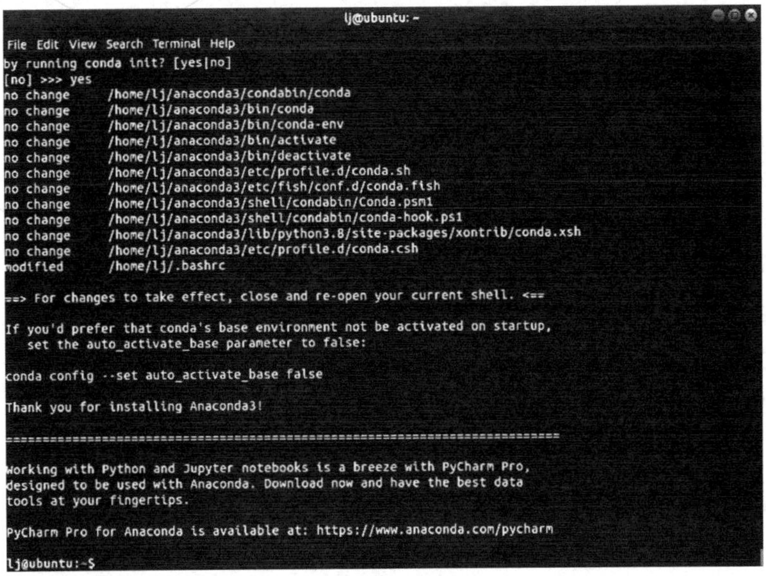

图 3-27　安装成功界面

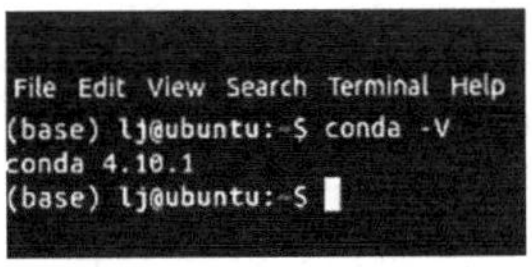

图 3-28　测试

3．配置环境变量

如果在安装时没有选择对 Anaconda 进行环境配置，这时就需要手动进行环境配置。打开终端，输入命令：vim ~/.bashrc，在文件末尾添加一行：export PATH=$PATH:/root/home/lj/anaconda3/bin，如图 3-29 所示。

重启 Linux 系统，打开终端并输入"python"，如果出现如图 3-30 所示界面，表示设置成功。

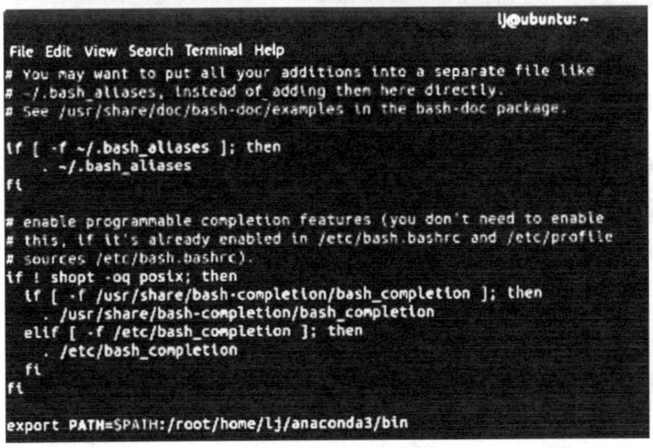

图 3-29　配置环境变量

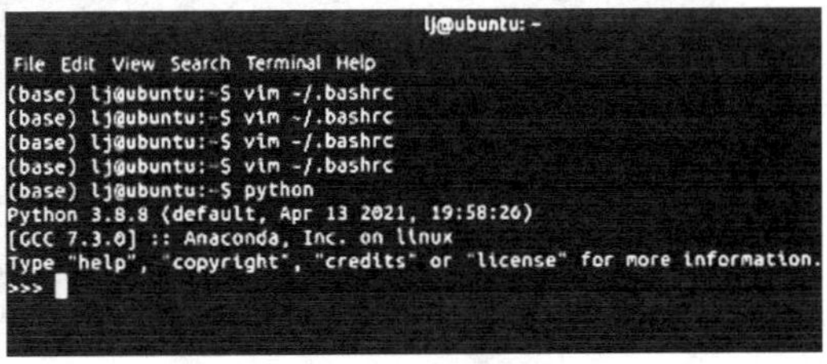

图 3-30　测试

3.1.4　Linux 系统下使用 Anaconda 管理虚拟环境

在 Linux 系统下创建虚拟环境、激活虚拟环境、列出已有虚拟环境、退出虚拟环境、删除虚拟环境的操作，与在 Windows 系统下的操作基本是一样的，不再赘述。

特别强调，下列为需要熟练掌握的虚拟环境下相关包管理的命令。

（1）安装包

conda install package_name 或 pip install package_name

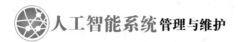

（2）列出所有包

conda list

（3）更新包

conda update package_name 或 conda update --all（如果想要一次性更新所有包）

（4）查找包

conda search keyword（keyword 表示查找的关键字）

例如，要安装 pandas，但是忘了准确名称，可以这样查找：conda search pan。

（5）删除包

conda remove package_name

3.2 Python 集成开发环境安装与使用

PyCharm 是由 JetBrains 公司打造的一款功能强大的 Python 集成开发工具，带有调试、语法高亮、项目管理、代码跳转、智能提示、自动完成、单元测试、版本控制等功能。

3.2 Python 集成开发环境安装与使用

3.2.1 PyCharm 的安装

1）访问 PyCharm 官网 http://www.jetbrains.com/pycharm/download，如图 3-31 所示。可以根据不同的平台选择下载 PyCharm，分 Professional（专业版，免费试用）和 Community（社区版，免费开源）。Professional 版用于科研和 Web Python 开发，支持 HTML、JS 和 SQL，免费试用。Community 版用于纯 Python 开发，免费开放源码。

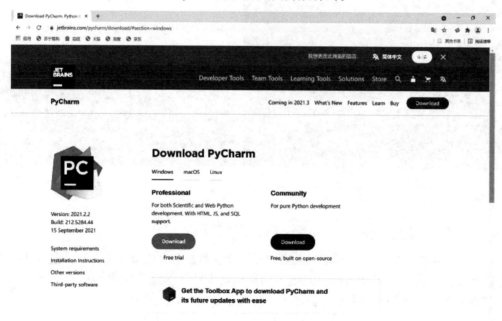

图 3-31　下载 PyCharm 界面

2）本书选择下载 Community 版。下载成功后，双击 pycharm-community-2021.2.3.exe 安装包进入安装界面，出现如图 3-32 所示的欢迎安装 PyCharm Community 版界面。

3）单击"Next >"按钮，选择安装目录界面如图 3-33 所示。PyCharm 需要的内存较多，建议将其安装在 D 盘或者其他盘，不建议放在系统盘 C 盘。

图 3-32　欢迎安装界面

图 3-33　选择安装目录

4）单击"Next"按钮，进入图 3-34 所示界面。在 Create Desktop Shortcut（创建桌面快捷方式）选项组中勾选"64-bit launcher"，表示在桌面创建 PyCharm 快捷方式。在 Update PATH variable(restart needed)[更新路径变量 (需要重新启动)] 选项组中勾选"Add launchers dir to the PATH"，将启动器目录添加到路径中。在 Update context menu（更新上下文菜单）选项组中勾选"Add 'Open Folder as Project'"，添加打开文件夹作为项目。在 Create Associations（创建关联）选项组中勾选".py"，复选框关联 .py 文件，之后在双击 .py 文件时是通过 PyCharm 软件打开的。

5）单击"Next"按钮，进入图 3-35 所示选择启动菜单文件界面。

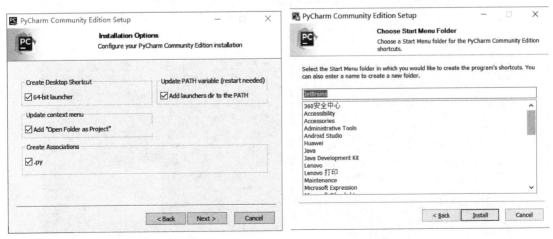

图 3-34　文件相关配置

图 3-35　选择启动菜单文件

6）单击"Install"按钮，进入如图 3-36 所示的安装界面，耐心等待两分钟左右进行安装。

7）PyCharm 完成安装界面如图 3-37 所示，最后单击"Finish"按钮。

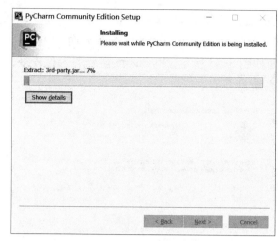

图 3-36 安装 PyCharm

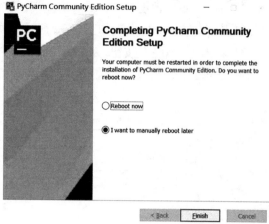

图 3-37 PyCharm 完成安装

3.2.2 PyCharm 的使用

PyCharm 安装完成后，会在桌面创建一个快捷方式，双击该快捷方式图标，即可打开集成开发平台。"New Project"表示创建一个新项目，"Open"表示打开已存在的项目，"Get from VCS"表示从版本控制中检出项目文件。

1）进入创建工程界面，如图 3-38 所示。单击"New Project"创建一个 Python 项目。

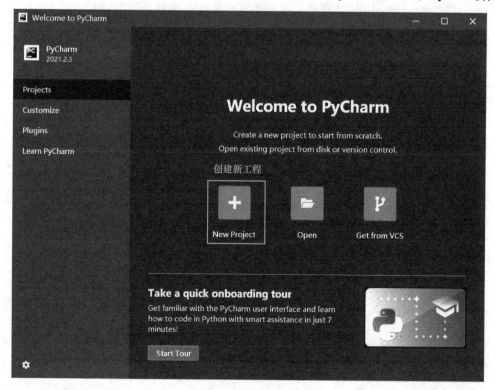

图 3-38 创建新工程

2）创建新项目路径和工程名称。设置工程路径并命名，单击"Create"按钮创建工程，如图 3-39 所示。

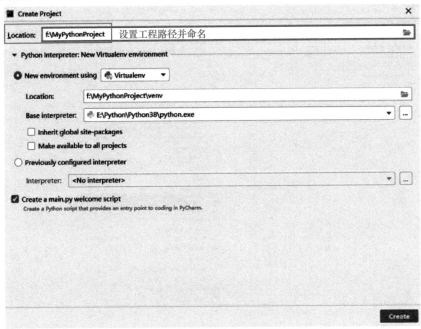

图 3-39　设置工程路径并命名

3）右击 MyPythonProject 项目名称，执行"New"→"Python File"命令，创建一个 Python 文件，如图 3-40 所示。

4）为所创建的 Python 文件命名，如图 3-41 所示。

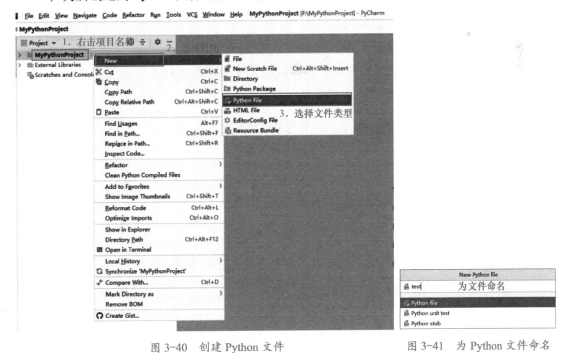

图 3-40　创建 Python 文件　　　　　　　　图 3-41　为 Python 文件命名

5）在 test.py 文件中编写代码，测试运行。成功输出"hello world！"表示 PyCharm 安装和工程创建成功，如图 3-42 所示。

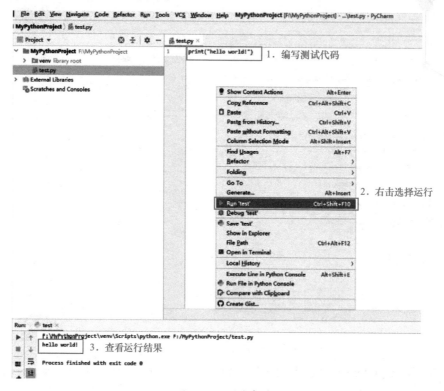

图 3-42　测试成功

3.3　TensorFlow 的安装与测试

TensorFlow 是一个开源的、基于 Python 的机器学习框架，它由 Google 开发，并在计算机视觉、推荐系统和自然语言处理等场景下有着丰富的应用，是目前最热门的人工智能学习框架之一。

3.3　TensorFlow 的安装与测试

3.3.1　Windows 系统下 TensorFlow 的安装与测试

1．创建虚拟环境

创建虚拟环境 tensorflowenv，打开 cmd，输入以下命令创建虚拟环境。

```
conda create -n tensorflowenv python=3.8
```

2．激活虚拟环境

激活 tensorflowenv 虚拟环境，运行以下命令，进入虚拟环境目录。

```
conda activate tensorflowenv
```

3．安装 TensorFlow

安装 TensorFlow 时，需要从 Anaconda 仓库中下载，一般默认链接的都是国外镜像地址，下载很慢。这里使用国内镜像源，在 tensorflowenv 虚拟环境目录输入以下命令，进行

TensorFlow 的安装。

```
pip install  tensorflow -i https://mirrors.aliyun.com/pypi/simple
```

其中 -i https://mirrors.aliyun.com/pypi/simple 表示使用国内阿里云镜像。安装 TensorFlow 界面如图 3-43 所示。

```
C:\WINDOWS\system32\cmd.exe - "C:\Users\P52\anaconda3\condabin\conda.bat"  remove -n tensroflowenv --all - "C:\Users\P52\anacon...
  Using cached https://mirrors.aliyun.com/pypi/packages/04/a2/d918dcd22354d8958fe113e1a3630137e0fc8b44859ade3063982eacd2
a4/idna-3.3-py3-none-any.whl (61 kB)
Collecting urllib3<1.27,>=1.21.1
  Using cached https://mirrors.aliyun.com/pypi/packages/af/f4/524415c0744552cce7d8bf3669af78e8a069514405ea4fcbd0cc447337
44/urllib3-1.26.7-py2.py3-none-any.whl (138 kB)
Collecting charset-normalizer~=2.0.0
  Using cached https://mirrors.aliyun.com/pypi/packages/de/c8/820b1546c68efcbbe3c1b10dd925fbd84a0dda7438bc18db0ef1fa5677
33/charset_normalizer-2.0.7-py3-none-any.whl (38 kB)
Collecting certifi>=2017.4.17
  Using cached https://mirrors.aliyun.com/pypi/packages/37/45/946c02767aabb873146011e665728b680884cd8fe70dde973c640e45b7
75/certifi-2021.10.8-py2.py3-none-any.whl (149 kB)
Collecting pyasn1<0.5.0,>=0.4.6
  Using cached https://mirrors.aliyun.com/pypi/packages/62/1e/a94a8d635fa3ce4cfc7f506003548d0a2447ae76fd5ca53932970fe305
3f/pyasn1-0.4.8-py2.py3-none-any.whl (77 kB)
Collecting oauthlib>=3.0.0
  Using cached https://mirrors.aliyun.com/pypi/packages/e8/5d/9dd1c29e5a786525f6342f6c1d812ed2e37edc653ad297048c16689880
53/oauthlib-3.1.1-py2.py3-none-any.whl (146 kB)
Installing collected packages: urllib3, pyasn1, idna, charset-normalizer, certifi, six, rsa, requests, pyasn1-modules, o
authlib, cachetools, requests-oauthlib, google-auth, werkzeug, tensorboard-plugin-wit, tensorboard-data-server, protobuf
, numpy, markdown, grpcio, google-auth-oauthlib, absl-py, wrapt, typing-extensions, termcolor, tensorflow-io-gcs-filesys
tem, tensorflow-estimator, tensorboard, opt-einsum, libclang, keras-preprocessing, keras, h5py, google-pasta, gast, flat
buffers, astunparse, tensorflow
Successfully installed absl-py-0.15.0 astunparse-1.6.3 cachetools-4.2.4 certifi-2021.10.8 charset-normalizer-2.0.7 flatb
uffers-2.0 gast-0.4.0 google-auth-2.3.3 google-auth-oauthlib-0.4.6 google-pasta-0.2.0 grpcio-1.41.1 h5py-3.5.0 idna-3.3
keras-2.7.0 keras-preprocessing-1.1.2 libclang-12.0.0 markdown-3.3.4 numpy-1.21.4 oauthlib-3.1.1 opt-einsum-3.3.0 protob
uf-3.19.1 pyasn1-0.4.8 pyasn1-modules-0.2.8 requests-2.26.0 requests-oauthlib-1.3.0 rsa-4.7.2 six-1.16.0 tensorboard-2.7
.0 tensorboard-data-server-0.6.1 tensorboard-plugin-wit-1.8.0 tensorflow-2.7.0 tensorflow-estimator-2.7.0 tensorflow-io-
gcs-filesystem-0.21.0 termcolor-1.1.0 typing-extensions-3.10.0.2 urllib3-1.26.7 werkzeug-2.0.2 wrapt-1.13.3

(tensorflowenv) C:\Users\P52>
```

图 3-43　安装 TensorFlow

4．测试

在 tensorflowenv 虚拟环境中输入命令：python，进入 python 提示符环境，如图 3-44 所示。

```
(tensorflowenv) C:\Users\P52>python
Python 3.8.12 | packaged by conda-forge | (default, Oct 12 2021, 21:19:05) [MSC v.1916 64 bit (AMD64)] on win32
Type "help", "copyright", "credits" or "license" for more information.
>>>
```

图 3-44　进入 python 提示符环境

输入命令：import tensorflow as tf，引入 TensorFlow 包，如图 3-45 所示。

```
>>> import tensorflow
2021-11-08 19:09:30.485161: W tensorflow/stream_executor/platform/default/dso_loader.cc:64] Could not
 load dynamic library 'cudart64_110.dll'; dlerror: cudart64_110.dll not found
2021-11-08 19:09:30.503231: I tensorflow/stream_executor/cuda/cudart_stub.cc:29] Ignore above cudart
dlerror if you do not have a GPU set up on your machine.
>>>
```

图 3-45　引入 TensorFlow 包

在图 3-45 中出现两个信息，第一个是警告当前没有 cudart64_110.dll 动态库。第二个是提示如果计算机上没有 GPU，可以忽略第一个警告。当前，可选择忽略，继续输入下列命令。

```
print(tf.__version__)
```

若运行结果显示 2.7.0，表示 TensorFlow 安装版本是 2.7.0，则 TensorFlow 安装成功，如图 3-46 所示。

```
C:\Users\P52>conda activate tensorflowenv

(tensorflowenv) C:\Users\P52>python
Python 3.8.12 | packaged by conda-forge | (default, Oct 12 2021, 21:19:05) [MSC v.1916 64 bit (AMD64)] on win32
Type "help", "copyright", "credits" or "license" for more information.
>>> import tensorflow as tf
>>> print(tf.__version__)
2.7.0
>>>
```

图 3-46　测试成功

3.3.2　Linux 系统下 TensorFlow 的安装与测试

1．安装 TensorFlow

创建虚拟环境 tensorflow，在终端中输入命令：conda create -n tensorflow python=3.8，按照提示完成创建，如图 3-47 所示。

2．激活虚拟环境

输入命令：conda activate tensorflow，激活虚拟环境如图 3-48 所示。

图 3-47　创建虚拟环境

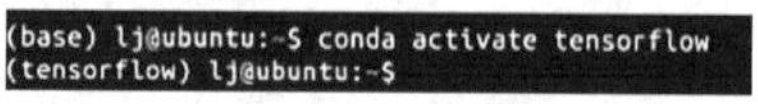

图 3-48　激活虚拟环境

3．安装 TensorFlow

在终端输入命令：pip install tensorflow==2.2.0 -i https://mirrors.aliyun.com/pypi/simple，其中 tensorflow==2.2.0 是指安装 TensorFlow 的版本，如果不指定安装版本，将会安装最新版本。安装成功界面如图 3-49 所示。

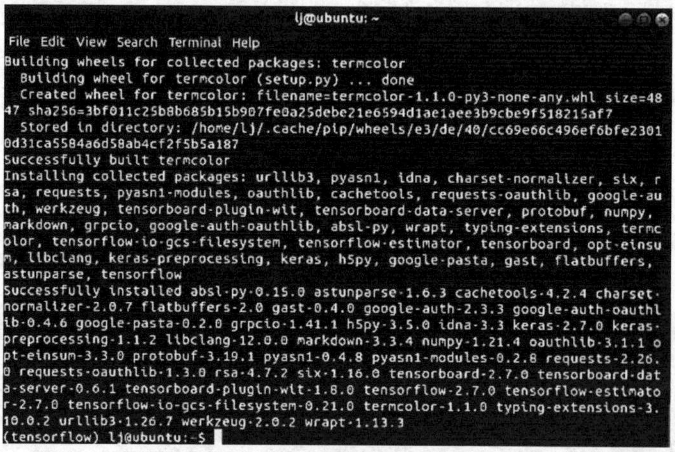

图 3-49　TensorFlow 安装成功

4．测试

在 tensorflow 虚拟环境目录中输入命令：python，进入 python 环境。输入下面命令。

```
import tensorflow as tf
print(tf.__version__)
```

若运行结果显示 2.2.0，表示 TensorFlow 安装版本是 2.2.0，则表示 TensorFlow 安装成功，如图 3-50 所示。

```
(tensorflow) lj@ubuntu:~$ python
Python 3.8.8 (default, Apr 13 2021, 19:58:26)
[GCC 7.3.0] :: Anaconda, Inc. on linux
Type "help", "copyright", "credits" or "license" for more information.
>>> import tensorflow as tf
>>> print(tf.__version__)
2.2.0
>>>
```

图 3-50　测试成功

3.3.3　安装 GPU 版本的 TensorFlow

1．在 Windows 系统下安装 GPU 版本的 TensorFlow

创建虚拟环境 tf-gpu-env，激活虚拟环境，运行下面命令。

```
pip install  tensorflow-gpu -i https://mirrors.aliyun.com/pypi/simple
```

其中 -gpu 参数表示安装 GPU 版本的 TensorFlow，如图 3-51 所示，直到出现安装完成提示符，表示 GPU 版本的 TensorFlow 安装成功。

```
(tf-gpu-env) C:\Users\P52>pip install  tensorflow-gpu -i https://mirrors.aliyun.com/pypi/simple
Looking in indexes: https://mirrors.aliyun.com/pypi/simple
Collecting tensorflow-gpu
  Downloading https://mirrors.aliyun.com/pypi/packages/a3/a6/7dae9dafcb0a0fabdc2eb3ee001dcf7144e3a385fb39de203dcbfbab3fe
9/tensorflow_gpu-2.7.0-cp38-cp38-win_amd64.whl (430.8 MB)
                                                | 1.5 MB 20 kB/s eta 5:43:54
```

图 3-51　安装 GPU 版本的 TensorFlow

在 tf-gpu-env 虚拟环境目录中输入命令：python，进入 python 提示符环境。输入下面命令。

```
import tensorflow as tf
print(tf.__version__)
```

若运行结果显示 2.7.0，表示 TensorFlow 安装版本是 2.7.0，则表示 TensorFlow 安装成功，如图 3-52 所示。

```
0 tensorboard-data-server-0.6.1 tensorboard-plugin-wit-1.8.0 tensorflow-estimator-2.7.0 tensorflow-gpu-2.7.0 tenso
io-gcs-filesystem-0.22.0 termcolor-1.1.0 typing-extensions-3.10.0.2 urllib3-1.26.7 werkzeug-2.0.2 wrapt-1.13.3

(tf-gpu-env) C:\Users\P52>python
Python 3.8.12 | packaged by conda-forge | (default, Oct 12 2021, 21:19:05) [MSC v.1916 64 bit (AMD64)] on win32
Type "help", "copyright", "credits" or "license" for more information.
>>> import tensorflow as tf
>>> print(tf.__version__)
2.7.0
>>>
```

图 3-52　GPU 版本的 TensorFlow 安装成功

2．在 Linux 系统下安装 GPU 版本的 TensorFlow

创建虚拟环境 tf-gpu-env，激活虚拟环境，运行下面命令。

```
pip install  tensorflow-gpu==2.2.0 -i https://mirrors.aliyun.com/pypi/simple
```

其中 -gpu==2.2.0 参数表示安装版本为 2.2.0，如图 3-53 所示。

```
>>> exit()
(tf-gpu-env) lj@ubuntu:~$ pip install tensorflow-gpu -i https://mirrors.aliyun.com/pypi/simple
Collecting tensorflow-gpu
  Downloading https://mirrors.aliyun.com/pypi/packages/41/6d/2348df00a34baaabdef0fdb4f46f962f7a8a672
0362c26c3a44a249767ea/tensorflow_gpu-1.14.0-cp27-cp27mu-manylinux1_x86_64.whl (377.0MB)
    14% |                              | 54.6MB 2.6MB/s eta 0:02:04
```

图 3-53　安装 GPU 版本的 TensorFlow

在 tf-gpu-env 虚拟环境目录输入命令：python，进入 python 提示符环境。输入下面命令。

```
import tensorflow as tf
print(tf.__version__)
```

运行结果显示 2.2.0，表示 TensorFlow 安装版本是 2.2.0，则表示 TensorFlow 安装成功，如图 3-54 所示。

```
(tf-gpu-env) lj@ubuntu:~$ python
Python 3.6.13 |Anaconda, Inc.| (default, Jun  4 2021, 14:25:59)
[GCC 7.5.0] on linux
Type "help", "copyright", "credits" or "license" for more information.
>>> import tensorflow as tf
>>> print(tf.__version__)
2.2.0
>>> 
```

图 3-54　安装 GPU 版本的 TensorFlow 成功

3.4　开发环境异常检测及处理

3.4.1　Anaconda 环境异常检测及处理

1．创建菜单失败异常

安装过程中出现问题选择忽略，但是安装成功。这个时候打开“开始”菜单会发现不能找到有关 Anaconda 的任何信息。

解决方法：运行 cmd，进入 anaconda3 目录，运行如下命令，把 Anaconda3 相关菜单加到开始菜单中，如图 3-55 所示。

```
python .\Lib\_nsis.py mkmenus
```

```
C:\Users\P52\anaconda3>python .\Lib\_nsis.py mkmenus
Processed C:\Users\P52\anaconda3\Menu\anaconda-navigator.json successfully.
Processed C:\Users\P52\anaconda3\Menu\console_shortcut.json successfully.
Processed C:\Users\P52\anaconda3\Menu\notebook.json successfully.
Processed C:\Users\P52\anaconda3\Menu\powershell_shortcut.json successfully.
Processed C:\Users\P52\anaconda3\Menu\spyder_shortcut.json successfully.

C:\Users\P52\anaconda3>_
```

图 3-55　创建 Anaconda3 菜单

2．conda 不是系统内部命令异常

在 Windows 命令窗口中输入 conda 命令，提示显示：路径 C:\Users\P52\anaconda3\Scripts\activate.bat’ is not recognized as an internal or external command,operable program or batch file.

解决方法：遇到此问题说明没有配置环境变量，参考本书“3.1.1 Windows 系统下 Anaconda 的安装与配置”一节中的环境配置相关内容。

3．创建虚拟环境异常

在 Anaconda 中第一次创建虚拟环境时，使用 conda create -n testaienv python=3.8 命令，发现运行速度非常慢。

解决方法：需要配置国内镜像地址，参考本书"3.1.2 Windows 系统下使用 Anaconda 管理虚拟环境"一节中的创建虚拟环境相关内容。

3.4.2　TensorFlow 及相关包安装异常及处理

1．TensorFlow 版本过高异常

系统安装了 TensorFlow 最新或较高版本，在测试 TensorFlow 过程中输入：import tensorflow as tf，出现主要提示错误：ImportError:DLL load failed with error code -1073741795，说明安装版本过高。

解决方法：卸载当前 TensorFlow，指定较低版本的 TensorFlow。例如，使用下面命令指定 2.2.0 版本。

```
pip install  tensorflow==2.2.0 -i https://mirrors.aliyun.com/pypi/simple
```

2．缺少 cudart64_xxx.dll 文件异常

在测试 TensorFlow 过程中输入：import tensorflow as tf，出现计算机缺少 cudart64_xxx.dll 文件的异常，说明计算机没有安装此文件。

解决方法：访问官方网站 https://www.dll-files.com/cudart64_xxx.dll.html 下载 cudart64-xxx.dll 文件，把该文件复制到 C:\Windows\System32\ 文件夹下（Windows 系统为 64 位版本）。如果计算机中没有 GPU，可忽略此异常。

3．不能加载动态链接库异常

安装 Python 和 TensorFlow 后进行测试，可能出现"Could not load dynamic libcudart.so.10.1"等异常，说明 Python、tensorflow-gpu 和 CUDA 的版本不一致。

解决方法：在创建虚拟环境确定版本时，到网站（https://tensorflow.google.cn/install/source#gpu）查一查 Python、tensorflow-gpu 和 CUDA 对应的版本。例如，tensorflow_gpu-2.0.0 版本对应的 Python 版本是 3.5-3.7，CUDA 则是版本 10，如图 3-56 所示。

版本	Python 版本	编译器	构建工具	cuDNN	CUDA
tensorflow_gpu-2.6.0	3.6-3.9	MSVC 2019	Bazel 3.7.2	8.1	11.2
tensorflow_gpu-2.5.0	3.6-3.9	MSVC 2019	Bazel 3.7.2	8.1	11.2
tensorflow_gpu-2.4.0	3.6-3.8	MSVC 2019	Bazel 3.1.0	8.0	11.0
tensorflow_gpu-2.3.0	3.5-3.8	MSVC 2019	Bazel 3.1.0	7.6	10.1
tensorflow_gpu-2.2.0	3.5-3.8	MSVC 2019	Bazel 2.0.0	7.6	10.1
tensorflow_gpu-2.1.0	3.5-3.7	MSVC 2019	Bazel 0.27.1-0.29.1	7.6	10.1
tensorflow_gpu-2.0.0	3.5-3.7	MSVC 2017	Bazel 0.26.1	7.4	10
tensorflow_gpu-1.15.0	3.5-3.7	MSVC 2017	Bazel 0.26.1	7.4	10

图 3-56　tensorflow_gpu、Python、CUDA 对应版本

CUDA 下载地址：https://developer.nvidia.cn/cuda-toolkit-archive，下载对应的 CUDA 和

显卡驱动。

cuDNN 下载地址：https://developer.nvidia.com/cudnn。

提示

> CUDA 是显卡厂商 NVIDIA 推出的运算平台，该架构使 GPU 能够加速解决复杂的计算问题。

安装 tensorflow_gpu-2.0.0、Python 3.6 版、CUDA 10 版后的测试结果如图 3-57 所示。

```
(tfgpuenv) C:\Users\P52>python
Python 3.6.2 |Continuum Analytics, Inc.| (default, Jul 20 2017, 12:30:02) [MSC v.1900 64 bit (AMD64)] on win32
Type "help", "copyright", "credits" or "license" for more information.
>>> import tensorflow as tf
>>> print(tf.__version__)
2.0.0
>>> a=tf.constant([2,3],name='a')
2021-11-21 20:42:18.588196: I tensorflow/core/platform/cpu_feature_guard.cc:142] Your CPU supports instructions that thi
s TensorFlow binary was not compiled to use: AVX2
>>> b=tf.constant([2,3],name='b')
>>> result=tf.add(a,b)
>>> print(result)
tf.Tensor([4 6], shape=(2,), dtype=int32)
>>>
```

图 3-57 测试结果

视野拓展 深化开放合作，共创人工智能发展生态

2020 年 3 月 28 日，华为开发者大会 2020 上，华为 MindSpore 首席科学家、IEEE Fellow 陈雷教授宣布，华为全场景 AI 计算框架 MindSpore 在码云正式开源，并将致力于构筑面向全球的开源社区，持续推动 AI 软硬件应用开源生态繁荣发展。

MindSpore 是华为人工智能解决方案的重要组成部分，与 TensorFlow、PaddlePaddle、PyTorch 等流行深度学习框架对标，旨在大幅度降低 AI 应用开发门槛，让人工智能无处不在。陈雷教授表示，MindSpore 原生适应每个场景包括端、边缘和云，并能够在按需协同的基础上，通过实现 AI 算法即代码，使开发态变得更加友好，显著减少模型开发时间，降低模型开发门槛。

技能实训 使用 Anaconda 管理虚拟环境

一、实训任务情境

某公司是一家人工智能科技公司，该公司的开发部门主要负责人工智能算法的开发与优化、系统应用的开发等工作。为了按照时间约定完成项目开发进度，从人才市场招聘 5 名应届毕业生，由于新员工对人工智能开发环境不熟悉，项目经理对新员工开展相关业务培训，强化技能。

二、实训任务内容

开发环境的搭建是人工智能系统开发与应用的第一步，搭建的成功与否直接影响开发进度。本实训主要强化 Anaconda3 虚拟环境使用与管理技能，具体内容为：

(1) 创建虚拟环境 AI
(2) 激活虚拟环境 AI
(3) 在 AI 虚拟环境下安装 urllib3 包
(4) 查看 urllib3 包
(5) 退出与删除 AI 虚拟环境

三、职业技能目标

对照 1+X《智能计算平台应用开发职业技能等级标准》分级要求，通过本次实训能够达到以下职业技能目标，见表 3-1。

表 3-1　职业技能目标

职业技能等级	工作领域	工作任务	工作技能要求
智能计算平台应用开发职业技能等级标准 - 初级	人工智能应用开发	人工智能基础应用软件安装	1．能正确安装配置脚本，开发运行环境 2．能在应用开发人员的指导下，协助完成应用集成软件开发环境的基础配置和调测
智能计算平台应用开发职业技能等级标准 - 中级	人工智能应用开发	人工智能基础应用软件安装	1．能根据人工智能开发环境需求，独立完成人工智能软件库的安装配置，如：TensorFlow，PyTorch 等 2．能运用 IDE 集成开发环境的基础知识，协助业务开发人员完成 IDE 开发环境（如 PyCharm、Eclipse）的基础软件安装和基础配置 3．能根据业务需求设计，独立完成应用集成软件环境的高级配置和调测

四、实训环境

1．硬件环境

计算机

2．软件环境

(1) 操作系统：Windows 10
(2) Anaconda3

五、实训操作步骤

(1) 创建虚拟环境 AI

运行 cmd 命令，进入命令窗口下，在提示符下输入如下命令以创建 AI 虚拟环境。

conda create -n AI python=3.8

(2) 激活虚拟环境 AI

创建完成 AI 虚拟环境后，则需要激活 AI 虚拟环境，输入如下命令进行激活。

conda activate AI

(3) 在 AI 虚拟环境下安装 urllib3 包

在 AI 虚拟环境下输入如下命令安装 urllib3 包，如图 3-58 所示。

```
pip install urllib3
```

```
(AI) C:\Users\P52>pip install urllib3
Collecting urllib3
  Downloading urllib3-1.26.7-py2.py3-none-any.whl (138 kB)
  |████████████████████████████████| 138 kB 82 kB/s
Installing collected packages: urllib3
Successfully installed urllib3-1.26.7
```

图 3-58　安装 urllib3 包

（4）查看 urllib3 包

在 AI 虚拟环境下输入如下命令查看所安装的包，找到 urllib3 包，则表示安装成功，如图 3-59 所示。

```
conda list
```

```
(AI) C:\Users\P52>conda list
# packages in environment at C:\Users\P52\anaconda3\envs\AI:
#
# Name                    Version                   Build  Channel
ca-certificates           2021.10.8            h5b45459_0    http://mirrors.tuna.tsinghua.edu.cn/anaconda/cloud/conda-forge
openssl                   3.0.0                h8ffe710_2    http://mirrors.tuna.tsinghua.edu.cn/anaconda/cloud/conda-forge
pip                       21.3.1             pyhd8ed1ab_0    http://mirrors.tuna.tsinghua.edu.cn/anaconda/cloud/conda-forge
python                    3.8.12          h900ac77_2_cpython    http://mirrors.tuna.tsinghua.edu.cn/anaconda/cloud/conda-forge
python_abi                3.8                     2_cp38    http://mirrors.tuna.tsinghua.edu.cn/anaconda/cloud/conda-forge
setuptools                59.2.0           py38haa244fe_0    http://mirrors.tuna.tsinghua.edu.cn/anaconda/cloud/conda-forge
sqlite                    3.36.0               h8ffe710_2    http://mirrors.tuna.tsinghua.edu.cn/anaconda/cloud/conda-forge
ucrt                      10.0.20348.0         h57928b3_0    http://mirrors.tuna.tsinghua.edu.cn/anaconda/cloud/conda-forge
urllib3                   1.26.7                   pypi_0    pypi
vc                        14.2                 ho210a1c_5    http://mirrors.tuna.tsinghua.edu.cn/anaconda/cloud/conda-forge
vs2015_runtime            14.29.30037          h902a5da_5    http://mirrors.tuna.tsinghua.edu.cn/anaconda/cloud/conda-forge
wheel                     0.37.0             pyhd8ed1ab_1    http://mirrors.tuna.tsinghua.edu.cn/anaconda/cloud/conda-forge
```

图 3-59　查看 urllib3 包

（5）退出与删除 AI 虚拟环境

退出 AI 虚拟环境，运行如下命令。

```
conda deactivate
```

删除 AI 虚拟环境，运行如下命令。

```
conda remove -n AI --all
```

（6）查看 Anaconda3 中创建的虚拟环境

查看 Anaconda3 中创建的虚拟环境，运行如下命令，会发现前面创建的 AI 虚拟环境不存在了。

```
conda env list
```

六、实训总结

通过本次实训，掌握在 Anaconda3 中通过命令方式创建虚拟环境、激活虚拟环境、在虚拟环境下安装所需要的包、退出虚拟环境、删除虚拟环境和查看已经创建的虚拟环境等内容，进一步加深了对 Anaconda3 中虚拟环境的理解和使用。

　考核评价

学生学习效果考核评价表见表 3-2。

表 3-2 学生学习效果考核评价表

考评标准		配分	三方考评			得分
			学生自评（20%）	小组互评（20%）	教师点评（60%）	
知识目标（40%）	了解 Anaconda 的作用	5				
	掌握 Anaconda 下虚拟环境的创建、激活、退出的方法	15				
	掌握在虚拟环境下安装包的方法	5				
	掌握虚拟环境的删除和已有虚拟环境的查看的方法	15				
技能目标（45%）	能够创建与查看虚拟环境	9				
	能够激活虚拟环境	9				
	能够在虚拟环境下安装包	9				
	能够退出虚拟环境	9				
	能够删除虚拟环境	9				
素质目标（15%）	严谨作风	8				
	合作共享	7				
合计		100				
考评教师						
考评日期				年 月 日		

填表说明：此表课前提前准备，过程形成性考评和终极考评考核相结合。

项目小结

本项目主要介绍了在 Windows 和 Linux 系统下安装配置人工智能系统开发环境的主要过程，为人工智能系统的开发奠定基础。在环境搭建的过程中，由于计算机系统、硬件等配置的不同，可能会出现各种各样的异常，这就需要耐心分析并处理，通过问题排查和资料查阅加以解决。

04 项目 4
人工智能系统模型数据处理

　　人工智能系统模型构建需要大量的"经验"数据，数据是人工智能系统的核心，没有高质量的数据，就无法产生好的人工智能系统模型，数据的质量决定了人工智能系统模型的能力。日常生活中的数据通常无法直接被使用，例如，有一些数据是重复的或者存在逻辑错误等，需要对数据进行一系列的处理，才能达到人工智能模型构建对数据的质量要求。对于人工智能系统开发者来说，可能很大部分时间都在开展数据处理工作。本项目将围绕数据处理的主要工作过程及典型工作任务进行讲解，包括数据获取、数据清洗、数据标注和数据增强。

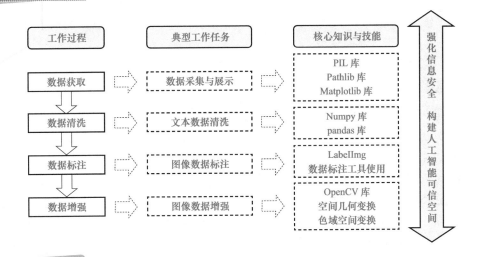

4.1 数据获取

在人工智能系统模型构建中，经常会提到"数据集"，什么是"数据集"？

数据集 (Data Set)，也称资料集、数据集合或资料集合，是一种由数据组成的集合。根据数据类型的不同，可以将数据集分为图片数据集、文本数据集、视频数据集、语音数据集等。数据集是在人工智能的机器学习任务中使用的一组数据，以用表格形式呈现的数据集为例，其中每一行数据表示一个样本，每一列代表一个特定变量，特定变量反映样本在某一方面的表现或性质的事项或属性，也称为特征。部分数据集中可能还会带有标签，标签相当于标准答案，是数据集一系列特征作用下的结果呈现。

在人工智能系统开发中，按照数据集的用途不同，数据集通常需要切分成不同的数据子集，一般划分为训练集和测试集。训练集是在训练过程中使用的数据集，每个样本被称为训练样本，通过使用训练集产生模型；而测试集是为了测试模型的有效性的数据集，每个样本被称为测试样本。典型的数据集样式如图 4-1 所示，该房价数据集分为训练集和测试集，有 3 个特征，分别为面积、朝向和配套（星级），单价是标签，与 3 个特征具有一定的关联性。

	序号	特征 1 面积	特征 2 朝向	特征 3 配套（星级）	标签 单价
训练集	1	89	西	1	5000
	2	101	北	2	6000
	3	110	南	3	7000
	4	120	西南	4	8000
测试集	5	130	西南	5	9000

图 4-1 典型的数据集样式

💡 **提示**

为了让模型效果得到更充分的检验，数据集还可以划分出验证集，验证集的作用是模型在投入使用之前，通过验证数据集再次检验模型的效果，如果模型的效果不好，可重新调整参数再次训练新的模型。

4.1.1 数据采集基础

随着互联网浪潮的崛起，产生了海量数据，海量数据隐藏着巨大的价值，可以供各行各业学习、分析及使用。海量数据为近年来的人工智能技术快速发展提供了重要的"生产资料"，而反过来人工智能技术的应用极大地扩展了数据采集的场景、范围和数量。

根据 CrowdFlower 数据科学调查报告分析，大多数数据科学家使用内部系统产生的数据，但有超过 50% 的数据科学家从至少 3 种不同来源获得数据，包括自主采集、公开数据集和外包收集，其中外包收集是指将数据相关业务外包给专业公司。接下来主要介绍自主收集和公开数据集两种方式。

目前，按照数据采集方式的不同，自主采集又可以分为离线采集和在线采集两种。

离线采集通过传感器、RFID（射频识别）等设备或技术方式采集数据。例如，通过温湿度传感器可以获取周围环境温度和湿度模拟数据，通过一定数据转换装置，再将模拟数据转换为实际需要的数字信号，还可以进一步对数据进行归类、总结，完成数据采集的工作。

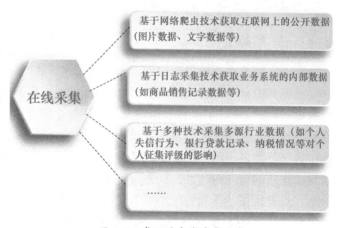

在线采集通过网络和软件技术手段对各类网络媒介资源数据、业务系统日志数据等进行采集。常用的在线采集方式如图 4-2 所示。

图 4-2 常用的在线采集方式

除了自主收集外，在计算机视觉领域，目前有很多公开数据集可供下载使用，极大降低了数据采集的成本。公开数据集有 MNIST 数据集、Fashion-MNIST 数据集、CIFAR-10 数据集、CIFAR-100 数据集、LFW 数据集等，下面分别进行介绍。

（1）MNIST 数据集（见图 4-3）

数据集下载链接：http://yann.lecun.com/exdb/mnist/

数据集发布时间：1998 年

数据集简介：MNIST 是一个手写数字的灰度图像数据集，来自美国国家标准与技术研究院（National Institute of Standards and Technology，NIST）。

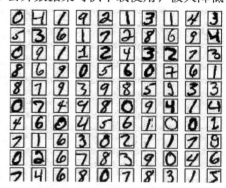

图 4-3 MNIST 数据集

（2）Fashion-MNIST 数据集（见图 4-4）

数据集下载链接：https://github.com/zalandoresearch/fashion-mnist

数据集发布时间：2017 年

数据集简介：Fashion-MNIST 数据集主要由 Zalando（一家德国的时尚科技公司）旗下的研究部门提供。Fashion-MNIST 数据集涵盖了来自 10 种类别的共 70000 个不同衣物的正面灰度图像。Fashion-MNIST 的大小、格式以及训练集 / 测试集划分与原始的 MNIST 完全一致。

（3）CIFAR-10 和 CIFAR-100 数据集（见图 4-5 和图 4-6）

数据集下载链接：http://www.cs.toronto.edu/~kriz/cifar.html

数据集发布时间：2009 年

数据集简介：CIFAR 数据集是更接近普适物体的彩色图像数据集，根据类别数量不同分为两个，一个是 CIFAR-10，一个是 CIFAR-100。

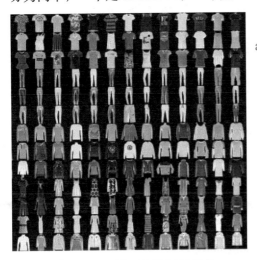

图 4-4　Fashion-MNIST 数据集

图 4-5　CIFAR-10 数据集

Superclass	Classes
aquatic mammals	beaver, dolphin, otter, seal, whale
fish	aquarium fish, flatfish, ray, shark, trout
flowers	orchids, poppies, roses, sunflowers, tulips
food containers	bottles, bowls, cans, cups, plates
fruit and vegetables	apples, mushrooms, oranges, pears, sweet peppers
household electrical devices	clock, computer keyboard, lamp, telephone, television
household furniture	bed, chair, couch, table, wardrobe
insects	bee, beetle, butterfly, caterpillar, cockroach
large carnivores	bear, leopard, lion, tiger, wolf
large man-made outdoor things	bridge, castle, house, road, skyscraper
large natural outdoor scenes	cloud, forest, mountain, plain, sea
large omnivores and herbivores	camel, cattle, chimpanzee, elephant, kangaroo
medium-sized mammals	fox, porcupine, possum, raccoon, skunk
non-insect invertebrates	crab, lobster, snail, spider, worm
people	baby, boy, girl, man, woman
reptiles	crocodile, dinosaur, lizard, snake, turtle
small mammals	hamster, mouse, rabbit, shrew, squirrel
trees	maple, oak, palm, pine, willow
vehicles 1	bicycle, bus, motorcycle, pickup truck, train
vehicles 2	lawn-mower, rocket, streetcar, tank, tractor

图 4-6　CIFAR-100 数据集

（4）LFW 数据集（见图 4-7）

数据集下载链接：http://vis-www.cs.umass.edu/lfw/index.html#download

数据集发布时间：2015 年

数据集简介：LFW 数据集共有 13233 张人脸图像，每张图像均给出对应的人名，共有 5749 人，且绝大部分人仅有一张图片，主要用于研究非受限情况下的人脸识别问题。

图 4-7　LFW 数据集

更多的数据集还可以根据需要从以下平台中去获取。

（1）Kaggle 竞赛平台

数据集下载网址：https://www.kaggle.com/datasets

> Kaggle 平台中包含很多图像、文本数据集等，下载数据前，需要注册 Kaggle 账号。

（2）VisualData 计算机视觉数据库

数据集下载网址：https://www.visualdata.io/discovery

（3）自动驾驶百度 ApolloScapes 库

数据集下载网址：http://apolloscape.auto/

（4）Seaborn（用于绘图的库）内置示例文本数据集

数据集下载网址：https://github.com/mwaskom/seaborn-data

（5）UCI 机器学习数据集

数据集下载网址：https://archive.ics.uci.edu/ml/index.php

不同的公开数据集下载方法不尽相同，一些常用的图片数据集，除了通过数据集下载链接手动下载数据集之外，还可以通过 keras.datasets 的 load_data() 方法自动联网下载，在 PyCharm 中运行如下代码，即可实现数据集下载。

```
# 导入 keras
from tensorflow import  keras
# 利用 keras.datasets 下载数据集
keras.datasets.mnist.load_data()  # 下载 MNIST 数据集
keras.datasets.fashion_mnist.load_data()  # 下载 Fashion-MNIST 数据集
keras.datasets.cifar10.load_data()  # 下载 CIFAR-10 数据集
keras.datasets.cifar100.load_data()  # 下载 CIFAR-100 数据集
```

运行结果如图 4-8 所示。

注意

> 以上代码运行时，数据集第一次下载需要联网，代码运行完成需要一些时间。受网速影响，下载可能会失败，可以尝试多运行几次。数据集成功下载到本地后，后续再运行此段代码，将直接从本地获取数据集，不会再有下载进度提示。

```
Downloading data from https://storage.googleapis.com/tensorflow/tf-keras-datasets/mnist.npz
11493376/11490434 [==============================] - 7s 1us/step
Downloading data from https://storage.googleapis.com/tensorflow/tf-keras-datasets/train-labels-idx1-ubyte.gz
32768/29515 [=================================] - 0s 3us/step
Downloading data from https://storage.googleapis.com/tensorflow/tf-keras-datasets/train-images-idx3-ubyte.gz
26427392/26421880 [==============================] - 11s 0us/step
Downloading data from https://storage.googleapis.com/tensorflow/tf-keras-datasets/t10k-labels-idx1-ubyte.gz
8192/5148 [===============================================] - 0s 0us/step
Downloading data from https://storage.googleapis.com/tensorflow/tf-keras-datasets/t10k-images-idx3-ubyte.gz
4423680/4422102 [==============================] - 2s 1us/step
Downloading data from https://www.cs.toronto.edu/~kriz/cifar-10-python.tar.gz
170500096/170498071 [==============================] - 90s 1us/step
Downloading data from https://www.cs.toronto.edu/~kriz/cifar-100-python.tar.gz
169009152/169001437 [==============================] - 84s 0us/step

Process finished with exit code 0
```

图 4-8 运行结果

4.1.2 数据采集与展示

1. 文本数据集采集与展示

Seaborn 是 Python 第三方用于绘图的库。该库中目前内置了多个示例文本数据集，可供分析使用，其中包括常见的泰坦尼克号、鸢尾花卉（Iris）等经典数据集，其中部分数据集如图 4-9 所示。文本数据集的加载读取相对比较简单，pandas 库提供了将表格或文本数据读取为 DataFrame 数据结构的函数，通常通过 read_csv 和 read_table 函数对 CSV 文件数据进行读取。

anscombe.csv	Add anscombe dataset
attention.csv	Add attention dataset
brain_networks.csv	Add brain networks dataset
car_crashes.csv	Add 538 car crash dataset
diamonds.csv	Add diamonds dataset
dots.csv	Add dots dataset
exercise.csv	Add exercise dataset
flights.csv	Add flights dataset
fmri.csv	Change sorting of events in fmri data
gammas.csv	Make fake fmri data make a bit more sense
geyser.csv	Add geyser dataset
iris.csv	Add iris dataset
mpg.csv	Add mpg dataset
penguins.csv	Change culmen to bill in penguins dataset
planets.csv	Add planets dataset
tips.csv	Add tips dataset
titanic.csv	Update titanic datset to remove index variable

图 4-9 Seaborn 内置文本数据集

接下来，以 Iris 数据集为例，介绍文本数据集读取与展示方法。Iris 数据集的中文名是安德森鸢尾花卉数据集，英文全称是 Anderson's Iris data set。Iris 数据集包含 150 个样本，对应数据集的每行数据，每行数据包含每个样本的 4 个特征和样本的类别标签信息，通过 4 个特征预测鸢尾花卉属于哪一品种（iris-setosa, iris-versicolour, iris-virginica），所以 Iris 数据集是一个 150 行 5 列的二维表。

```python
# 导入库
import  pandas as  pd
# 本地读取 Iris 鸢尾花卉的 csv 文本数据集，以实际路径为准
iris_data = pd.read_csv(r'D:\AIdata\Iris\iris.csv')
print(' iris data:')
# 打印 Iris 数据集前 5 行数据
print(iris_data.head())
# 打印 Iris 数据集的 shape
print(' iris data shape:',iris_data.shape)
# 打印 Iris 数据集的数据结构描述
print(' iris 数据结构描述 为 :',iris_data.describe())
```

运行结果如图 4-10 所示。

```
iris data:
   Unnamed: 0  Sepal.Length  Sepal.Width  Petal.Length  Petal.Width  Species
0           1           5.1          3.5           1.4          0.2   setosa
1           2           4.9          3.0           1.4          0.2   setosa
2           3           4.7          3.2           1.3          0.2   setosa
3           4           4.6          3.1           1.5          0.2   setosa
4           5           5.0          3.6           1.4          0.2   setosa
iris data shape: (150, 6)
iris数据结构描述为:
       Unnamed: 0  Sepal.Length  Sepal.Width  Petal.Length  Petal.Width
count  150.000000    150.000000   150.000000    150.000000   150.000000
mean    75.500000      5.843333     3.057333      3.758000     1.199333
std     43.445368      0.828066     0.435866      1.765298     0.762238
min      1.000000      4.300000     2.000000      1.000000     0.100000
25%     38.250000      5.100000     2.800000      1.600000     0.300000
50%     75.500000      5.800000     3.000000      4.350000     1.300000
75%    112.750000      6.400000     3.300000      5.100000     1.800000
max    150.000000      7.900000     4.400000      6.900000     2.500000
```

图 4-10　运行结果

2. 原始图片数据集采集与展示

很多时候，采集的数据集是原始图片数据集，如果希望读取并展示图片，可以通过 PIL 和 Pathlib 实现。

（1）PIL　PIL（Python Imaging Library）已经是 Python 平台事实上的图像处理标准库了。PIL 功能非常强大，API 非常简单易用。由于 PIL 仅支持到 Python 2.7，志愿者们在 PIL 的基础上创建了兼容的版本，名字叫 Pillow，支持 Python 3.x，又加入了许多新特性，因此，可以直接安装使用 Pillow。

Pillow 支持相当多的图片格式。直接使用 Image 模块中的 open() 函数读取图片，而不必先处理图片的格式，Pillow 自动根据文件决定格式。

（2）Pathlib　在编程过程中，经常会遇到读写文件，需要访问文件路径的情况。Pathlib 完全采用面向对象的编程方式，因为 Python 文档给它的定义是 Object-oriented filesystem paths（面向对象的文件系统路径），可以适用于不同的操作系统，提供 I/O 操作，在处理配置路径方面很便捷。

接下来演示读取和展示自定义猫狗数据集的图像，运行结果如图 4-11 所示。

```
# 导入库
import PIL
from PIL import　Image
import pathlib
# 加载本地数据集，data_dir 为数据集实际路径
data_dir = './data'
# 目标图片存储地址
data_dir = pathlib.Path(data_dir)
# 获取符合条件的图片
image_count = len(list(data_dir.glob('*/*.jpg')))
# 输出目标图片个数
print(image_count)
cat = list(data_dir.glob('cat/*'))
# 读取其中 1 张图片数据
img=PIL.Image.open(str(cat[0]))
Image._show(img)
```

图 4-11　运行结果

3．编码处理后的图片数据集采集与展示

一些公开图片数据集并不是直接以原始图片的形式存在，而是经过了编码及标记处理，这样便于使用。例如，CIFAR-10 数据集有 60000 张彩色图像，图像大小是 32×32，共 10 个类，每类 6000 张图，10 个类别分别是 airplane、automobile、bird、cat、deer、dog、frog、horse、ship 和 truck。前面已经介绍了通过代码方式自动下载 CIFAR-10 数据集的方法，下载后的数据集格式如图 4-12 所示，数据集分为 5 个训练批次和 1 个测试批次，训练批次共有 50000 个图像数据，测试批次有 10000 个图像数据，其中每一个图像数据包含 3073 字节（1 个标签 +3072 个像素值）。

```
batches.meta
data_batch_1
data_batch_2
data_batch_3
data_batch_4
data_batch_5
readme.html
test_batch
```

图 4-12　CIFAR-10 数据集格式

接下来，可以打印输出数据集数据、训练集图片（train_images）、测试集图片（test_images）信息，观察这些数据集结构。在编写代码之前，先来了解一下 Matplotlib，使用 plt.show() 输出样本图片数据。

Matplotlib 是一个非常强大的 Python 画图工具，可以绘制线图、散点图、等高线图、条形图、柱状图、3D 图形等。

如果开发环境中没有 Matplotlib，需要安装 Matplotlib，使用命令：pip install matplotlib（版本号可缺省，则为当前最新的版本）。

Matplotlib 绘图流程如图 4-13 所示。

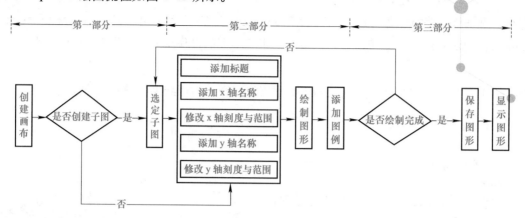

图 4-13　Matplotlib 绘图流程

第一部分是使用 Matplotlib 创建画布与创建子图。首先通过 plt.figure 构建出一张空白的画布，并可以使用 figure.add_subplot 选择是否将整个画布划分为多个部分，方便在同一幅图上绘制多个图形。最简单的绘图可以省略这个步骤，可直接在默认的画布上进行图形绘制。创建画布与创建子图主要函数见表 4-1。

表 4-1　创建画布与创建子图主要函数

函 数 名 称	函 数 作 用
plt.figure	创建一个空白画布，可以指定画布大小、像素
figure.add_subplot	创建并选中子图，可以指定子图的行数、列数，以及选中的图片编号

第二部分是使用 Matplotlib 添加画布内容。这是绘图的主体部分，其中添加标题、坐标轴名称，绘制图形等步骤是并列的，没有先后顺序，可以先绘制图形，也可以先添加各类标签。但是添加图例一定要在绘制图形之后。添加画布内容主要函数见表 4-2。

表 4-2　添加画布内容主要函数

函 数 名 称	函 数 作 用
plt.title	在当前图形中添加标题，可以指定标题的名称、位置、颜色、字体大小等参数
plt.xlabel	在当前图形中添加 x 轴名称，可以指定位置、颜色、字体大小等参数
plt.ylabel	在当前图形中添加 y 轴名称，可以指定位置、颜色、字体大小等参数
plt.xlim	指定当前图形 x 轴的范围，只能确定一个数值区间，而无法使用字符串标识
plt.ylim	指定当前图形 y 轴的范围，只能确定一个数值区间，而无法使用字符串标识
plt.xticks	指定 x 轴刻度的数目与取值
plt.yticks	指定 y 轴刻度的数目与取值
plt.legend	指定当前图形的图例，可以指定图例的大小、位置、标签等参数

第三部分是使用 Matplotlib 保存与显示图形。使用 plt.savefig 保存图形到指定位置，使用 plt.imshow 处理图像，使用 plt.show 显示图形，保存与显示图形主要函数见表 4-3。

表 4-3　保存与显示图形主要函数

函 数 名 称	函 数 作 用
plt.savefig	保存绘制的图片，可以指定图片的分辨率、边缘的颜色、保存的路径等参数
plt.imshow	负责对图像进行显示处理
plt.show	在本机显示图形

说明

  Matplotlib 是底层重要的绘图库，有很多函数可供使用，有很多参数可以设置。由于篇幅有限，Matplotlib 的更多介绍详见其中文参考手册，网站链接为 https://www.matplotlib.org.cn/。

  下面通过 CIFAR-10 数据集，讲解如何读取和展示编码处理后的图片数据集。

  首先，导入相关库并下载 CIFAR-10 数据集。

```
# 导入库
from tensorflow import keras
from matplotlib import pyplot as plt
# 下载 CIFAR-10 数据集
(train_images, train_labels), (test_images, test_labels) = keras.datasets.cifar10.load_data()
```

  其次，输出训练集图像、训练集标签数据、测试集图像、测试集标签数据，初步了解数据集概况。

```
# 输出训练集图像、训练集标签数据
print('train_image :',train_images.shape)
print('train_label :',train_labels.shape)
# 输出测试集图像、测试集标签数据
print('test_image :',test_images.shape)
print('test_label :',test_labels.shape)
```

  运行代码，查看训练集及标签数据大小和测试集及标签数据大小，展示输出结果如图 4-14 所示。

```
Downloading data from https://www.cs.toronto.edu/~kriz/cifar-10-python.tar.gz
170500096/170498071 [==============================] - 74s 0us/step
train_image : (50000, 32, 32, 3)
train_label : (50000, 1)
test_image : (10000, 32, 32, 3)
test_label : (10000, 1)
```

图 4-14　展示输出结果

  最后，定义样本分类列表，选择 12 个样本数据，以 3 行 4 列的方式进行可视化显示。

```
# 定义样本分类，10 分类，分类名
class_names = ['airplane', 'automobile', 'bird', 'cat', 'deer', 'dog', 'frog', 'horse', 'ship', 'truck']
# 可视化样本输出
# 输出训练集样本数据，训练集样本标签数据
# 输出 12 个样本数据，3 行、4 列，并显示样本列表标签名称
plt.figure(figsize=(10,10))
```

```
for i in range(12):
    plt.subplot(3,4,i+1)
    plt.xticks([])
    plt.yticks([])
    plt.grid(False)
    plt.imshow(train_images[i], cmap=plt.cm.binary)
    plt.xlabel(class_names[train_labels[i][0]])
plt.show()
```

训练集图片数据可视化展示输出结果如图 4-15 所示。

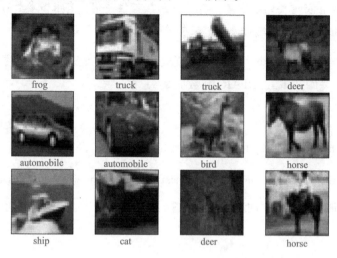

图 4-15　训练集图像数据可视化展示输出结果

4.2　数据清洗

"获取高质量的数据"被认为是人工智能项目成功的首要障碍。根据 2016 年的 CrowdFlower 数据科学报告，数据科学家花费大量时间清理和组织数据（占 60%），如图 4-16 所示，这也是他们最不喜欢的工作内容。尽管如此，它却是最重要的部分，如果未能有效处理数据，就无法输出高质量的模型。

虽然存在一些公开的数据集可供人工智能模型使用，但是这些数据集并不一定能解决所有的业务问题。所以，需要在实际工作中采集业务系统中真实的数据，但这些真实的数据往往会存在一些数据质量问题，通常称这些存在质量问题的数据为"脏"数据，例如，①数据不完整：数据中缺少属性或者包含缺失的值；②数据存在多噪音：数据中包含错误值或者无效值；③数据不一致：数据中存在逻辑错误、矛盾的值等，如图 4-17 所示。

4.2　数据清洗

图 4-16　2016 年的 CrowdFlower
数据科学报告

id	Name	Gender	Birthday	Job	Deoartment
8121	Lisa	F	1980-11-13	A	1
8122	Lily	F	①1961/12/15	B	1
8123	②	3　③	1987-12-03	C	2
④ 8123	Tom	M	1982-10-17	D	3
8124	Kate	F	1981-10-23	A ⑤	3
8125	John	M	1979-11-25	E	5
8126	Lucy	F	1967-01-15	F	5

①格式错误值　②缺失值　③无效值　④重复无效值　⑤逻辑关联错误值

图 4-17　"脏"数据类型

　　针对不同的问题，需要根据实际情况，采取不同的数据处理方法，一般包括数据清洗、数据合并、数据变换、特征处理等，如图 4-18 所示。

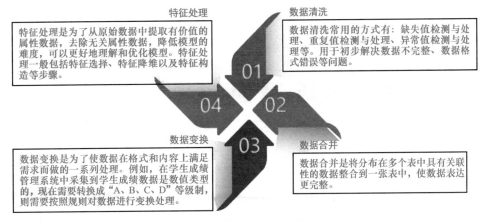

　　特征处理　　　　　　　　　　　数据清洗

　　特征处理是为了从原始数据中提取有价值的属性数据，去除无关属性数据，降低模型的难度，可以更好地理解和优化模型。特征处理一般包括特征选择、特征降维以及特征构造等步骤。

　　数据清洗常用的方式有：缺失值检测与处理、重复值检测与处理、异常值检测与处理等。用于初步解决数据不完整、数据格式错误等问题。

　　数据变换　　　　　　　　　　　数据合并

　　数据变换是为了使数据在格式和内容上满足需求而做的一系列处理。例如，在学生成绩管理系统中采集到学生成绩数据是数值类型的，现在需要转换成"A、B、C、D"等级制，则需要按照规则对数据进行变换处理。

　　数据合并是将分布在多个表中具有关联性的数据整合到一张表中，使数据表达更完整。

图 4-18　数据处理主要方法

　　虽然不同的数据需要选取不同的处理方法，但是数据清洗工作是一个必备的步骤，由于篇幅有限，接下来重点介绍数据清洗的相关方法。

　　数据清洗（**Data Cleaning**）主要是对数据进行重新审查和校验的过程，目的在于删除重复信息、纠正存在的错误 (异常值、缺失值等)，并提供数据一致性。简而言之，就是按照一定的规则把"脏数据""洗掉"。数据清洗是一个反复的过程，需要不断地发现问题并解决问题。数据清洗是数据处理的重要步骤，其结果的质量直接影响模型效果和最终结论。

4.2.1　数据清洗基础

　　在完成数据清洗任务前，首先学习数据清洗相关的常用库：NumPy 和 pandas。

1．NumPy

　　Python 提供了一个 array 模块，它直接保存数据，和 C 语言的一维数组比较类似。但是由于 Python 的 array 模块不支持多维，也没有各种运算函数，因此也不适合做数值运算。NumPy 的诞生弥补了这些不足，NumPy 提供了一种存储单一数据类型的多维数组 ndarray 的功能。ndarray 是一个快速且灵活的数据集容器，ndarray 的数组属性说明见表 4-4。

表 4-4　ndarray 的数组属性说明

属 性 名 称	说　　明
ndim	返回 int。表示数组的维数
shape	返回 tuple。表示数组的尺寸，对于 n 行、m 列的矩阵，形状为 (n,m)
size	返回 int。表示数组的元素总数
dtype	返回 data-type。描述数组中元素的类型
itemsize	返回 int。表示数组的每个元素的大小（以字节为单位）

NumPy 是 Python 的第三方库，使用命令 pip install numpy（版本号可缺省，默认安装当前最新版本）进行安装。

使用 NumPy 的 array 函数可以轻松创建 ndarray 数组，NumPy 能将序列数据（列表、元组或其他序列类型）转换为 ndarray 数组。NumPy 的 array 函数如下。array 函数属性说明见表 4-5。

numpy.array(object, dtype=None, copy=True, order=None, subok=False, ndmin=0)

表 4-5　array 函数属性说明

参 数 名 称	说　　明
object	接收 array。表示想要创建的数组
dtype	接收 data-type。表示数组所需的数据类型。如果未给定，则选择保存对象所需的最小类型。默认为 None
copy	对象是否需要复制，默认为 True
order	创建数组的样式，C 代表行方向，F 代表列方向，A 代表任意方向
subok	默认返回一个与基类类型一致的数组。如果为 True，则子类将被传递
ndmin	接收 int。指定生成数组应该具有的最小维数。默认为 0

可以使用 NumPy 的 array 函数创建数组并查看数组属性，示例代码如下，运行结果如图 4-19 所示。

```
# 导入 NumPy 库
import numpy as np
# 创建一维数组
arr1 = np.array([1, 2, 3, 4])
# 打印结果
print(' 创建的一维数组为：',arr1)
# 创建二维数组
arr2 = np.array([[1, 2, 3, 4],[4, 5, 6, 7], [7, 8, 9, 10]])
print(' 创建的二维数组为：\n',arr2)
# 查看数组结构
print(' 数组维度为：',arr2.shape)
# 查看数组类型
print(' 数组类型为：',arr2.dtype)
# 查看数组元素个数
print(' 数组元素个数为：',arr2.size)
# 查看数组每个元素大小
print(' 数组每个元素大小为：',arr2.itemsize)
```

```
创建的一维数组为： [1 2 3 4]
创建的二维数组为：
 [[ 1  2  3  4]
 [ 4  5  6  7]
 [ 7  8  9 10]]
数组维度为： (3, 4)
数组类型为： int32
数组元素个数为： 12
数组每个元素大小为： 4
```

图 4-19　使用 NumPy 的 array 函数创建数组并查看数组属性

还可以使用 NumPy 的其他函数创建数组，示例代码如下，运行结果如图 4-20 所示。

```
# 使用 arange 函数创建 0 到 1 之间步长为 0.1 的数组，数组中不包含 1
arr3 = np.arange(0,1,0.1)
print(' 使用 arange 函数创建的数组为：\n',arr3)
# 使用 linspace 函数创建数组，开始：0， 结束 1，元素个数 5
arr4 = np.linspace(0, 1, 5)
print(' 使用 linspace 函数创建的数组为：\n',arr4)
# 使用 logspace 函数创建等比数列
arr5 = np.logspace(0, 1, 5) # 开始：0， 结束 1，元素个数 5
print(' 使用 logspace 函数创建的数组为：\n',arr5)
# 使用 zeros 函数创建数组
arr6 = np.zeros((3,4))
print(' 使用 zeros 函数创建的数组为：\n',arr6)
# 使用 eye 函数创建数组，创建一个 n×n 单位
矩阵，对角线为 1， 其余为 0
arr7 = np.eye(3)
print(' 使用 eye 函数创建的数组为：\n',arr7)
# 使用 diag 函数创建数组
arr8 = np.diag([1,2,3,4])
print(' 使用 diag 函数创建的数组为：\n',arr8)
# 使用 ones 函数创建数组
arr9 = np.ones((2,3))
print(' 使用 ones 函数创建的数组为：
\n',arr9)
```

```
使用 arange 函数创建的数组为：
 [0.  0.1 0.2 0.3 0.4 0.5 0.6 0.7 0.8 0.9]
使用 linspace 函数创建的数组为：
 [0.   0.25 0.5  0.75 1.  ]
使用 logspace 函数创建的数组为：
 [ 1.          1.77827941  3.16227766  5.62341325 10.        ]
使用 zeros 函数创建的数组为：
 [[0. 0. 0. 0.]
 [0. 0. 0. 0.]
 [0. 0. 0. 0.]]
使用 eye 函数创建的数组为：
 [[1. 0. 0.]
 [0. 1. 0.]
 [0. 0. 1.]]
使用 diag 函数创建的数组为：
 [[1 0 0 0]
 [0 2 0 0]
 [0 0 3 0]
 [0 0 0 4]]
使用 ones 函数创建的数组为：
 [[1. 1. 1.]
 [1. 1. 1.]]
```

图 4-20　使用 NumPy 的其他函数创建数组

NumPy 的数组类型有很多种，要学会使用最常见的几种类型，如 float（浮点数）、int（整数）、complex（复数）、bool（布尔值）、string_（字符串）和 object（Python 对象）。数据类型之间可以相互转换，示例代码如下，运行结果如图 4-21 所示。

```
# 整型转换为浮点型
print(' 整型转换为浮点型转换结果为：',np.float64(54))
# 浮点型转换为整型
print(' 浮点型转换为整型转换结果为：',np.int8(78.0))
# 整型转换为布尔型
print(' 整型转换为布尔型转换结果为：',np.bool(42))
# 整型转换为布尔型
print(' 整型转换为布尔型转换结果为：',np.bool(0))
# 布尔型转换为浮点型
print(' 布尔型转换为浮点型转换结果为：',np.float(True))
# 布尔型转换为浮点型
print(' 布尔型转换为浮点型转换结果为：',np.float(False))
```

```
整型转换为浮点型转换结果为： 54.0
浮点型转换为整型转换结果为： 78
整型转换为布尔型转换结果为： True
整型转换为布尔型转换结果为： False
布尔型转换为浮点型转换结果为： 1.0
布尔型转换为浮点型转换结果为： 0.0
```

图 4-21　数据类型转换

使用 NumPy 可以自定义数据类型，示例代码如下，运行结果如图 4-22 所示。

```
# 创建数据类型，数组包含 20 个字符的字符串，64 位的整数，64 位的浮点数
df = np.dtype([("name", np.str_, 20), ("items", np.int64), ("price",np.float64)])
print(' 数据类型为：',df)
print(' 数据类型为：',df["name"])
# 查看数据类型，可以直接查看或者使用 NumPy 的 dtype 函数查看
print(' 数据类型为：',np.dtype(df["name"]))
# 自定义数据类型
item = np.array([("tomatoes", 20, 1.58), ("cabbages", 18, 9.4)], dtype=df)
print(' 自定义数据为：',item)
```

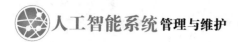

使用 NumPy 的 random 模块可以生成多种随机数，示例代码如下，运行结果如图 4-23 所示。

```
# 无约束条件下生成随机数
print(' 无约束条件下生成随机数组为：',np.random.random(5))
# 生成服从均匀分布的随机数
print(' 服从均匀分布的随机数组为：\n',np.random.rand(3,2))
# 生成服从正态分布的随机数
print(' 服从正态分布的随机数组为：\n',np.random.randn(3,2))
# 生成给定上下范围的随机数，如创建一个最小值不小于 2、最大值不大于 10 的 2 行、3 列数组
print(' 给定上下范围的随机数组为：',np.random.randint(2,10,size = [2,3]))
```

```
数据类型为：  [('name', '<U20'), ('items', '<i8'), ('price', '<f8')]
数据类型为： <U20
数据类型为： <U20
自定义数据为： [('tomatoes', 20, 1.58) ('cabbages', 18, 9.4)]
```

图 4-22　自定义数据类型

```
无约束条件下生成随机数组为： [0.97402012 0.60955914 0.61792578 0.32313855 0.90969727]
服从均匀分布的随机数组为：
 [[0.07639135 0.1164352 ]
 [0.71467406 0.84306035]
 [0.70514365 0.51327588]]
服从正态分布的随机数组为：
 [[ 0.04764194  0.20808365]
 [ 1.19114738  0.59003685]
 [-0.98531994 -0.5562652 ]]
给定上下范围的随机数组为： [[9 7 8]
 [6 9 9]]
```

图 4-23　生成随机数

在使用数据时，通常需要根据条件有针对性地选取数据，在 NumPy 产生的数组中，可以根据索引选取指定数据。一维数组的索引使用，示例代码如下，运行结果如图 4-24 所示。

```
# 一维数组的索引
arr11 = np.arange(10)
print(' 数组值为：\n',arr11)
# 用整数作为下标可以获取数组中的某个元素
print(' 索引结果 1 为：',arr11[3])
# 用范围作为下标获取数组的一个切片，包括 arr[3] 不包括 arr[5]
print(' 索引结果 2 为：',arr11[3:5])
# 省略开始下标，表示从 arr[0] 开始
print(' 索引结果 3 为：',arr11[:5])
# 下标可以使用负数，-1 表示数组从后往前数的第一个元素
print(' 索引结果 4 为：',arr11[-1])
# 下标可以用来修改元素的值
arr11[2:4]=88,99
print(' 索引结果 5 为：\n',arr11)
# 范围中的第 3 个参数表示步长，2 表示隔一个元素取一个元素
print(' 索引结果 6 为：',arr11[1:-1:2])
# 步长为负数时，开始下标必须大于结束下标
print(' 索引结果 7 为：',arr11[5:1:-2])
```

```
数组值为：
 [0 1 2 3 4 5 6 7 8 9]
索引结果1为： 3
索引结果2为： [3 4]
索引结果3为： [0 1 2 3 4]
索引结果4为： 9
索引结果5为：
 [ 0  1 88 99  4  5  6  7  8  9]
索引结果6为： [ 1 99  5  7]
索引结果7为： [ 5 99]
```

图 4-24　一维数组的索引

下面是多维数组的索引使用示例代码，运行结果如图 4-25 所示。

```
# 多维数组的索引
arr12 = np.array([[1, 2, 3, 4, 5],[5, 6, 7, 8, 9], [9, 11, 12, 13, 14]])
print(' 创建的二维数组为：',arr12)
# 索引第 1 行中第 4 和 5 列的元素
print(' 索引结果 1 为：',arr12[0,3:5])
```

```
# 索引第 2 和 3 行中第 3 ~ 5 列的元素
print(' 索引结果 2 为：',arr12[1:,2:])
# 索引第 3 列的元素
print(' 索引结果 3 为：',arr12[:,2])
# 索引第 2、3 行中第 1、3、4 列的元素
print(' 索引结果 4 为：',arr12[1:,(0,2,3)])
mask = np.array([1,0,1],dtype = np.bool)
# mask 是一个布尔数组，索引第 1、3 行中第 3 列的元素
print(' 索引结果 5 为：',arr12[mask,2])
```

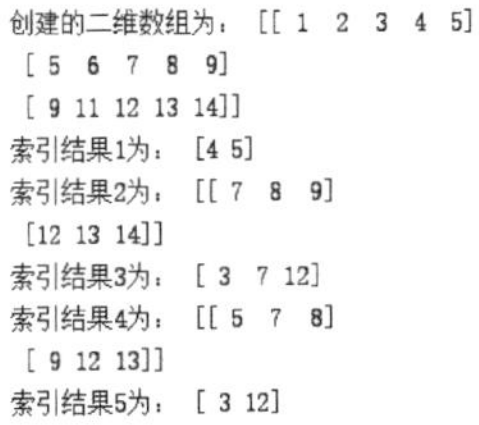

```
创建的二维数组为：[[ 1  2  3  4  5]
 [ 5  6  7  8  9]
 [ 9 11 12 13 14]]
索引结果1为：[4 5]
索引结果2为：[[ 7  8  9]
 [12 13 14]]
索引结果3为：[ 3  7 12]
索引结果4为：[[ 5  7  8]
 [ 9 12 13]]
索引结果5为：[ 3 12]
```

图 4-25　多维数组的索引

为了更加方便使用数据，需要改变数组形状，示例代码如下，运行结果如图 4-26 所示。

```
# 改变数组形状
# 创建一维数组
arr13 = np.arange(12)
print(' 创建的一维数组为：',arr13)
# 设置数组的形状
print(' 新的数组为：',arr13.reshape(3,4))
# 查看数组维度
print(' 新的数组维度为：',arr13.reshape(3,4).ndim)
# 使用 ravel 函数展平数组
arr14 = np.arange(6).reshape(3,2)
print(' 创建的二维数组为：',arr14)
print(' 数组展平后为：',arr14.ravel())
# 使用 flatten 函数展平数组
# 横向展平
print(' 数组横向展平为：',arr14.flatten())
# 纵向展平
print(' 数组纵向展平为：',arr14.flatten('F'))
```

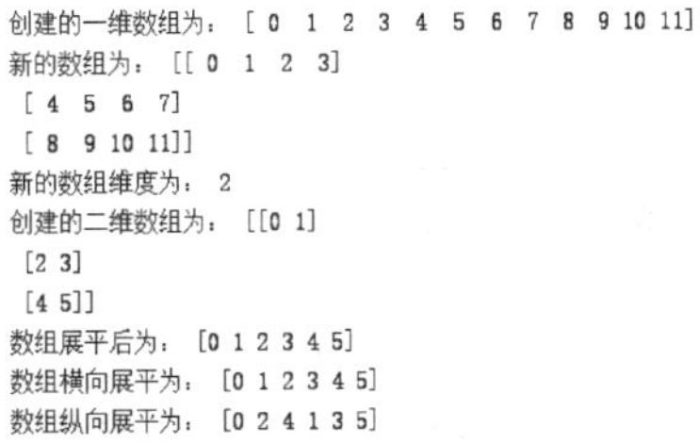

```
创建的一维数组为：[ 0  1  2  3  4  5  6  7  8  9 10 11]
新的数组为：[[ 0  1  2  3]
 [ 4  5  6  7]
 [ 8  9 10 11]]
新的数组维度为：2
创建的二维数组为：[[0 1]
 [2 3]
 [4 5]]
数组展平后为：[0 1 2 3 4 5]
数组横向展平为：[0 1 2 3 4 5]
数组纵向展平为：[0 2 4 1 3 5]
```

图 4-26　改变数组形状

说明

由于篇幅有限，本节主要介绍了与数据清洗任务相关的部分函数，NumPy 更多的函数用法，可以到 NumPy 官网 http://www.numpy.org/ 查阅。

2．pandas

pandas 是一个基于 NumPy 的 Python 库，是专门为了解决数据分析任务而创建的，它不仅包含了大量的库和一些标准的数据模型，而且提供了高效操作大型数据集所需的工具，被广泛地应用到学术和商业等领域。

pandas 提供了一系列能够快速、便捷地处理结构化数据的数据结构和函数。

pandas 具有高性能的数组计算功能以及电子表格和关系型数据库（如 SQL）灵活的数据处理功能。pandas 具有复杂精细的索引功能，可便捷地完成重塑、切片和切块、聚合及选取数据子集等操作。

pandas是Python的第三方库，需要安装pandas，使用命令pip install pandas（版本号可缺省，默认安装当前最新版本）进行安装。

pandas 主要提供了 3 种数据结构：Series（带标签的一维数组）、DataFrame（带标签且大小可变的二维表格结构）、Panel（带标签且大小可变的三维数组）。

下面主要介绍常用的 Series 和 DataFrame。

（1）Series

Series 是一个类似一维数组的对象，它能够保存任何类型的数据，主要由一组数据和与之相关的索引两部分构成，类似于 Python 中的字典，如图 4-27 所示，Series 的索引（index）位于左边，数据（element）位于右边。

Series

index	element
0	1
1	2
2	3
3	4
4	5

图 4-27　Series 结构

创建 Series 的示例代码如下，主要使用 pandas 中的 Series 实现，传入索引及对应的值即可，如果没有指定索引，Series 会默认构建与数据对应的 0 到 N-1（N 为数据长度）作为索引，运行结果如图 4-28 所示。

```
# 导入库
import pandas as pd
import numpy as np
# 通过传入一个列表来创建一个 Series 类对象
# 创建 Series 类对象
ser_obj1 = pd.Series([11, 22, 32, 44, 55])
print('Series 类对象 1 为：\n',ser_obj1)
# 创建 Series 类对象，并指定索引
ser_obj2 = pd.Series([21, 22, 23, 24, 25],index=['a', 'b', 'c', 'd', 'e'])
print('Series 类对象 2 为：\n',ser_obj2)
# 使用 dict 进行构建一个 Series 类对象
year_data = {2018: 20.8, 2019: 23.4, 2020: 19.8}
ser_obj3 = pd.Series(year_data)
print('Series 类对象 3 为：\n',ser_obj3)
```

```
Series类对象1为：
 0    11
1    22
2    32
3    44
4    55
dtype: int64
Series类对象2为：
 a    21
b    22
c    23
d    24
e    25
dtype: int64
Series类对象3为：
 2018    20.8
2019    23.4
2020    19.8
dtype: float64
```

图 4-28　创建 Series

为了能方便地操作 Series 对象中的索引和数据，该对象提供的两个属性 index 和 values 需分别获取。pandas 中的索引都是 Index 类对象，又称为索引对象，该对象是不可以修改的，运行结果如图 4-29 所示。

```
# 创建 Series 类对象
ser_obj = pd.Series([31, 32, 33, 34, 35],index=['a', 'b', 'c', 'd', 'e'])
# 获取 ser_obj 的索引
print('Series 类对象索引为：\n',ser_obj.index)
# 获取 ser_obj 的数据
print('Series 类对象数据为：\n',ser_obj.values)
# 获取位置索引 3 对应的数据
print('Series 类对象位置索引 3 的数据为：\n',ser_obj[3])
# 获取索引值为“c”对应的数据
print('Series 类对象位置索引值为 c 的数据 1 为：\n',ser_obj['c'])
print('Series 类对象位置索引值为 c 的数据 2 为：\n',ser_obj.c)
```

```
Series类对象索引为：
 Index(['a', 'b', 'c', 'd', 'e'], dtype='object')
Series类对象数据为：
 [31 32 33 34 35]
Series类对象位置索引3的数据为：
 34
Series类对象位置索引值为c的数据1为：
 33
Series类对象位置索引值为c的数据2为：
 33
```

图 4-29　Series 的索引

当对某个索引对应的数据进行运算以后，其运算的结果会替换原数据，仍然与这个索

引保持着对应的关系，如图 4-30 所示。

（2）DataFrame

DataFrame 是一个类似于二维数组或表格（如 Excel）的对象，它每列的数据可以是不同的数据类型，如图 4-31 所示。

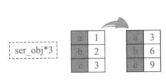

图 4-30　Series 的运算

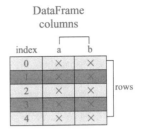

图 4-31　DataFrame 结构

> DataFrame 的索引不仅有行索引，还有列索引，数据可以有多列。

创建 DataFrame 的示例代码如下，主要使用 pandas 中的 DataFrame 实现，运行结果如图 4-32 所示。

```
# DataFrame 的创建
# 通过传入数组来创建 DataFrame 类对象
# 创建数组
demo_arr = np.array([[1, 2, 3], [4, 5, 6]])
# 基于数组创建 DataFrame 对象
df_obj = pd.DataFrame(demo_arr)
print('DataFrame 对象 1 为：\n',df_obj)
# 在创建 DataFrame 类对象时，可以指定列索引和行索引
df_obj = pd.DataFrame(demo_arr, columns=['No1', 'No2', 'No3'])
print('DataFrame 对象 2 为：\n',df_obj)
df_obj = pd.DataFrame(demo_arr, columns=['No1', 'No2','No3'],index=['a','b'])
print('DataFrame 对象 3 为：\n',df_obj)
# 通过传入字典来创建 DataFrame 类对象
# 创建字典
demo_dic = {'No1':[1,2,3,4],'No2':[2,3,4,5]}
# 基于字典创建 DataFrame 对象
df_obj = pd.DataFrame(demo_dic)
print('DataFrame 对象 4 为：\n',df_obj)
```

```
DataFrame对象1为：
     0  1  2
0    1  2  3
1    4  5  6
DataFrame对象2为：
    No1 No2 No3
0    1   2   3
1    4   5   6
DataFrame对象3为：
    No1 No2 No3
a    1   2   3
b    4   5   6
DataFrame对象4为：
    No1 No2
0    1   2
1    2   3
2    3   4
3    4   5
```

图 4-32　创建 DataFrame

pandas 提供了将文本数据读取为 DataFrame 数据结构的函数，经常使用的是 read_csv 和 read_table 函数，见表 4-6。

表 4-6　文本数据读取函数

函　　数	说　　明
read_csv	读取带分隔符的数据，默认分隔符为逗号
read_table	读取带分隔符的数据，默认分隔符为制表符

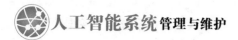

下面是 read_csv 函数的使用方法。

```
# 导入库
import    pandas  as pd
# 本地读取 Iris 的 csv 文本数据集，以实际路径为准
iris_data = pd.read_csv(r'D:\AIdata\Iris\iris.csv')
print(' iris data:')
# 打印 Iris 数据集前 5 行数据
print(iris_data.head())
# 打印 Iris 数据集的 shape
print(' iris data shape:',iris_data.shape)
# 打印 Iris 数据集的数据结构描述
print(' iris 数据结构描述 为 :',iris_data.describe())
```

CSV 文件读取的运行结果如图 4-33 所示。

```
Iris data:
   Unnamed: 0  Sepal.Length  Sepal.Width  Petal.Length  Petal.Width Species
0           1           5.1          3.5           1.4          0.2 setosa
1           2           4.9          3.0           1.4          0.2 setosa
2           3           4.7          3.2           1.3          0.2 setosa
3           4           4.6          3.1           1.5          0.2 setosa
4           5           5.0          3.6           1.4          0.2 setosa
Iris data shape: (150, 6)
Iris数据结构描述为：
        Unnamed: 0  Sepal.Length  Sepal.Width  Petal.Length  Petal.Width
count   150.000000    150.000000   150.000000    150.000000   150.000000
mean     75.500000      5.843333     3.057333      3.758000     1.199333
std      43.445368      0.828066     0.435866      1.765298     0.762238
min       1.000000      4.300000     2.000000      1.000000     0.100000
25%      38.250000      5.100000     2.800000      1.600000     0.300000
50%      75.500000      5.800000     3.000000      4.350000     1.300000
75%     112.750000      6.400000     3.300000      5.100000     1.800000
max     150.000000      7.900000     4.400000      6.900000     2.500000
```

图 4-33   CSV 文件读取

说 明

pandas 更多的函数用法，可以去 pandas 官网 https://pandas.pydata.org/ 查阅。

4.2.2　文本数据清洗

在文本数据中，数据不完整、存在缺失值等是经常会遇到的问题，但缺失值处理也要具体情况具体分析。缺失值清洗方法一般包括确定缺失值范围、删除不需要字段、补充缺失内容、重新取数等，具体可以按照图 4-34 所示的策略灵活选择。

```
高  ↑
    │ 特性：重要性高，缺失率低。    重  特性：重要性高，缺失率高。
    │ 策略：通过计算进行补充，      要  策略：其他渠道补全数据；
    │ 通过业务和经验估计。          性  去除字段，在结果中标明。
    │                                                        缺失率
    │ 特性：重要性低，缺失率低。        特性：重要性低，缺失率高。
    │ 策略：不做处理，简单补充。        策略：去除该字段。
低  └──────────────────────────────────────→ 高
```

图 4-34   缺失值处理策略

　　下面通过构建一个有缺失值的简单的 DataFrame，具体来介绍缺失值（NaN）检测及处理方法。在下面的代码中，使用了 pandas 中 DataFrame 的 isnull 和 notnull 函数快速定位是否存在缺失值，通过 sum 函数统计缺失值，dropna 函数删除缺失值（传入 how='all'，axis=0 表示删除全为 NaN 的那些行），fillna 函数补充缺失值，将缺失值替换为常数，运行结果如图 4-35 和图 4-36 所示。

```python
# 导入库
import   numpy as np
from pandas import   DataFrame
# 创建有缺失值的 DataFrame
df1 = DataFrame([[3,4,5],[3,5,np.nan],['China',np.nan,'America'],
[np.nan,np.nan,np.nan]])
# 打印有缺失 DataFrame
print(" 构造的缺失数据 df1 为：\n",df1)
# 查看缺失值损失情况
print("df1 缺失数据情况为：\n",df1.isnull())
# 查看没有缺失值的情况
print("df1 非缺失数据情况为：\n",df1.notnull())
# 缺失值计数
print("df1 缺失值计数：",df1.isnull().sum().sum())
# 删除缺失值 ,axis=0 删除缺失值行（如果 axis=1 则表示
删除缺失值列）
print(" 删除 df1 缺失值：\n",df1.dropna(how='all',axis=0))
# 补充缺失值，全补充
print(" 补充 df1 缺失值：\n",df1.fillna(100))
# 补充缺失值，不同列补充，将第 1 列缺失值补充为 6，第 3 列缺失值补充为 5
print(" 补充 df1 缺失值不同列数据：\n",df1.fillna({0:6,2:5}))
```

构造的缺失数据df1为：
```
      0    1        2
0     3  4.0        5
1     3  5.0      NaN
2 China  NaN  America
3   NaN  NaN      NaN
```
df1缺失数据情况为：
```
      0      1      2
0 False  False  False
1 False  False   True
2 False   True  False
3  True   True   True
```
df1非缺失数据情况为：
```
      0      1      2
0  True   True   True
1  True   True  False
2  True  False   True
3 False  False  False
```
df1缺失值计数：5

删除df1缺失值：
```
      0    1        2
0     3  4.0        5
1     3  5.0      NaN
2 China  NaN  America
```
补充df1缺失值：
```
      0      1        2
0     3    4.0        5
1     3    5.0      100
2 China  100.0  America
3   100  100.0      100
```
补充df1缺失值不同列数据：
```
      0    1        2
0     3  4.0        5
1     3  5.0        5
2 China  NaN  America
3     6  NaN        5
```

图 4-35　运行结果 1　图 4-36　运行结果 2

　　接下来，对稍微复杂的 Iris 数据集进行处理。在 Iris 数据集中，通过增加重复行和缺失值，构造一个新的数据集，进一步深入掌握数据清洗的步骤，读取 Iris 数据集方法参看前面内容的介绍。

```python
# 数据清洗，清洗前增加重复数据和缺失数据
print(' 清洗前 Iris 数据为：\n',iris_data)
# 检查缺失值，False 为没有缺失值，True 为有缺失值
print('Iris 数据缺失情况为：\n',iris_data.isnull())
iris_data = iris_data.dropna(how='all',axis=0)
print(" 删除 Iris 数据缺失值：\n",iris_data)
# 判断重复行数据
print('Iris 重复的数据为：\n',iris_data.duplicated())
# 清除特定列的重复行数据
# iris_data = iris_data.drop_duplicates(subset = ['Sepal.Length','Sepal.Width'],keep='first')
# 清除所有重复行数据
iris_data = iris_data.drop_duplicates()
print(' 清除重复数据后的数据为：\n',iris_data)
# 数据替换
iris_data = iris_data.replace({5.1:5.2,3.5:3.6})
print(' 替换数据后的数据为：\n',iris_data)
```

清洗前的数据如图 4-37 所示，在清洗前的数据中，框选的第 150 行为重复值，151 行为空（NaN）值，这是我们构造的数据。

根据数据缺失情况，通过前面介绍的缺失值处理步骤，检查数据缺失情况，查看缺失值，如图 4-38 所示。由于数据特征全部缺失，数据无效，所以做删除缺失值的操作，如图 4-39 所示。

再通过 duplicated 函数来判断是否有重复行数据，如图 4-40 所示。对于重复行数据，通过 drop_duplicates 函数删除多余的重复项，可以删除特定列的重复行数据，还可以删除所有重复行数据，运行结果如图 4-41 所示。

使用 replace 对原值进行替换，如图 4-42 所示，将表格中"5.1"替换为了"5.2"。

可以将数据清洗的结果使用 Matplotlib 和 Seaborn 进行可视化展示，进一步观察数据规律。前面已经介绍了，Matplotlib、Seaborn 是基于 Matplotlib 的 Python 可视化库，它提供了一个高级界面来绘制统计图形。Seaborn 实质上是在 Matplotlib 的基础上进行了更高级的 API 封装，从而使得作图更加容易，不需要经过大量的调整就能使图变得精美。一般将 Seaborn 视为 Matplotlib 的补充，而不是替代。下面将使用 Seaborn 中的 violinplot 来绘制琴形图，运行结果如图 4-43 所示。

```
清洗前Iris数据为:
     Unnamed: 0  Sepal.Length  ...  Petal.Width   Species
0           1.0          5.1   ...         0.2    setosa
1           2.0          4.9   ...         0.2    setosa
2           3.0          4.7   ...         0.2    setosa
3           4.0          4.6   ...         0.2    setosa
4           5.0          5.0   ...         0.2    setosa
..          ...          ...   ...         ...       ...
147       148.0          6.5   ...         2.0  virginica
148       149.0          6.2   ...         2.3  virginica
149       150.0          5.9   ...         1.8  virginica
150       150.0          5.9   ...         1.8  virginica
151         NaN          NaN   ...         NaN       NaN
```

图 4-37 清洗前的数据

```
Iris数据缺失情况为:
     Unnamed: 0  Sepal.Length  Sepal.Width  Petal.Length  Petal.Width  Species
0         False         False        False         False        False    False
1         False         False        False         False        False    False
2         False         False        False         False        False    False
3         False         False        False         False        False    False
4         False         False        False         False        False    False
..          ...           ...          ...           ...          ...      ...
147       False         False        False         False        False    False
148       False         False        False         False        False    False
149       False         False        False         False        False    False
150       False         False        False         False        False    False
151        True          True         True          True         True     True

[152 rows x 6 columns]
```

图 4-38 查看缺失值

```
删除Iris数据缺失值:
     Unnamed: 0  Sepal.Length  ...  Petal.Width   Species
0           1.0          5.1   ...         0.2    setosa
1           2.0          4.9   ...         0.2    setosa
2           3.0          4.7   ...         0.2    setosa
3           4.0          4.6   ...         0.2    setosa
4           5.0          5.0   ...         0.2    setosa
..          ...          ...   ...         ...       ...
146       147.0          6.3   ...         1.9  virginica
147       148.0          6.5   ...         2.0  virginica
148       149.0          6.2   ...         2.3  virginica
149       150.0          5.9   ...         1.8  virginica
150       150.0          5.9   ...         1.8  virginica

[151 rows x 6 columns]
```

图 4-39 删除缺失值

```
Iris重复的数据为:
0      False
1      False
2      False
3      False
4      False
       ...
146    False
147    False
148    False
149    False
150     True
Length: 151, dtype: bool
```

图 4-40 查看重复行数据

清除重复数据后的数据为：

	Unnamed: 0	Sepal.Length	...	Petal.Width	Species
0	1.0	5.1	...	0.2	setosa
1	2.0	4.9	...	0.2	setosa
2	3.0	4.7	...	0.2	setosa
3	4.0	4.6	...	0.2	setosa
4	5.0	5.0	...	0.2	setosa
..	...	...	...	...	...
145	146.0	6.7	...	2.3	virginica
146	147.0	6.3	...	1.9	virginica
147	148.0	6.5	...	2.0	virginica
148	149.0	6.2	...	2.3	virginica
149	150.0	5.9	...	1.8	virginica

[150 rows x 6 columns]

图 4-41　清除重复值

替换数据后的数据为：

	Unnamed: 0	Sepal.Length	...	Petal.Width	Species
0	1.0	5.2	...	0.2	setosa
1	2.0	4.9	...	0.2	setosa
2	3.0	4.7	...	0.2	setosa
3	4.0	4.6	...	0.2	setosa
4	5.0	5.0	...	0.2	setosa
..	...	...	...	...	...
145	146.0	6.7	...	2.3	virginica
146	147.0	6.3	...	1.9	virginica
147	148.0	6.5	...	2.0	virginica
148	149.0	6.2	...	2.3	virginica
149	150.0	5.9	...	1.8	virginica

[150 rows x 6 columns]

图 4-42　替换值

```python
# 可视化输出，分别从数据分布和斜率，观察各特征与类别之间的关系
# plt.subplots() 函数的返回值赋值给 fig 和 ax 两个变量
# 设置子图的宽度和高度，可以在函数内加入 figsize 值
# 以下是 2 行、2 列，8×8 大小的子图，sharex=True 表示 x 坐标轴的属性相同
fig, axes = plt.subplots(2, 2, figsize=(8, 8), sharex=True)
# 隐藏左、上、右框线
sns.despine(left=True)
# 设置颜色主题
antV = ['#1890FF', '#2FC25B', '#FACC14', '#223273', '#8543E0', '#13C2C2', '#3436c7', '#F04864']
# 绘制 violinplot 图
sns.violinplot(x='Species', y='Sepal.Length', data=iris_data, palette=antV, ax=axes[0, 0])
sns.violinplot(x='Species', y='Sepal.Width', data=iris_data, palette=antV, ax=axes[0, 1])
sns.violinplot(x='Species', y='Petal.Length', data=iris_data, palette=antV, ax=axes[1, 0])
sns.violinplot(x='Species', y='Petal.Width', data=iris_data, palette=antV, ax=axes[1, 1])
plt.show()
```

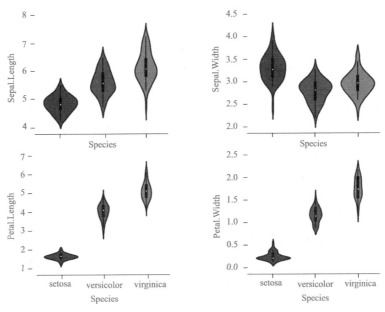

图 4-43　数据可视化：绘制琴形图

4.3　数据标注

在算力、算法与数据的合力推动下，以及在无人驾驶、人脸识别、语音交互等人工智能第三次浪潮的冲击下，人工智能技术的突破与行业落地如雨后春笋，焕发源源不断的生机。

在人工智能发展如火如荼的背后，为人工智能发展提供数据燃料的数据标注正在成为一门新兴产业。

从 2010 年到 2017 年，ImageNet 项目每年都会举办一次大规模的计算机视觉识别挑战赛，各参赛团队通过编写算法来正确分类、检测和定位物体及场景。ImageNet 项目的成功改变了在人工智能领域中大众的认知，即数据是人工智能研究的核心，数据甚至比算法更重要，数据标注越来越受到人们的重视。

目前，学术界尚未对数据标注的概念形成统一的认识，受到较为广泛认可的定义为：数据标注是对未处理的初级（原始）数据，如图片、视频、文本、语音等，进行加工处理，并转换为机器可识别信息的过程。

4.3.1　数据标注基础

通过自主采集获得的原始数据，一般都是需要经过标注后才能被人工智能算法和模型调用。对于很多标准的公开数据集，及其训练集和测试集都是已经标注过的数据，可直接使用，如 MNIST、CIFAR-10/100 等。日常生活中产生的数据，需要进行标注后才能使用。

4.3.2　图像数据标注

图像标注（Image Captioning）一般要求标注人员使用不同的颜色对不同的目标标记物进行轮廓识别，然后给相应的轮廓打上标签，用标签来概述轮廓内的内容，以便让算法模型能够识别图像中的不同标记物。图像标注主要用于完成图像分类、物体检测、描点标注等任务，例如，为人脸识别、自动驾驶车辆识别等应用提供样本。

图像分类是从给定的标签集中选择合适的标签分配给被标注的图像。例如，猫狗图片数据集中，需要标识出哪些是猫（cat），哪些是狗（dog），如图 4-44 所示。

目标检测是从图像中标识出待检测的对象，并通过标注框的形式将对象标注出来，如图 4-45 所示。

cat　　　　　dog

图 4-44　图像分类

描点标注是将需要标注的元素（如人脸、关节）按照需求位置进行点位标识，从而实现特定部位的关键点的识别，一般用于人脸检测、姿态检测等，如图 4-46 所示。

图像数据标注相对复杂，且非常耗时，是一类比较典型的工作任务。随着图像数据标注的不断发展，有很多图像数据标注工具应运而生，可以极大提高标注效率。常用的图像数据标注工具有：LabelImg、LabelMe、RectLabel、ImageLabel、LC_Finder、VOTT、精灵标注助手和 ModelArts 等。

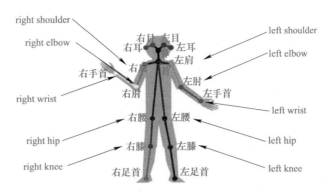

图 4-45　目标检测　　　　　　　图 4-46　对人物关键点描点标注

下面重点介绍使用 LabelImg 对图像数据进行标注。

LabelImg 是一个图形界面的图像标注软件，它是用 Python 语言编写的，图形界面使用的是 Qt（PyQt）。LabelImg 对图像进行矩形形式的标注（可用于图像分类、目标检测等任务）。LabelImg 标注后保存 xml 文件，使用 PASCAL VOC 格式（ImageNet 数据集也是使用的这种格式），还支持 YOLO 格式。

说明

> LabelImg 的下载可访问网址 https://github.com/tzutalin/LabelImg。

在 Windows 系统下安装和使用 LabelImg 的步骤如下。

1）通过 cmd 命令行方式进入 Anaconda 虚拟环境（techaienv），如图 4-47 所示。

2）输入命令"pip install labelimg"安装 LabelImg，如图 4-48 所示。

```
C:\Users\24361>conda activate techaienv
(techaienv) C:\Users\24361>
```

```
(techaienv) C:\Users\24361>pip install labelimg
```

图 4-47　进入 Anaconda 虚拟环境　　　　　　图 4-48　安装 LabelImg

3）LabelImg 安装成功后，在虚拟环境（techaienv）中的 Scripts 文件夹下找到并运行 LabelImg.exe 文件，如图 4-49 所示。打开 LabelImg，如图 4-50 所示。为了方便使用，可以将此 exe 文件发送至桌面快捷方式。

Data (D:) › installsoftware › Anaconda3 › envs › techaienv › Scripts		
名称 ^	修改日期	类型
imageio_download_bin	2022/2/25 12:53	应用程序
imageio_remove_bin	2022/2/25 12:53	应用程序
labelImg	2022/5/11 21:24	应用程序
markdown_py	2022/2/22 12:55	应用程序
normalizer	2022/2/23 20:54	应用程序
pip	2021/8/7 2:15	应用程序
pip3	2021/8/7 2:15	应用程序

图 4-49　运行 LabelImg.exe 文件

图 4-50　打开 LabelImg

LabelImg 常用的快捷键见表 4-7。

表 4-7　LabelImg 常用的快捷键

快 捷 键	功 能 说 明
d	下一张图片
a	上一张图片
W	创建框
Del	删除选定的框
Ctrl+U	加载标注图片路径
Ctrl+R	更改标注结果文件路径
Ctrl+S	保存标注结果
Ctrl+E	编辑标签
Ctrl+D	拷贝标注框标签

4）选择"Open"或"Open Dir"打开图片或图片文件夹，如图 4-51 所示。

5）可对图片数据创建多个标签，也可对多张图片进行数据标注。可使用侧栏工具对图片进行相关操作，如图 4-52 所示。

图 4-51　打开图片文件或图片文件夹

图 4-52　侧栏工具

6）按快捷键 <Ctrl+S>，保存标注文件，生成 xml 标注格式文件，如图 4-53 所示。

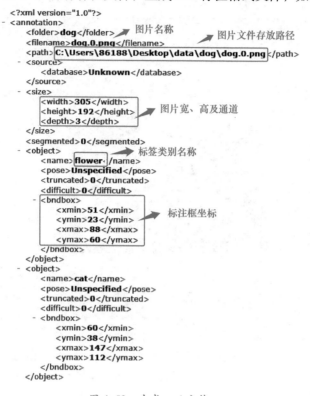

图 4-53　生成 xml 文件

> **提示**
>
> 　　华为云提供的 ModelArts 不仅可以标注图像数据，还可以标注文本数据和语音数据，可以到官网 https://www.huaweicloud.com/product/modelarts.html 进行了解。

4.4　数据增强

　　数据增强（Data Augmentation）技术是基于有限的数据样本，通过对训练图像做一系列随机改变，来产生相似但又不同的训练样本，让样本数据更加丰富，从而扩大训练数据集的规模，提高训练数据集模型的泛化能力。例如，可以对图像进行不同方式的裁剪，使感兴趣的物体出现在不同位置，从而减少模型对物体出现位置的依赖性；也可以通过调整亮度、色彩等因素来降低模型对色彩的敏感度。

> **注意**
>
> 　　因本书篇幅限制，图像变换的实际效果无法完全展示，读者可以尝试使用书中的代码复现，观察实际的图像效果。本书类似问题不再重复说明。

4.4.1　图像处理基础

　　图像是人类视觉的基础，是自然景物的客观反映，是人类认识世界和人类自身的重要源泉。

对于图像，有一个重要的概念——图像分辨率。

图像分辨率又分为空间分辨率和灰度分辨率。

空间分辨率是每英寸图像内有多少个像素点被采样，分辨率的单位为 PPI(Pixels Per Inch，像素每英寸)。采样过程实质上是对一幅图像等间距划分成多个网格，每一个网格表示一个像素点。采样间隔越大，所得图像像素数越少，空间分辨率越低，图像质量越差，严重时出现马赛克效应；采样间隔越小，所得图像像素数越多，空间分辨率越高，图像质量越好，但数据量大。

灰度分辨率是用于量化灰度的比特数，通常用 2 的整数次幂来表示，例如，8bit 表示的灰度范围是 0 到 255。量化实质上是颜色值数字化的过程。量化等级越多，所得图像层次越丰富，灰度分辨率越高，图像质量越好，但数据量大；量化等级越少，图像层次欠丰富，灰度分辨率越低，会出现假轮廓现象，图像质量变差，但数据量小。

根据图像的灰度级数，可将图像分为黑白图像（二值图像，用 0 和 1 表达）、灰度图像和彩色图像。

黑白图像（二值图像）是图像中每个像素的取值只能是黑或白，没有中间的过渡值，二值图像的像素值为 0 或 1，0 表示黑，1 表示白，如图 4-54 所示。黑白图像一般用来描述字符图像，其优点是占用空间少，其缺点是当表示人物或风景的图像时，黑白图像只能展示其边缘轮廓信息，图像内部的细节和纹理特征表现不明显。

灰度图像是二值图像的进化版本，每个像素由一个量化的灰度值来描述，它不包含彩色信息。灰度图像中的灰度级数通常取值有 256（0 ~ 255）个，从最暗的黑色（0）到最亮的白色（255），不同灰度值代表不同颜色深度，如图 4-55 所示。

彩色图像是图像中每个像素由红色（R）、绿色（G）、蓝色（B）构成。其中 R、G、B 分别是由不同的灰度值来描述的，如图 4-56 所示。

图 4-54　黑白图像　　　　　　　图 4-55　灰度图像

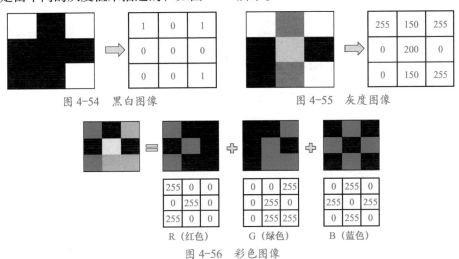

图 4-56　彩色图像

除了要掌握图像基础知识外，对于数据增强的实现，还需要掌握一些第三方库，主要有：

1）Pillow 和 PIL。

2）Matplotlib。

3）OpenCV。

注：由于印刷效果，颜色无法呈现，可参考配套资源中的图像。

前面已经介绍了 PIL 和 Matplotlib，接下来主要介绍 OpenCV。

OpenCV 是一个基于 BSD 许可（开源）发行的跨平台计算机视觉和机器学习软件库，可以运行在 Linux、Windows、Android 和 Mac OS 操作系统上。它轻量级而且高效，由一系列 C 函数和少量 C++ 类构成，同时提供了 Python、Ruby、MATLAB 等语言的接口，实现了图像处理和计算机视觉方面的很多通用算法。

OpenCV 提供的视觉处理算法非常丰富，并且它部分以 C 语言编写，加上其开源的特性，处理得当，不需要添加新的外部支持也可以完整地编译链接生成执行程序，所以很多人用它来做算法的移植，OpenCV 的代码经过适当改写可以正常地运行在主流嵌入式系统中。

在使用 OpenCV 前，需要使用命令 pip install opencv-python（版本号可缺省，默认安装当前最新版）安装 OpenCV。Python 使用 OpenCV 前，需要导入 cv2。

```
# 导入库
import cv2
import numpy as np
import matplotlib.pyplot as plt
```

OpenCV 图像基本操作具体如下。

（1）读取图像

```
srcimage = cv2.imread('cat.227.jpg',cv2.IMREAD_COLOR)
```

其中，第一个参数是图像文件名，第二个参数是一个标志，它指定了读取图像的方式，常用的方式有：

1）cv2.IMREAD_COLOR：加载彩色图像。任何图像的透明度都会被忽视，默认标志。

2）cv2.IMREAD_GRAYSCALE：以灰度模式加载图像。

3）cv2.IMREAD_UNCHANGED：加载图像，包括 alpha 通道。

cv2.imread 函数使用示例代码如下。

```
# 导入库
import cv2
# 读取图像
srcimage = cv2.imread('cat.227.jpg',cv2.IMREAD_COLOR)
print(srcimage.shape)
print(srcimage)
```

上述代码中，由于输入的是一张彩色图像，所以首先指定图像读取方式为"cv2.IMREAD_COLOR"，最后打印输出图像形状（高度、宽度、颜色通道）和图像矩阵，原始图像及运行结果分别如图 4-57、图 4-58 所示，这张彩色图像的高度是 335，宽度是 448，颜色通道数是 3。彩色图像矩阵实质是一个三维的矩阵，每个数字代表一个颜色值。

```
(335, 448, 3)
[[[148 152 153]
  [148 152 153]
  [147 151 152]
  ...
  [ 58  62  63]
  [ 58  62  63]
  [ 58  62  63]]

 [[148 152 153]
  [148 152 153]
  [147 151 152]
  ...
  [ 58  62  63]
  [ 58  62  63]
  [ 58  62  63]]

 [[148 152 153]
  [148 152 153]
  [147 151 152]
  ...
```

图 4-57　原始图像　　　　　图 4-58　运行结果

（2）显示图像

为了显示图像，除了使用 OpenCV，还要使用 Matplotlib。

```python
# 导入库
import cv2
import matplotlib.pyplot as plt
srcimage = cv2.imread('cat1.jpg',cv2.IMREAD_COLOR)
# 颜色模型转换，BGR 模型转换为 RGB 模型
targtimage = cv2.cvtColor(srcimage, cv2.COLOR_BGR2RGB)
plt.imshow(targtimage)
plt.axis('off')
plt.show()
```

从上面的代码中可以看出，使用到了 cv2.cvtColor 函数（在本书 4.4.2 图像数据增强一节中将会详细介绍），这是因为经过 OpenCV 读取到的图像颜色模型为 BGR 模型，而 Matplotlib 能够正常显示处理的是 RGB 颜色模型，所以需要对颜色模型进行转换，运行结果如图 4-59 所示。

图 4-59　运行结果

　　大家可以尝试不进行颜色模型转换，看会是什么样的效果？

（3）写图像

OpenCV 提供了 cv2.imwrite 函数用于写图像。

cv2.imwrite(文件名，图像数据)

其中，第一个参数是图像文件名，第二个参数是要写入的图像数据。

cv2.imwrite 函数使用示例代码如下。

```
# 生成图像矩阵
height = 200
width = 200
newimage = np.ones((height,width,3),np.uint8)
# 显示图像
targtimage1 = cv2.cvtColor(newimage, cv2.COLOR_BGR2RGB)
plt.imshow(targtimage1)
plt.axis('off')
plt.show()
# 写图像
cv2.imwrite('newimg.jpg',newimage)
```

上述代码主要分为 3 个部分：生成图像矩阵、显示图像和写图像，其中生成图像矩阵使用了 NumPy 的 ones 函数，写图像的 cv2.imwrite 函数主要完成的是将图像矩阵数据保存为图像格式，所保存的图像可以是 jpg 格式，还可以是 png 格式等，运行结果如图 4-60 所示。

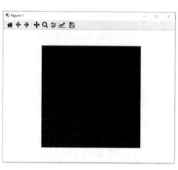

图 4-60　运行结果

（4）读视频

视频是由一系列单独的图像组成的，比图像的读取更加复杂。一幅幅单独的图像称为帧，每秒钟连续播放的帧数称为帧速率，典型帧速率有 24 帧 /s、25 帧 /s、30 帧 /s。由于视频播放是利用人眼的视觉暂留特性产生运动影响，因此对帧速率有一定的要求。PAL 制式电视系统帧速率为 25 帧 /s，NTSC 制式电视系统帧速率为 30 帧 /s。

使用 OpenCV 读取视频，示例代码如下。

```
import cv2
cap = cv2.VideoCapture(' 视频文件路径 ')
fps = cap.get(cv2.CAP_PROP_FPS)
CAP_PROP_FRAME_WIDTH = int(cap.get(cv2.CAP_PROP_FRAME_WIDTH))
CAP_PROP_FRAME_HEIGHT = int(cap.get(cv2.CAP_PROP_FRAME_HEIGHT))
fnums = cap.get(cv2.CAP_PROP_FRAME_COUNT)
ret, frame = cap.read()
while ret:
    cv2.imshow("capture", frame)
    cv2.waitKey(1000//(int(fps)))
    ret, frame = cap.read()
cap.release()
cv2.destroyAllWindows()
```

 说明

OpenCV 更多资源链接如下：

OpenCV 官方资源：https://docs.opencv.org/master/d6/d00/tutorial_py_root.html

OpenCV 代码资源：http://sourceforge.net/projects/opencvlibrary

4.4.2　图像数据增强

为了提升人工智能模型泛化性，避免过拟合，数据增强是一种有效的手段。

对于图像数据增强，大体可以从空间几何变换和色域空间变换两个方面进行处理。

1．空间几何变换

空间几何变换，是指使用户获得或设计的原始图像，按照需要产生大小、形状和位置的变换。图像空间几何变换不改变图像的像素值，只改变像素所在的几何位置，图像的几何变换可以看成是将各像素在图像内移动的过程，如图 4-61 所示。

图像空间几何变换常用方法如图 4-62 所示。

图 4-61　空间几何变换

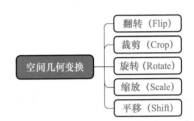

图 4-62　空间几何变换常用方法

（1）翻转（Flip）

翻转可分为水平翻转、垂直翻转以及水平垂直同时翻转。它可以看作是一种镜像操作，表现为左右颠倒或者上下颠倒等。

```
newimage = cv2.flip(srcimage,0)
```

其中，第一个参数 srcimage 为图像文件名；第二个参数是一个标志，0 表示垂直翻转（沿 x 轴），1 为水平翻转（沿 y 轴），−1 为垂直和水平同时翻转。

（2）裁剪（Crop）

裁剪主要是保留部分图像，裁剪坐标为 [y0:y1,x0:x1]。

```
newimage = srcimage[0:120, 0:300]
```

（3）旋转（Rotate）

图像的旋转一般是以图像的中心为原点，将图像上的所有像素都旋转一个相同的角度。OpenCV 提供了一个函数 getRotationMatrix2D 进行旋转，图像旋转角度是通过变换矩阵实现的。OpenCV 提供了可缩放的旋转以及可调整的旋转中心，因此可以在任何位置旋转。

```
cv2.getRotationMatrix2D(Point2f center, double angle, double scale)
```

其中，Point2f center 表示旋转的中心点；double angle 表示旋转的角度；double scale 表示图像缩放因子。

（4）缩放（Scale）

图像比例缩放是指将给定的图像在 x、y 轴方向按比例分别缩放，比例分别为 m 和 n，从而获得一幅新的图像。

使用 OpenCV 的函数 resize() 进行缩放，可以指定图像的大小，也可以指定缩放比例。

```
cv2.resize(src,dsize,dst=None,fx=None,fy=None,interpolation=None)
```

其中，src 为输入图像；dsize 为输出图像尺寸；dst 为目标输出；fx 为沿水平轴的比例因子；fy 为沿垂直轴的比例因子；interpolation 为插值方法，常见的有最近邻插值、二次插值、立方插值等。

（5）平移（Shift）

将一幅图像中的所有点按照给定的偏移量分别沿 x 轴、y 轴移动，即为图像的平移，使用 OpenCV 的函数 cv2.warpAffine 进行平移。

```
cv2.warpAffine(src, M, dsize[, dst[, flags[, borderMode[, borderValue]]]])
```

其中，src 为输入图像；M 为变换矩阵，一般为 2×3 形式（即两行、三列）的转换矩阵，用于矩阵内部运算；dsize 为输出图像的大小（包括填充区域），其形式为 (width，height)；dst 为目标输出；flags 为插值方法的组合（int 类型）；borderMode 为边界像素模式（int 类型）；borderValue 为边界填充值，默认情况下为 0。

2．色域空间变换

色域（Color Gamut）指某种设备所能表达的颜色数量所构成的范围区域，即各种屏幕显示设备、打印机或印刷设备所能表现的颜色范围。在现实世界中，自然界中可见光谱的颜色组成了最大的色域空间，该色域空间中包含了人肉眼所能见到的所有颜色。

色域空间也称为颜色空间或者颜色模型。常见的颜色模型有 BGR、RGB、HSV、Lab、YCrCb 等。

OpenCV 加载的彩色图像为 BGR 模型，如要将其转换为其他常见的颜色模型，可以使用颜色模型转换函数 cv2.cvtColor()。

```
dstimg = cv2.cvtColor(srcimg, code)
```

其中，srcimg 为输入图像；dstimg 为转换后的图像，与 srcimg 深度一致；code 为需要指定的色域空间变换类型。

（1）BGR 模型

使用 OpenCV 读取如图 4-57 所示的原始图像，默认读取后的图像颜色模型为 BGR 模型。

```
plt.imshow(srcimage)
plt.axis('off')
plt.show()
```

BGR 模型运行结果如图 4-63 所示。

从运行结果来看，图像颜色失真，这就是前面提到的要进行颜色模型转换的原因。可以按照上面的方法读取任意一张图片查看效果，体会到更加直观的效果。

（2）RGB 模型

按照国际照明委员会（CIE）规定的三基色（R，G，B）构成表色系统，自然界的任一种颜色都可通过这三种基色按不同比例混合而成。由于 RGB 模型将三基色同时加入以产生新的颜色，所以它是一个加色系统。将 BGR 模型转换为 RGB 模型，图片显示变为正常效果，代码如下。

```
targtimage = cv2.cvtColor(srcimage, cv2.COLOR_BGR2RGB)
plt.imshow(targtimage)
plt.axis('off')
plt.show()
```

RGB 模型运行结果如图 4-64 所示。

图 4-63　BGR 模型

图 4-64　RGB 模型

（3）HSV 模型

HSV 模型的三维表示是从 RGB 立方体演化而来的。设想从 RGB 立方体沿对角线的白色顶点向黑色顶点观察，就可以看到立方体的六边形外形。六边形边界表示色彩，水平轴表示纯度，明度沿垂直轴测量。

H 表示色彩信息，即所处的光谱颜色的位置，由角度量来表示，红、绿、蓝分别相隔 120 度，互补色分别相差 180 度。

S 表示为纯度，范围从 0 到 1，它表示成所选颜色的纯度和该颜色最大的纯度之间的比率。S=0 时，只有灰度。

V 表示色彩的明亮程度，范围从 0 到 1，它和光强度之间并没有直接的联系。

将 BGR 模型转换为 HSV 模型，代码如下。

```
targtimage = cv2.cvtColor(srcimage, cv2.COLOR_BGR2HSV)
plt.imshow(targtimage)
plt.axis('off')
plt.show()
```

HSV 模型运行结果如图 4-65 所示。

（4）Lab 模型

Lab 模型由 3 个要素组成，L 为亮度，a 和 b 是两个颜色通道。L 的取值范围是 [0,100]，表示从纯黑到纯白；a 的取值范围是 [127,-128]，表示从红色到绿色的范围；b 的取值范围是 [127,-128]，表示从黄色到蓝色的范围。这 3 种要素混合后将产生具有明亮效果的色彩。将 BGR 模型转换为 Lab 模型，代码如下。

```
targtimage6 = cv2.cvtColor(srcimage, cv2.COLOR_BGR2Lab)
plt.imshow(targtimage6)
plt.axis('off')
plt.show()
```

Lab 模型运行结果如图 4-66 所示。

（5）YCrCb(YUV) 模型

YCrCb(YUV) 模型主要用于优化彩色视频信号的传输，其中"Y"表示明亮度 (Luminance 或 Luma)，"U"和"V"表示的则是色度，用来描述影像色彩及饱和度，用于指定像素的颜色。将 BGR 模型转换为 YCrCb 模型，代码如下。

```
targtimage = cv2.cvtColor(srcimage, cv2.COLOR_BGR2YCrCb)
plt.imshow(targtimage)
plt.axis('off')
plt.show()
```

YCrCb 模型运行结果如图 4-67 所示。

图 4-65　HSV 模型

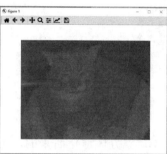
图 4-66　Lab 模型

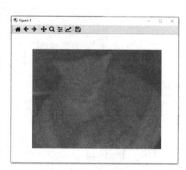
图 4-67　YCrCb 模型

视野拓展　强化信息安全，构建人工智能可信空间

2019 年，国家人工智能标准化总体组在《人工智能伦理风险分析报告》中指出，个人信息的隐私权是信任和个人自由的根本，同时也是人工智能时代维持文明与尊严的基本方式。早期，由于技术有限，数据获取成本高、回报低，导致大部分的个人隐私泄露的安全事件都是以"点对点"的形式发生，即以黑客为主的组织利用计算机木马等技术对个别用户进行侵害，从而在这些个别用户身上获利，非大数据时代下的个人信息泄露流程如图 4-68 所示。

随着大数据和人工智能的发展，数据挖掘的深度与广度的不断加深，人工智能技术与用户隐私保护出现的紧张关系愈加严重。不法分子获取个人隐私数据的方式更多、成本更低、利益更大，导致近年来数据安全事件频发，甚至形成了完整的产业链，大数据时代个人信息泄露产业链如图 4-69 所示。

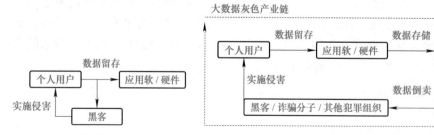
图 4-68　非大数据时代下的个人信息泄露流程　　　　图 4-69　大数据时代个人信息泄露产业链

随着人工智能等技术的使用，数据富含越来越大的价值，从而也导致个人信息泄露的情况频繁发生。个人隐私保护、个人敏感信息识别的重要性日益凸现。为了保护数据主体的权益，2018年5月25日，欧盟《通用数据保护条例》（GDPR）正式生效，增加了数据主体的被遗忘权和删除权，引入了强制数据泄露通告、专设数据保护官员等条款，同时包含了更严厉的违规处罚。2018年10月，第40届数据保护与隐私专员国际大会（ICDPPC）通过了由法国国家信息与自由委员会、欧洲数据保护专员和意大利个人数据保护专员提出的《人工智能伦理与数据保护宣言》。

2020年3月6日，国家市场监督管理总局、国家标准化管理委员会发布中华人民共和国国家标准公告（2020年第1号）。其中，全国信息安全标准化技术委员会归口的GB/T 35273—2020《信息安全技术　个人信息安全规范》（以下简称《规范》）正式发布，并于2020年10月1日实施。

《规范》针对个人信息面临的安全问题，根据《中华人民共和国网络安全法》等相关法律，规范个人信息控制者在收集、存储、使用、共享、转让、公开披露等信息处理环节中的相关行为。《规范》规定在收集个人生物识别信息前，应单独向个人信息主体告知收集、使用个人生物识别信息的目的、方式和范围，以及存储时间等规则，并征得个人信息主体的明示同意，旨在遏制个人信息非法收集、滥用、泄露等乱象，保护个人的合法权益和社会公众利益。

技能实训　人工智能系统模型数据处理

一、实训任务情境

某公司是一家人工智能科技公司，该公司的数据处理部门主要负责为其他部门提供数据源和初步数据处理结果。该公司的研发部门要求该部门提供一定数量的图像，用于图像识别算法改进。但是数据处理部门现有图像资源有限，无法直接满足研发部门的需求，而网络获取图像又存在侵权风险，假设你是该部门的一名员工，请按照进度和工作要求完成此任务。

二、实训任务内容

数据处理是人工智能应用的初始阶段，本实训提供猫、狗两个样本分类，猫的数据样本共22个，狗的数据样本23个，在真实模型训练应用过程中，这样的样本数量是远远不够的，为了增加数据样本，可采用数据增强处理。本实训使用PyCharm创建项目、包、资源文件夹、py文件，并编写代码实现图像数据增强处理，具体内容为：

1）读取本地图像数据。

2）实现图像颜色通道转换。

3）对图像数据做数据增强处理，对数据做缩放、平移、翻转等，并对处理后的图片数据进行标注，作为新的样本扩充到原数据样本中。

三、职业技能目标

对照1+X《智能计算平台应用开发职业技能等级标准》分级要求，通过本次实训能够

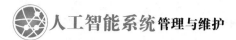
达到以下职业技能目标，见表4-8。

表4-8　职业技能目标

职业技能等级	工作领域	工作任务	工作技能要求
智能计算平台应用开发职业技能等级标准-中级	数据管理	数据处理	数据的基础处理包括能根据标准产品数据要求，对数据进行ETL（抽取、转换、加载）操作；能根据业务需求，完成数据分类、标注工作

四、实训环境

1．硬件环境

华为公有云虚拟机：8CPU16GB-X86（或者自备计算机）

2．软件环境

(1) 操作系统：Ubuntu 16.04 纯净版（或者 Windows 10 系统）
(2) Anaconda3
(3) PyCharm
(4) Python 3.6.5 及以上
(5) OpenCV 4.4.1
(6) NumPy 1.19.4
(7) Matplotlib 3.3.2

五、实训操作步骤

> 如果是自备计算机，实训开始前，需要按照实训环境要求搭建好环境，并获取本书提供的实训素材。

1．创建项目文件和存放数据的文件夹

(1) 使用 PyCharm 创建项目

进入人工智能系统管理与维护开发机，在桌面上打开 PyCharm 软件，进入开发环境，如图 4-70 所示。

在 PyCharm 弹出的欢迎界面中，选择"Create New Project"，开始创建项目，如图 4-71 所示。输入项目名称"Dataprocess"，选中"Existing interpreter"（已存在的解释器），在下拉列表框中选择"Python 3.8（stuenv）"解释器（stuenv 环境下已经预装了代码运行依赖的包），如图 4-72 所示。

图 4-70　开发环境

图 4-71　创建项目

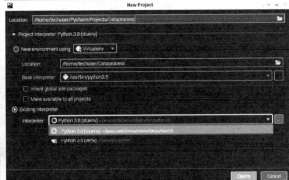

图 4-72　选择解释器

如果在已存在的解释器的下拉列表框中没有"Python3.8（stuenv）"选项，按照以下步骤配置执行：

1）单击"Interpreter"右侧的按钮，如图 4-73 所示。进入"Add Python Interpreter"页面，即进入添加解释器页面，如图 4-74 所示。

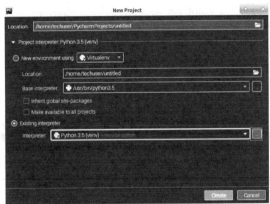

图 4-73　进入添加解释器页面

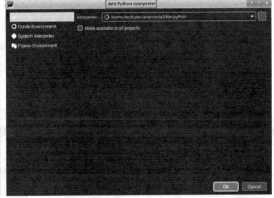

图 4-74　添加解释器页面

2）选择"Add Python Interpreter"页面中的"Virtualenv Environment"选项卡，单击"Interpreter"右侧的按钮，如图 4-75 所示，进入"Select Python Interpreter"页面，即进入选择解释器页面，如图 4-76 所示。

图 4-75　进入选择解释器页面

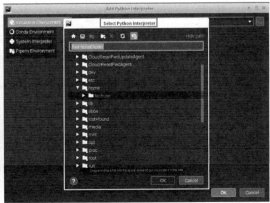

图 4-76　选择解释器页面

3）在"Select Python Interpreter"页面，选择"/home/techuser/anaconda3/envs/stuenv/bin/python3.8"，单击"OK"，如图4-77所示。在"Add Python Interpreter"页面上可以看到新配置的解释器，单击"OK"，如图4-78所示。

图4-77 选择解释器

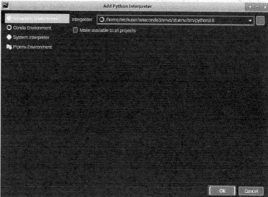

图4-78 确认解释器

4）经过以上操作，可以看到新增加的解释器"Python3.8（stuenv）"，如图4-79所示。确认项目名称和解释器后，单击"Create"创建项目，如图4-80所示。如果是第一次创建项目，会弹出"Tip of the Day"界面，单击"Close"即可，如图4-81所示。可看到"Dataprocess"项目创建成功，如图4-82所示。

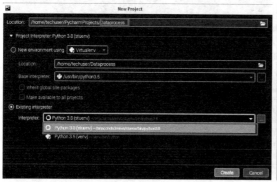

图4-79 查看解释器

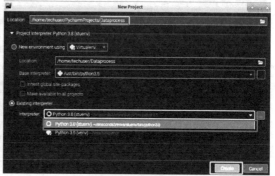

图4-80 项目中选择新配置的解释器

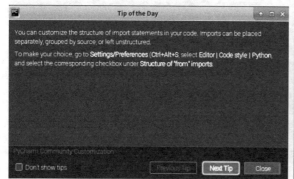

图4-81 关闭引导页面

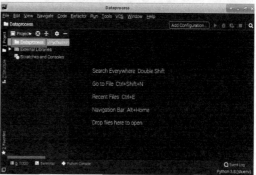

图4-82 打开项目页面

（2）在项目中创建包、资源文件夹及 .py 文件

右击项目工程文件 "Dataprocess"，选择 "New" → "Python Package"，输入包名为 "data_processing_6"，按 <Enter> 键，包文件创建成功，如图 4-83 ～图 4-85 所示。

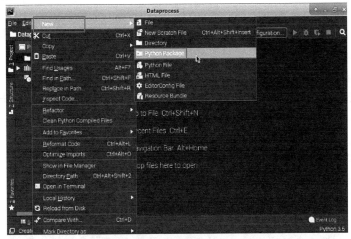

图 4-83　创建包文件 1

图 4-84　创建包文件 2

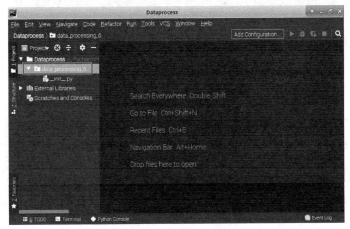

图 4-85　创建包文件 3

在创建资源文件夹前，先要获取实训数据。扫描文前二维码下载"实训数据.zip"文件并解压，打开"第4章实训数据"文件夹，里面包含"cat"和"dog"文件夹。

右击项目的包文件"data_processing_6"，执行"New"→"Directory"命令，创建文件夹名为"data"的数据资源文件夹，将"cat"和"dog"数据复制到新创建的"data"文件夹下，在弹出的"copy"页面，选择"Refactor"，可以看到"cat"和"dog"文件夹复制到了新创建的"data"文件夹下，如图4-86～图4-90所示。

右击项目的包文件"data_processing_6"，执行"New"→"Python File"命令，创建文件名为"dataprocess.py"的文件并进入编码环境，如图4-91～图4-93所示。

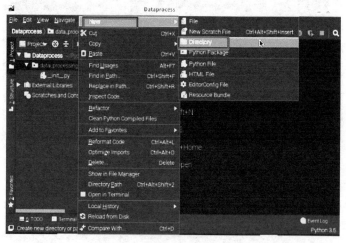

图 4-86　创建数据资源文件夹

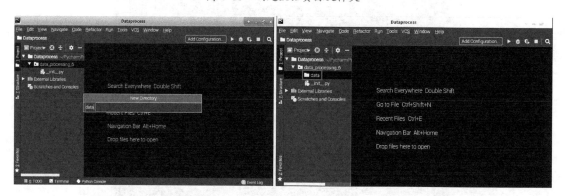

图 4-87　输入文件夹名　　　　　　　　　　　图 4-88　查看数据资源文件夹

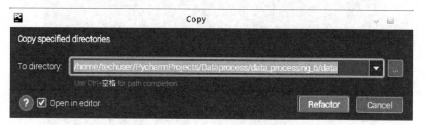

图 4-89　复制实训数据资源

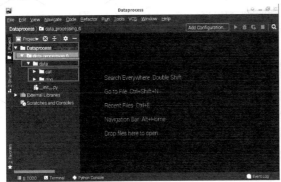

图 4-90　查看实训数据资源　　　　　图 4-91　创建 Python 文件

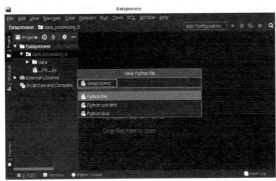

图 4-92　输入 Python 文件名　　　　　图 4-93　进入编码环境

2.编写代码实现数据增强处理，增加数据样本

按照实训任务内容，在"dataprocess.py"文件中编写如下代码，主要实现如下功能。

1）读取本地图像数据。

2）实现图像颜色通道转换。

3）对图像数据做数据增强处理，对数据做缩放、平移、翻转等。

```python
# 导入数据处理、图像处理、可视化库
import numpy as np
import cv2 as cv
from matplotlib import pyplot as plt
# 读取图片数据，图片位置以实际路径为准
 img_path =
r'/home/techuser/PycharmProjects/Dataprocess/data_processing_6/data/cat/cat.227.jpg'
# imread 函数第二个参数 flags，1 代表加载一张彩色图，0 代表加载一张灰度图
img = cv.imread(img_path, 1)
print(' 原始图像形状为：', img.shape)
# 颜色通道转换，BGR 转换为 RGB
b, g, r = cv.split(img)
img_rgb = cv.merge([r, g, b])
# 对图像进行缩小，CV_INTER_CUBIC 为立方插值
resize_half_img = cv.resize(img, None, fx=0.5, fy=0.5, interpolation=cv.INTER_CUBIC)
```

```
# 获取原图像的水平方向尺寸和垂直方向尺寸，按照宽高比列放大
height, width = img.shape[:2]
# 对图像进行放大
resize_big_img = cv.resize(img, (2 * width, 2 * height), interpolation=cv.INTER_CUBIC)
print(' 缩小后的图片形状为：', resize_half_img.shape)
print(' 放大后的图片形状为：', resize_big_img.shape)
# 颜色通道转换，BGR 转换为 RGB
b, g, r = cv.split(resize_half_img)
resize_half_img = cv.merge([r, g, b])
b, g, r = cv.split(resize_big_img)
resize_big_img = cv.merge([r, g, b])
# 对图像数据进行平移
rows, cols, can = img.shape
# 在 x,y 方向上的位移偏量，(x，y)–>(100, 50)
M = np.float32([[1, 0, 100], [0, 1, 50]])
# 对图像数据进行平移，M 为需要平移的位置，(cols,rows) 为平移后图像尺寸
warpAffine_img = cv.warpAffine(img, M, (cols, rows))
# 颜色通道转换，BGR 转换为 RGB
b, g, r = cv.split(warpAffine_img)
warpAffine_img = cv.merge([r, g, b])
# 对图像数据进行旋转
# 向左旋转 90 度 ,cols−1 和 rows−1 是坐标限制
M = cv.getRotationMatrix2D(((cols −1) / 2.0, (rows −1) / 2.0), 90, 1)
rotation_img = cv.warpAffine(img, M, (cols, rows))
# 颜色通道转换，BGR 转换为 RGB
b, g, r = cv.split(rotation_img)
rotation_img = cv.merge([r, g, b])
# 可视化输出数据增强图片
plt.subplot(2, 3, 1)
plt.imshow(img_rgb), plt.title("original image")
plt.subplot(2, 3, 2)
plt.imshow(img), plt.title("bgr image")
plt.subplot(2, 3, 3)
plt.imshow(resize_half_img), plt.title("resize half image")
plt.subplot(2, 3, 4)
plt.imshow(resize_big_img), plt.title("resize big image")
plt.subplot(2, 3, 5)
plt.imshow(warpAffine_img), plt.title("warpAffine image")
plt.subplot(2, 3, 6)
plt.imshow(rotation_img), plt.title("rotation image")
# 保存图片到当前路径
plt.savefig('./dataprocess.jpg')
# 自动调整位置
plt.tight_layout()
plt.show()
plt.close()
```

代码编写完成后，运行项目，查看结果。右击"dataprocess.py"文件，选择"Run'dataprocess'"等待程序运行成功，并显示图片，并将图片"dataprocess.jpg"文件保存在当前路径下，如图 4-94 ～图 4-96 所示，表示数据处理成功。

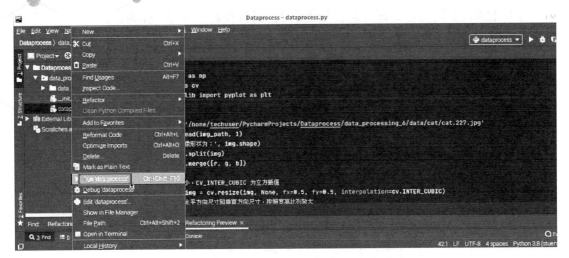

图 4-94 运行代码

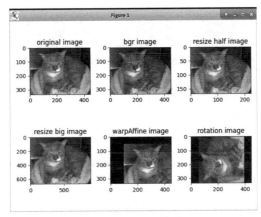

图 4-95 运行结果

图 4-96 增强处理后的图片

最后对处理后的图像数据可借助图像标注工具分类打上标签，作为新的样本扩充到原数据样本中，具体操作步骤详见4.3.2节，这里不再赘述。

六、实训总结

通过本次实训，掌握使用PyCharm创建项目、包、资源文件夹、py文件的方法，并编写代码实现图像数据增强处理。实训选取了data文件夹（猫的数据样本共22个，狗的数据样本23个）中的一张图片进行处理，还可以在代码中配置data文件夹的其他图片路径，观察处理结果，进一步加深印象。

考核评价

学生学习效果考核评价表见表4-9。

表4-9 学生学习效果考核评价表

考评标准		配分	三方考评			得分
			学生自评（20%）	小组互评（20%）	教师点评（60%）	
知识目标（40%）	掌握数据采集与展示方法	8				
	掌握文本数据清洗常用方法	12				
	掌握图像数据标注方法	8				
	掌握图像空间几何变换和色域空间变换方法	12				
技能目标（45%）	能够使用PIL、Pathlib、Matplotlib等对数据集进行展示	10				
	能够使用NumPy和pandas对数据进行去重、替换等清洗操作	12				
	能够使用LabelImg数据标注工具对图像数据进行标注	10				
	能够使用空间几何变换和色域空间变换方法实现图像数据增强	13				
素质目标（15%）	按时按质完成任务	5				
	严格遵守学习纪律	5				
	团队协作和责任意识强	5				
合计		100				
考评教师						
考评日期				年 月 日		

填表说明：此表课前提前准备，过程形成性考评和终极考评考核相结合。

项目小结

本项目主要介绍了人工智能模型数据处理主要工作过程，包括数据获取、数据清洗、数据标注和数据增强。每个工作过程选取典型工作任务进行介绍，遵循理论知识围绕实际工作而展开的原则，明确了数据处理的重要意义。

05 项目 5
人工智能系统模型训练

　　人工智能系统模型构建过程可以看作是一种模仿人类大脑的推理和学习的过程。机器学习和深度学习是人工智能系统模型构建的核心技术，其中，深度学习是机器学习的一个子集，发源于人工神经网络的研究，通常也称为深度神经网络，是一种基于数据进行表征学习的方法。目前，深度学习算法在金融、安防、医疗等领域得到广泛应用。国务院于 2017 年发布的《新一代人工智能发展规划》中明确指出，人工智能进入新的发展阶段，"呈现出深度学习、跨界融合、人机协同、群智开放、自主操控等新特征。"常用的深度学习框架有 TensorFlow、PyTorch、Caffe 等，其中，TensorFlow 作为谷歌公司的深度学习开源算法框架，是一个简单而灵活的架构，可以更快地将新想法从概念转化为代码，然后创建出先进的模型。本项目围绕人工智能系统模型构建过程及典型工作任务进行讲解，包括深度学习框架 TensorFlow 基本操作、构建卷积神经网络模型、模型训练及可视化等内容，帮助大家自己动手搭建深度学习神经网络。

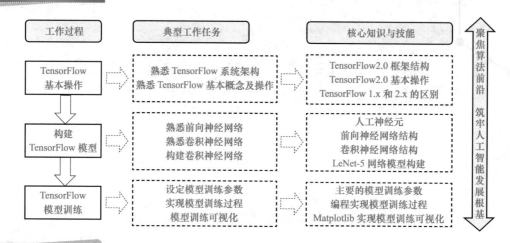

知识导航

工作过程	典型工作任务	核心知识与技能

知识储备

5.1 TensorFlow 基本操作

TensorFlow 是一个基于数据流编程（Dataflow Programming）的符号数学系统，它是谷歌公司在 2015 年 11 月开源的一个深度学习框架，最初由 Google Brain Team 的研究人员和工程师开发，现已被广泛应用于各类机器学习（Machine Learning）算法的编程实现，其前身是谷歌的神经网络算法库 DistBelief。

5.1.1 TensorFlow 系统架构

TensorFlow 拥有多层级结构，可部署于各类服务器、PC 终端和网页，并支持 CPU、GPU 和 TPU 高性能数值计算和分布式部署，被广泛应用于谷歌内部的产品开发和各领域的科学研究。使用 TensorFlow 可实现模型训练、保存模型以及模型部署应用，TensorFlow 拥有包括 TensorFlow Hub、TensorFlow Lite、TensorFlow Serving、TensorFlow.js 以及常用编程语言在内的多个项目以及各类应用程序接口（Application Programming Interface，API），如图 5-1 所示。

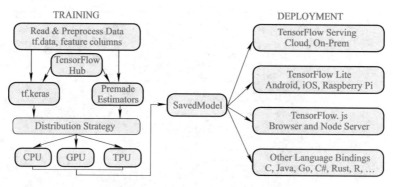

图 5-1 TensorFlow2.0 框架结构

在 TensorFlow 2.x 中集成了高阶应用接口 keras，调用形式为 tf.keras,，它可以大大提高神经网络模型构建的代码可读性和执行效率。

TensorFlow 使用数据流图进行数值计算。数据流图如图 5-2 所示，图中的节点表示数学运算，边表示它们之间通信的多维数组（张量），该数据流图由节点 A、B、C、D、E 和相应的边组成，有两个输入和一个输出。

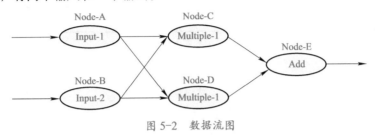

图 5-2　数据流图

关于 TensorFlow 的更多介绍可通过官网查阅，TensorFlow 中文官方地址为：https://tensorflow.google.cn/。

5.1.2　TensorFlow 基本概念及操作

在 TensorFlow 使用过程中，使用张量（Tensor）来表示数据；使用图（Graph）来表示计算任务；使用会话（Session）来执行图；使用常量和变量来保存张量数据；使用占位符（Placeholder）来预留位置，在执行的时候再赋具体的值。

> **注意**
> 通常在 TensorFlow 2.x 版本中不需要使用会话（Session）和占位符（Placeholder）。

张量、图、会话、常量、变量、占位符……这些基本概念到底是什么含义？为了帮助大家理解，接下来将重点介绍。

（1）张量（Tensor）

张量可以是标量（0 维 Tensor）、向量（1 维 Tensor）、矩阵（2 维 Tensor）、张量（3 维及以上 Tensor），张量是广义的矩阵。

张量可表示为：Tensor("add:0", shape=(), dtype=float32)

张量主要包含三部分，分别为名字（name）、形状（shape）和类型（dtype）。例如，"add:0"为名字（name），"add"为节点名称，"0"为节点的输出；形状（shape）是张量的维度信息，输出为 shape=( )；类型（dtype）是张量的类型信息，每一个张量会有一个唯一的类型，TensorFlow 会对参与运算的所有张量进行类型的检查，发现类型不匹配时会报错。

在张量计算中，经常会用到张量的基本形状，张量的基本形状可表示为：阶（rank）、形状（shape）、维数（dimension number），如表 5-1 所示。

表 5-1　张量的基本形状

阶	形状 shape ()	维　数	示　例
0	()	0	3->shape(), 标量, 只有大小, 没有方向
1	(D0)	1	[2,4,6]->shape(3,)
2	(D0,D1)	2	[[1,2,3],[2,6,7]]->shape(2,3)
3	(D0,D1,D2)	3	[[[2,3,4,5,6],[2,3,4,5,8]],[[4,5,6,7,8],[3,4,6,9,2]]]->shape(2,2,5)
n	(D0,D1,…,Dn–1)	n	[[[3,4,9]],[[4,5,6]]],[[[5,0,0]],[[3,5,8]]]]->shape(2, 2, 1, 3)

（2）计算图（Graph）

TensorFlow 是一个通过计算图的形式表示计算的编程框架，所有的数据和计算都会被转化成计算图上的一个节点，节点之间的边描述了计算之间的关系。计算图也称数据流图，算法模型的实现过程实质上就是张量之间通过计算而转换的过程，这会形成具有边和节点的一张图，如图 5-3 所示。

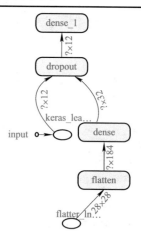

图 5-3　计算图

注意

关于计算图，TensorFlow 1.x 和 2.x 在使用过程中是有所区别的，TensorFlow 1.x 使用静态图（先构建计算图再执行运算），TensorFlow 2.x 使用动态图（立即评估计算）。在 TensorFlow 2.x 中，默认启用了 Eager Execution。TensorFlow 2.x 的 Eager Execution 是一种命令式编程环境，可立即评估运算，无须构建计算图，运算会返回具体的值，后文会详细讲解。

（3）会话（Session）

在 TensorFlow 1.x 中，通常将模型计算分为两步，分别为定义计算图和执行计算。计算图仅定义了所有 Operator（计算操作）与 Tensor（张量）流向，没有进行任何计算。而会话根据计算图的定义分配资源，执行真正计算操作，得出结果。

一个计算图可以在多个会话中运行，一个会话也能运行多个计算图。

TensorFlow 1.x 执行计算具体步骤为：

```
sess = tf.Session() # 创建会话
sess.run(…) # 启动会话
sess.close() # 关闭会话，资源释放
```

TensorFlow 1.x 还可以使用上下文管理器执行计算（默认使用完关闭会话），步骤为：

```
with tf.Session() as sess:
  sess.run(…)
```

注意

通常在 TensorFlow 2.x 版本中不需要使用会话（Session），可立即执行计算。如果是使用 TensorFlow 2.x 版本，仅了解会话（Session）的相关概念即可。

（4）常量（Constant）和变量（Variable）

就像学习其他编程语言一样，TensorFlow 中同样有常量和变量的操作。

常量是不能被改变的值，与其他编程语言中的定义是一样的。用 tf.constant 创建常量。

创建常量的语法格式为：

tf.constant(value, dtype=None, shape=None, name='Const', verify_shape=False)

各参数说明如下：

1）value：一个 dtype 类型的常量值（列表）。

2）dtype：Tensor 的类型。

3）shape：Tensor 形状。

4）name：Tensor 的名字。

5）verify_shape：布尔值，用于验证值的形状。

变量是特殊的张量，它的值可以是一个任何类型和形状的张量，常用 tf.Variable 创建变量。在用 TensorFlow 训练模型时，会用变量来存储和更新参数。

创建变量的语法格式为：

tf.Variable(initializer,name)

各参数说明如下：

1）initializer：变量的初始化参数。

2）name：Tensor 的名字。

（5）占位符（Placeholder）

在 TensorFlow 计算图中引入的张量，通常以常量或变量的形式存储。TensorFlow 中还提供另外一种机制存储张量，即定义占位符，等到真正执行的时候再用具体值去填充或更新占位符的值。通常用 tf.placeholder 创建占位符，用 Session.run 的 feed_dict 参数填充值。

TensorFlow 占位符 Placeholder，先定义一种数据，其语法格式为：

tf.placeholder(dtype, shape=None, name=None)

各参数说明如下：

1）dtype：Tensor 的类型。

2）shape：Tensor 的形状，默认是 None。

3）name：Tensor 的名字，默认是 None。

在 TensorFlow 1.x 版本和在 TensorFlow 2.x 版本中使用占用符，用法示例代码如下：

```
# TensorFlow 1.x 使用示例
x = tf.placeholder(tf.float32, [None, 12])
# TensorFlow 2.x 使用示例
# 第一步：在代码中关闭 eager 运算
tf.compat.v1.disable_eager_execution()
# 第二步：使用占用符
y = tf.compat.v1.placeholder(tf.float32, [None, 12])
```

人工智能系统**管理与维护**

注意

通常在 TensorFlow 2.x 版本中不需要使用占位符。如果是使用 TensorFlow 2.x 版本，了解占位符的相关概念即可。

前面从概念上介绍了 TensorFlow 1.x 和 TensorFlow 2.x 版本在操作上的主要区别，接下来通过代码示例进一步理解以上基本概念。

在 TensorFlow 2.x 版本中，常用的基本操作代码如下：

```python
# 导入 TensorFlow 库
import tensorflow as tf
# 定义常量
a = tf.constant(1.0)
b = tf.constant(2.0)
sum1 = tf.add(a, b)
# 定义变量
var = tf.Variable(tf.random.normal([1, 10],mean=0, stddev = 1.0))
# 定义张量，矩阵操作
c = [[1,2,3],[4,5,6]]
d = [[7,8,9],[10,11,12]]
e = tf.concat([c, d], axis=0)
h = tf.shape(e)
# 通过 API 构建张量
f1 = tf.zeros((4,4))
f2 = tf.zeros_like(c)
f3 = tf.fill((4,4),5)
# 显示结果
print(" 常量计算 sum1 为：", sum1)
print(" 变量计算 var 为：\n",var)
print(" 张量计算 e 为：\n",e)
print(" 张量 e 形状为：", h)
print(" 张量计算 f1 为：\n", f1)
print(" 张量计算 f2 为：\n", f2)
print(" 张量计算 f3 为：\n", f3)
```

运行结果如 5-4 图所示。

```
常量计算sum1为：  tf.Tensor(3.0, shape=(), dtype=float32)
变量计算var为：
<tf.Variable 'Variable:0' shape=(1, 10) dtype=float32, numpy=
array([[-0.41133827, -0.7984732 , -0.6368297 , -0.15822484, -0.7426248 ,
         1.0563729 , -0.38055936,  1.2178694 ,  0.21934365,  1.7288805 ]],
       dtype=float32)>
张量计算e为：
 tf.Tensor(
[[ 1  2  3]
 [ 4  5  6]
 [ 7  8  9]
 [10 11 12]], shape=(4, 3), dtype=int32)
张量e形状为：  tf.Tensor([4 3], shape=(2,), dtype=int32)

张量计算f1为：
 tf.Tensor(
[[0. 0. 0. 0.]
 [0. 0. 0. 0.]
 [0. 0. 0. 0.]
 [0. 0. 0. 0.]], shape=(4, 4), dtype=float32)
张量计算f2为：
 tf.Tensor(
[[0 0 0]
 [0 0 0]], shape=(2, 3), dtype=int32)
张量计算f3为：
 tf.Tensor(
[[5 5 5 5]
 [5 5 5 5]
 [5 5 5 5]
 [5 5 5 5]], shape=(4, 4), dtype=int32)
```

图 5-4　运行结果

如果依然想使用 TensorFlow 1.x 的编程方法，如何在 TensorFlow 2.x 中实现上面的基础操作呢？

116

```
# 导入 TensorFlow 库
import tensorflow as tf
# 在代码中关闭 eager 运算
tf.compat.v1.disable_eager_execution()
# 定义常量
a = tf.constant(1.0)
b = tf.constant(2.0)
sum1 = tf.add(a, b)
# 定义变量
var = tf.Variable(tf.compat.v1.random_normal([1, 10], mean=0, stddev = 1.0))
# 定义张量，矩阵操作
c = [[1,2,3],[4,5,6]]
d = [[7,8,9],[10,11,12]]
e = tf.concat([c, d], axis=0)
h = tf.shape(e)
# 通过 API 构建张量
f1 = tf.zeros((4,4))
f2 = tf.zeros_like(c)
f3 = tf.fill((4,4),5)
# 初始化，启动会话 Session，运行结果
init = tf.compat.v1.global_variables_initializer()
with tf.compat.v1.Session() as sess:
    sess.run(init)
    print(" 变量计算 var 为：\n",sess.run(var))
    print(" 张量计算 e 为：\n",sess.run(e))
    print(" 张量 e 形状为：\n", sess.run(h))
    print(" 张量计算 f1 为：\n", sess.run(f1))
    print(" 张量计算 f2 为：\n", sess.run(f2))
    print(" 张量计算 f3 为：\n", sess.run(f3))
```

运行结果如图 5-5 所示。

```
常量计算sum1为：  3.0
变量计算var为：
 [[ 0.65910995 -0.5838128  -0.3567916   0.06320497 -0.8378901   0.9521362
    1.2062056  -1.4494987   0.49924436  2.0569    ]]
张量计算e为：
 [[ 1  2  3]
 [ 4  5  6]
 [ 7  8  9]
 [10 11 12]]
张量e形状为：  [4 3]
```

```
张量计算f1为：
 [[0. 0. 0. 0.]
 [0. 0. 0. 0.]
 [0. 0. 0. 0.]
 [0. 0. 0. 0.]]
张量计算f2为：
 [[0 0 0]
 [0 0 0]]
张量计算f3为：
 [[5 5 5]
 [5 5 5]
 [5 5 5]
 [5 5 5]]
```

图 5-5　运行结果

思考

　　通过上面的代码示例，是否对于 TensorFlow 1.x 和 TensorFlow 2.x 的相关概念和基础操作有了一定的了解呢？请尝试总结一下两者的区别。TensorFlow 2.x 是目前官方推荐的主流版本，可重点关注。

5.2 构建 TensorFlow 模型

近年来，深度学习算法在金融、安防、医疗等领域得到广泛
应用。深度学习起源于人工神经网络的研究，从单层感知机到包
含多个隐藏层的深度神经网络结构，人工智能算法模型不断迭代升级。

5.2　构建 TensorFlow 模型

5.2.1　前向神经网络概述

学习前向神经网络之前，先了解一些基础知识。

（1）人工神经元

人工神经元（Artificial Neuron）是构成神经网络的基本单元，主要是模拟生物神经元的
结构和特性，接收一组输入信号并产生输出，生物神经元结构如图 5-6 所示。

1943 年，心理学家 McCulloch 和数学家 Pitts 根据生物神经元的结构，提出了一种非常
简单的神经元模型，简称为 MP 神经元，如图 5-7 所示，这是早期的人工神经元结构。

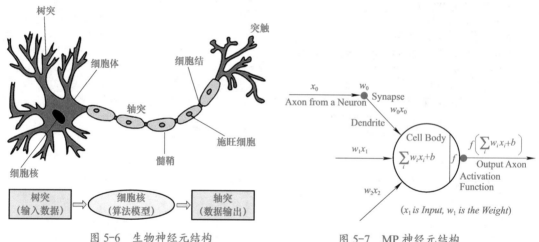

图 5-6　生物神经元结构

图 5-7　MP 神经元结构

MP 神经元的实现过程具体如下：

1）假设一个神经元接收多个输入 $x_0, x_1, x_2 \ldots x_n$，神经元输入的加权和为 $\sum_{i=0}^{n} w_i x_i + b$。

2）经过非线性激活函数，形成输出。

（2）单层感知机

1958 年，科学家 Frank Rosenblatt 发明了感知机（Perceptron），当时掀起一股热潮，感知
机模型是机器学习二分类问题中的一个非常简单的人工神经
网络模型。单层感知机模型如图 5-8 所示。

（3）前向神经网络结构

随着技术发展和认知的深入，出现了前向神经网络
（Feedforward Neural Network，FNN）。前向神经网络
是最基础的全连接神经网络，前向神经网络也被称为多层
感知机网络（Multi-Layer Perceptron，简称 MLP）。在

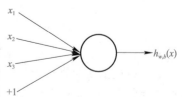

图 5-8　单层感知机模型

前向神经网络中，各神经元分别属于不同的层，层与层之间通过神经元连接，层内之间的神经元没有连接。第 0 层称为输入层（Input Layer），最后一层称为输出层（Output Layer），其他中间层称为隐藏层（Hidden Layer），每一层的神经元可以接收前一层神经元的信号，并产生信号输出到下一层，前向神经网络结构如图 5-9 所示。深度学习一般指具有多个隐藏层的神经网络，"深度"在某种意义上是指神经网络的层数。

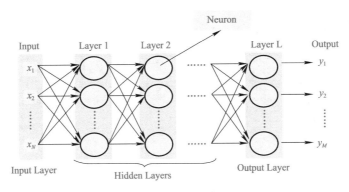

图 5-9   前向神经网络结构

（4）前向传播过程

在前向神经网络中，数据信号从输入层到输出层的单向传播过程称为神经网络的前向传播过程，即根据给定的输入数据和转换规则，最终形成输出数据的过程，如图 5-10 所示。前向神经网络在某种程度上可以作为一个"万能"函数来使用，可以解决任何复杂的业务问题，通过不断迭代下面的公式进行信息传播。

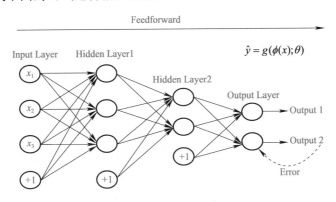

图 5-10   前向传播过程

输入一个训练样本 (x, y)，先利用多层前向神经网络将 x 映射到 $\phi(x)$，然后再将 $\phi(x)$ 输入到分类器 $g(*)$，公式：$\hat{y} = g(\phi(x); \theta)$。其中 $g(*)$ 为线性或非线性的分类器，θ 为分类器的参数，$\hat{y}$ 为分类器的输出。

（5）激活函数

激活函数在神经元中非常重要，其作用主要为了增强神经网络的表示能力和学习能力。如果没有激活函数，无论神经网络有多少层，最终都是一个线性映射。单纯的线性映射无法解决线性不可分问题。引入非线性映射可以让模型解决线性不可分问题。前向神经网络层与层之间是全连接的，第 i 层的任意一个神经元一定与第 $i+1$ 层的任意一个神经元相连。大多数隐藏单元都可以描述为接受输入向量 x，计算仿射变换 $z=W^Tx+b$，然后使用逐个元素的非线性的激活函数得到隐藏单元的输出，激活函数的使用如图 5-11 所示。

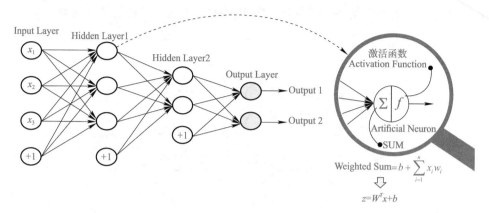

图 5-11　激活函数的使用

常用的激活函数有：Sigmoid 函数、Tanh 函数和 ReLU 函数等。

1）Sigmoid 函数。Sigmoid 函数是指一类 S 型曲线函数，它为两端饱和函数，如图 5-12 所示。其公式为：$\sigma(x)=\dfrac{1}{1+e^{-x}}$

当输入值在 0 附近时，Sigmoid 函数近似为线性函数；当输入值靠近两端时，会对输入进行抑制。输入越小，越接近于 0；输入越大，越接近于 1，从图 5-12 中可以看出，Sigmoid 函数在趋向无穷的地方，函数值变化很小，有梯度消失（即梯度趋近于 0）的问题。TensorFlow 提供的实现方法为：tf.nn.sigmoid(x,name=none)。

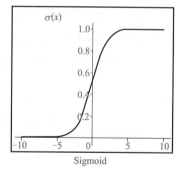

图 5-12　Sigmoid 函数

2）Tanh 函数。Tanh 函数的输出是零中心化的（Zero-Centered），函数输出范围为（−1，1），而 Sigmoid 函数的输出范围为（0，1），它是非零中心的，不容易收敛，所以 Tanh 函数比 Sigmoid 函数更好。但是 Tanh 函数在正负无穷两边还是有梯度消失（即梯度趋近于 0）的问题，如图 5-13 所示，其公式为：

$$\tanh(x)=\frac{2}{1+e^{-2x}}-1$$

TensorFlow 提供的实现方法为：tf.nn.tanh(x,name=none)。

3）ReLU 函数。ReLU（Rectified Linear Unit，修正线性单元），也叫 Rectifier 函数，它全区间不可导，梯度不会饱和，解决了梯度消失问题，是目前深度神经网络中经常使用的激活函数，如图 5-14 所示，其公式为：

$$R(x)=\max(0,x)$$

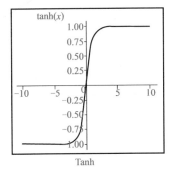

图 5-13　Tanh 函数

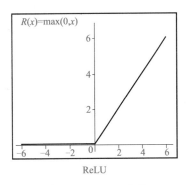

图 5-14　ReLU 函数

TensorFlow 提供的实现方法为：tf.nn.relu(x,name=none)。

说 明

　　激活函数有很多种类，具体选择哪个函数作为激活函数没有标准答案，应该根据实际问题进行分析和验证。隐藏层的激活函数通常不会选择 Sigmoid 函数，Tanh 函数或者 ReLU 函数的表现会比 Sigmoid 函数好一些。如果是分类问题，输出层的激活函数一般会选择 Sigmoid 函数。

　　（6）反向传播过程

　　前向传播过程主要为根据输入逐层进行计算，最终得到输出结果，但输出结果可能与真实值存在误差，如何让输出结果与真实值之间的误差最小？这就变成了求极值的问题，再深入一点，就是输出结果和真实值的差，经过算法、参数更新，使输出结果和真实值的误差变到最小，这个过程通常称为反向传播（Backpropagation）。它是基于误差的计算过程，计算方向与前向传播相反，最早是由"神经网络之父"Geoffrey Hinton 提出。

　　反向传播过程如图 5-15 所示，神经网络采用随机梯度下降算法进行神经网络参数更新，给定一个样本 (x, y)，y 为目标输出（target），将 x 输入到神经网络模型中，得到网络输出为 $\hat{y}$（output）。假设损失函数为 $Error$，要进行参数学习使参数最优化，可采用计算损失函数关于每个参数的导数的方法。

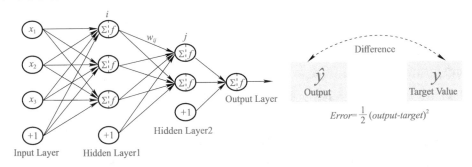

图 5-15　反向传播过程

　　反向传播过程具体为：

　　1）确定损失函数（Loss Function），损失函数可以自定义，某一类损失函数可能只对特定问题有效，损失函数示例如下：

$$Error = \frac{1}{2}(output - target)^2$$

2）更新权值 W。α 通常称为学习率（学习率决定了梯度下降算法达到极值的速率，也就是说，神经网络在学习率较高的情况下能快速地学习，在学习率较低的情况下需要较长时间才能达到最佳值。但是，如果学习率太高，可能无法找到最佳值，学习效果也是不理想的），具体如下：

$$W_{i,j}^{new} = W_{i,j}^{old} - \alpha \frac{\partial E}{\partial w_{i,j}}$$

3）梯度更新公式（在微积分里面，对多元函数的参数求偏导数，把求得的各个参数的偏导数以向量的形式表示，通常称为梯度）具体如下：

$$Gradient = \frac{Error}{W_{i,j}} = \frac{\Delta E}{\Delta w}$$

反向传播之后，就可以根据每一层的参数的梯度来更新参数了，参数更新之后，再重复前向、反向传播的过程，就可以通过不断地训练得到更好的参数，使得输出结果与真实值之间的误差最小，这就是神经网络模型训练过程。

> **说明**
>
> 神经网络的实际计算过程是比较复杂的，一般由计算机自动完成，由于篇幅有限，这里只是希望大家能够对神经网络有一个基础的认识，后续将会进一步详细介绍神经网络的构成。

5.2.2 卷积神经网络概述

卷积网络可以看作前向神经网络的延伸，卷积神经网络（Convolutional Neural Network，CNN）是一种带有卷积结构的深度神经网络。

既然有了前向神经网络，为什么要提出卷积神经网络呢？这里以只有一个单隐层的全连接前向神经网络为例进行剖析，如图 5-16 所示。

图 5-16 中，前向神经网络的输入是一个一维的向量，那么如果输入的是一个图像，该如何处理呢？在计算机的世界中，图像分为黑白图像、灰度图像和彩色图像，

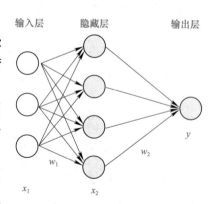

图 5-16　单隐层全连接前向神经网络

每个图像都被存储为一个数字矩阵，数字的大小代表着人们视觉感受到的图像颜色。图 5-17 所示为一个灰度图像，左边的矩阵可视化之后就是右边的图像，数字的范围是 0 ～ 255，数字越大则表示图像的灰度越深。灰度图像是一个单通道的图像，而要组成一个彩色图像需要 RGB（红、绿、蓝）3 个通道，即为 3 个单通道矩阵连接一起。

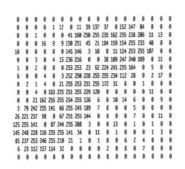 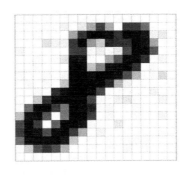

图 5-17 　 单通道灰度图像数字矩阵

假设输入一个大小为 $w×h×C$ 的图像，即为输入一个 $w×h×C$ 的张量 (Tensor)，w 和 h 分别是图像的长和宽，C 是通道数。要想输入这个图像，有 2 种方式：

1）把它压缩成 $whC×1$ 的一维向量，再输入到前向神经网络中。

按照这种方式，假设隐藏层的神经元个数是 n_2，那么权重矩阵 W_1 大小是 $whC×n_2$。训练这么大的一个矩阵 W_1 就会非常的耗时耗力，而且可能会由于参数过多而产生过拟合的现象。

2）将第一层的一维输入变成三维（包含通道数）的图像作为输入，下一层的每一个神经元只与前面一层的一小部分连接，这样同样可以有效地保留图像关键信息。

按照这种方式，可以去掉一部分连线，让隐藏层的每个神经元只与输入层的一部分神经元有联系，这种机制也被称为 Dropout，如图 5-18 所示。

卷积神经网络就是按照上面第二种方式来做的，而且每一层不再是一个一维向量，而是一个三维的张量

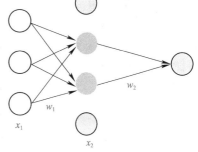

图 5-18 　 Dropout 机制

$(w×h×C)$，这更加符合图像的特性，这也是卷积神经网络被广泛应用于计算机视觉领域的原因。卷积神经网络由纽约大学的 Yann Lecun 于 1998 年提出，其本质是一个多层感知机，成功的原因在于其所采用的局部连接和权值共享的方式，它的使用助推 AlphaGo 战胜了李世石，接下来对卷积神经网络进行详细分析。

（1）卷积神经网络的结构

卷积神经网络一般是由输入层、卷积层、池化层、全连接层和输出层交叉堆叠而成的，如图 5-19 所示。每一层有多个特征图，每个特征图通过一种卷积滤波器（Filter）提取输入的一种特征，每个特征图有多个神经元。

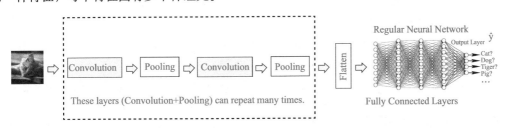

图 5-19 　 卷积神经网络结构

（2）卷积神经网络的基础知识

1）卷积 (Convolution)。卷积是对输入图像和滤波矩阵 Filter 做内积（逐个元素分别相乘再求和）的操作，如图 5-20 所示。通过卷积计算，可以提取图像特征。

对于单通道卷积计算，假设输入图像为一个大小是 5×5（高度 × 宽度）的灰度图像，和一个 3×3 的卷积核 Filter 做卷积，将输出为 3×3 的特征图，其中第 1 次卷积计算过程如图 5-21 所示。

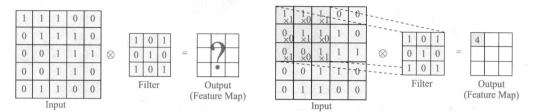

图 5-20　卷积操作　　　　　　　　　　图 5-21　单通道卷积计算过程

第 1 次卷积计算公式为：$output=1×1+1×0+1×1+0×0+1×1+1×0+0×1+0×0+1×1=4$

依此类推，可计算得出其他的卷积结果。

多通道图像卷积计算比单通道卷积计算复杂一些。假设输入图像为 1 个，大小是 5×5×3（高度 × 宽度 × 通道数）的 RGB 彩色图像，这里的 3 是指 3 个颜色通道，可以把它看作是 3 个 5×5 图像的堆叠，和 1 个 3×3×3 的卷积核 Filter 做卷积，输出为 3×3 的特征图，卷积计算过程如图 5-22 所示。

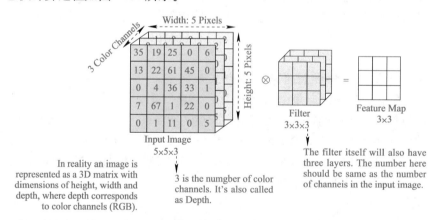

图 5-22　多通道卷积计算过程

2）池化 (Pooling)。人类用眼睛识别物体时，不是把眼睛所看到的所有信息全部传入大脑进行处理，而是有所侧重地选择部分信息进行处理。与此类似，池化是通过对输入图像采样来减小图像尺寸的。这样做是为了减少冗余的信息，提高神经网络运算效率并防止过拟合。与卷积计算对窗口内元素加权求和不同，池化计算根据提取方式的不同，主要分为以下 2 种池化方式：

① 最大池化（Max Pooling）：提取（$n×n$）窗口中的最大值，这是最常用的池化方法；

② 均值池化（Mean Pooling）：计算（$n×n$）窗口中所有像素的平均值。

值得注意的是，池化层大小一般为 2×2，假设输入 4×4 图像数据，经过 2×2 的最大池化和均值池化，输出 2×2 最大特征图数据，具体过程如图 5-23 所示。

3）步长 (stride)。卷积核每次平移滑动几个像素的长度，统称步长（或者步幅）。stride = 1 表示每次平移一个像素，stride = m 表示每次平移跨越 m 个像素。stride 的主要作用是减少冗余信息，提高运算效率。

4）填充 (padding)。如果不希望卷积操作导致边缘信息丢失或者原图大小发生改变，可进行填充 (padding)，padding 的主要目的是一定程度上减少信息损失。通常做法是在原图周围添加 "0" 的像素点 (zero padding)，如图 5-24 所示。在 TensorFlow 中，padding = p 表示在外围包裹 p 层 zeros。padding 有两个值，即 "SAME" 和 "VALID"，如果设置 padding = "SAME"，则表示进行最小填充，当步长为 1，padding 为 SAME 的时候，卷积是不改变原图大小的；如果设置 padding = "VALID"，则表示不进行填充，直接删除多余的像素值，存在的问题就是可能会丢失图像边缘信息。

图 5-23   最大池化和均值池化计算

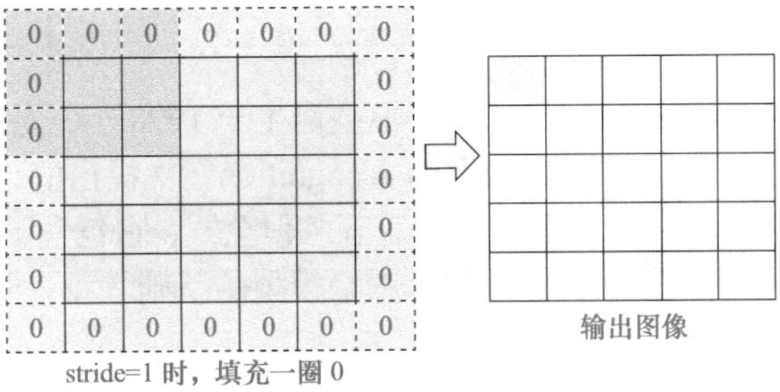

图 5-24   填充示意图

在卷积操作中，假设步长为 2，padding 为 SAME 的时候，输出图像大小还等于原图大小吗？尝试总结一些规律。

5）输出图像大小 (size)。经过上面的卷积操作，输出图像大小到底是多大呢？跟哪些因素有关呢？

输出图像大小可通过下面的计算公式得出结果：

$$N=(W-F+2P)/S+1$$

W 表示原始图片大小，F 表示卷积核大小（filter size），P 表示填充大小（padding size），S 表示步长（stride size）。

下面来看一个示例，大家可以手动画图验证一下输出图像大小计算公式的正确性。

一个 padding = 1，stride = 2，filter size = 3，

$$卷积核 = \begin{matrix} 2 & 0 & 1 \\ 1 & 0 & 0 \\ 0 & 1 & 1 \end{matrix}$$ 的单通道卷积层操作示意图如

图 5-25 所示。

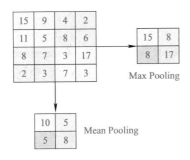

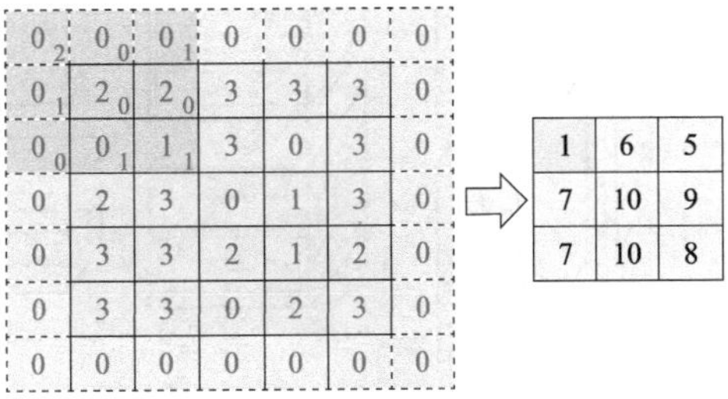

图 5-25   卷积操作示例

（3）经典的卷积神经网络

卷积神经网络（CNN）的发展推动了其他领域的很多变革。例如，利用 CNN，Alpha-Go 战胜了李世石，同时也诞生了很多经典的卷积神经网络，它们都在相应的领域取得了很好的应用效果，成为当时的"明星网络"，如 LeNet、AlexNet、VGGNet、InceptionNet、ResNet 等，如图 5-26 所示。我们一起来认识下这些"明星网络"吧！

图 5-26　经典卷积神经网络

1）LeNet 模型。LeNet 模型诞生于 1998 年，是 Yann LeCun 教授在论文"Gradient-based learning applied to document recognition"中提出的，它是第一个成功应用于数字识别问题的卷积神经网络，"麻雀虽小，五脏俱全"，它包含了深度学习的基本模块：卷积层、池化层、全连接层，是其他深度神经网络模型的基础。

　说明

LeNet 模型更多介绍详见：http://vision.stanford.edu/cs598_spring07/papers/Lecun98.pdf。

2）AlexNet 模型。2012 年，由 Alex Krizhevsky 等人提出 AlexNet 模型，并在 ImageNet 图像分类任务竞赛中获得冠军，一鸣惊人，从此引发了深度神经网络空前的高潮。在 ImageNet LSVRC-2010 上，AlexNet 在给定的包含有 1000 种类别的共 120 万张高分辨率图像的分类任务中，在测试集上的 top-1 和 top-5 错误率为 37.5% 和 17.0%。在 ImageNet LSVRC-2012 的比赛中，取得了 top-5 错误率为 15.3% 的成绩（冠军）。

AlexNet 模型由 5 个卷积层、3 个池化层和 3 个全连接层构成，如图 5-27 所示，对于每一个卷积层，均包含了 ReLU 激活函数和局部响应归一化处理，接着进行了池化操作，成功解决了 Sigmoid 函数在网络层次较深时的梯度消失问题。

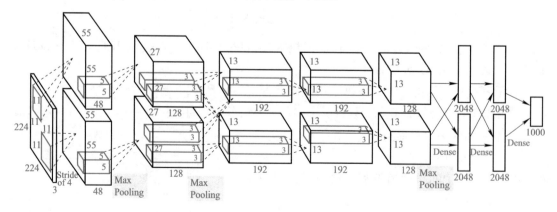

图 5-27　AlexNet 模型

3）VGGNet 模型。VGG 模型由牛津大学 VGG 组提出，主要探究了卷积网络深度的影响。VGG16 模型参加了 2014 年的 ImageNet 图像分类与定位挑战赛，取得了优异成绩：在分类任务上排名第二，在定位任务上排名第一。

VGGNet 模型分为 A、A-LRN、B、C、D、E 共 6 个配置（ConvNet Configuration），其中以 D、E 两种配置较为常用，分别称为 VGG16 和 VGG19，VGG16 模型如图 5-28 所示。

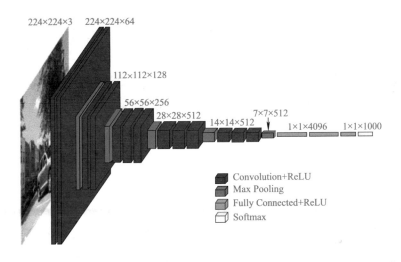

图 5-28　VGG16 模型

4）InceptionNet 模型。GoogLeNet V1 版本诞生于 2014 年，在 ILSVRC 比赛中获得冠军，其性能与同年诞生的 VGG 差不多，但参数量少于 VGG。该模型并没有单纯地将网络加深，而是引入了 Inception 概念，让网络变得更宽。Inception 就是把多个卷积或池化操作，放在一起组装成一个网络模块，设计神经网络时以模块为单位去组装整个网络结构。

Inception 基本组成结构有 4 个部分：1×1 卷积、3×3 卷积、5×5 卷积、3×3 最大池化，最后对 4 个部分运算结果在通道上组合，并传至下一个 Inception 模块，如图 5-29 所示。GoogLeNet 有 9 个线性堆叠的 Inception 网络模块。

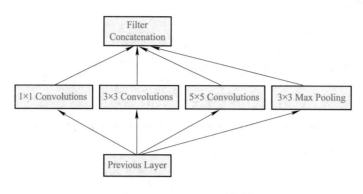

图 5-29　IneptionNet 模型

5）ResNet 模型。ResNet（Residual Neural Network）由微软研究院的 Kaiming He 等 4 名学者提出，通过使用 ResNet Unit 成功训练出了 152 层的神经网络，并在 ILSVRC2015 比赛中取得冠军，在 top5 上的错误率为 3.57%，同时参数量比 VGGNet 低，效果非常突出。

ResNet 的结构可以极快地加速神经网络的训练，模型的准确率也有比较大的提升。同时 ResNet 的推广性非常好，甚至可以直接用到 InceptionNet 网络中。

ResNet 引入一种残差块"短路"结构，使原始信号直接传入深层网络，减少信号失真，提高神经网络训练效率。ResNet 有不同的网络层数，比较常用的是 50-layer，101-layer，152-layer，都是由残差模块堆叠在一起实现的，如图 5-30 所示。

layer name	output size	18-layer	34-layer	50-layer	101-layer	152-layer
conv1	112×112	7×7, 64, stride 2				
conv2_x	56×56	3×3 max pool, stride 2				
		$\begin{bmatrix}3×3,64\\3×3,64\end{bmatrix}×2$	$\begin{bmatrix}3×3,64\\3×3,64\end{bmatrix}×3$	$\begin{bmatrix}1×1,64\\3×3,64\\1×1,256\end{bmatrix}×3$	$\begin{bmatrix}1×1,64\\3×3,64\\1×1,256\end{bmatrix}×3$	$\begin{bmatrix}1×1,64\\3×3,64\\1×1,256\end{bmatrix}×3$
conv3_x	28×28	$\begin{bmatrix}3×3,128\\3×3,128\end{bmatrix}×2$	$\begin{bmatrix}3×3,128\\3×3,128\end{bmatrix}×4$	$\begin{bmatrix}1×1,128\\3×3,128\\1×1,512\end{bmatrix}×4$	$\begin{bmatrix}1×1,128\\3×3,128\\1×1,512\end{bmatrix}×4$	$\begin{bmatrix}1×1,128\\3×3,128\\1×1,512\end{bmatrix}×8$
conv4_x	14×14	$\begin{bmatrix}3×3,256\\3×3,256\end{bmatrix}×2$	$\begin{bmatrix}3×3,256\\3×3,256\end{bmatrix}×6$	$\begin{bmatrix}1×1,256\\3×3,256\\1×1,1024\end{bmatrix}×6$	$\begin{bmatrix}1×1,256\\3×3,256\\1×1,1024\end{bmatrix}×23$	$\begin{bmatrix}1×1,256\\3×3,256\\1×1,1024\end{bmatrix}×36$
conv5_x	7×7	$\begin{bmatrix}3×3,512\\3×3,512\end{bmatrix}×2$	$\begin{bmatrix}3×3,512\\3×3,512\end{bmatrix}×3$	$\begin{bmatrix}1×1,512\\3×3,512\\1×1,2048\end{bmatrix}×3$	$\begin{bmatrix}1×1,512\\3×3,512\\1×1,2048\end{bmatrix}×3$	$\begin{bmatrix}1×1,512\\3×3,512\\1×1,2048\end{bmatrix}×3$
	1×1	average pool, 1000-d fc, softmax				
FLOPs		$1.8×10^9$	$3.6×10^9$	$3.8×10^9$	$7.6×10^9$	$11.3×10^9$

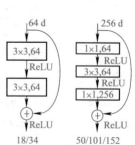

图 5-30　ResNet 模型

说 明

ResNet 模型更多介绍详见：https://arxiv.org/pdf/1512.03385.pdf。

5.2.3 构建卷积神经网络

通过对于经典卷积神经网络的学习，不难发现，搭建神经网络的过程可以看作是"搭积木"，即实现不同层次堆叠的过程。现在搭建一个神经网络可以基于人工智能开源平台，如 Google 的 TensorFlow 以及 Keras 高阶 API 应用接口等。接下来，利用 Keras 构建一个 LeNet-5 网络模型，这个模型可用于输入图像为 32×32 大小的灰度图像的分类识别，如手写体数字、手写体字母、简单图像等，最终输出 10 个分类，LeNet-5 网络模型如图 5-31 所示。

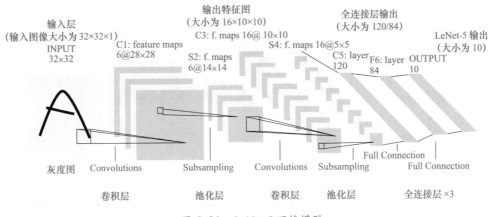

图 5-31 LeNet-5 网络模型

（1）LeNet-5 网络模型结构解析

构建模型之前，需要先解析 LeNet-5 网络模型各层级结构。

1）INPUT 层：输入层。

输入图像的尺寸统一归一化为 32×32。

2）C1 层：卷积层。

输入图像：32×32；

卷积核大小：5×5；

卷积核种类：6；

步长为：1；

输出特征映射大小：28×28（32−5+1=28）。

3）S2 层：池化层 [均值池化（Mean Pooling）]。

输入：28×28；

采样区域：2×2；

采样种类：6；

步长为：2；

输出特征映射的大小：14×14（28/2=14）；

S2 中每个特征图的大小是 C1 中特征图大小的 1/4。

4）C3 层：卷积层。

输入：14×14；

卷积核大小：5×5；

卷积核种类：16；

步长为：1；

输出特征映射的大小：$10 \times 10 (14-5+1=10)$。

5）S4 层：池化层。

输入：10×10；

采样区域：2×2；

采样种类：16；

步长为：2；

输出特征映射大小：$5 \times 5 (10/2=5)$。

6）C5 层：全连接层。

输入：S4 层的全部 16 个单元特征映射；

卷积核大小：5×5；

卷积核种类：120；

步长为：1；

输出特征映射的大小：$1 \times 1 (5-5+1=1)$。

7）F6 层：全连接层。

输入：C5 的 120 维向量；

计算方式：计算输入向量和权重向量之间的点积，再加上一个偏置，结果通过激活函数输出；这一层强制把所有的图像变成一个 84 维的向量。

可训练参数：$84 \times (120+1) =10164$。

8）Output 层：全连接层。

Output 层也是全连接层，共有 10 个节点，分别代表数字 0 到 9。

（2）LeNet-5 网络结构实现

LeNet-5 网络结构实现步骤如下：

1）导入神经网络训练库 Keras。Keras 中主要的模型是 Sequential 模型，Sequential 是一系列网络层按顺序构成的模型结构。

Sequential 模型的使用方法如下：

```
from keras import models
model = models.Sequential()
```

将网络层通过 .add() 堆叠起来，就构成了一个模型，例如：

```
from keras import layers from keras.layers import Flatten,Dense,Dropout,Activation
model.add(Dense(units=64, input_dim=100))
model.add(Activation("relu"))
model.add(Dense(units=10))
model.add(Activation("softmax"))
```

2）构建 LeNet-5 的模型。

3）输出模型结构。LeNet-5 模型完整实现代码如下：

```
# 导入库
from keras import  models
from keras  import layers
from  keras.layers import  Flatten,Dense,Dropout,Activation
# 构建 LeNet-5 模型
model = models.Sequential()
model.add(layers.Conv2D(filters=6,kernel_size=(5,5),strides=(1,1), padding='valid',input_shape=(32, 32, 1),name='Conv_1'))
model.add(layers.Activation('relu'))
model.add(layers.MaxPooling2D(pool_size=(2,2),strides=(2,2),name='Pool_1'))
model.add(layers.Conv2D(filters=16,kernel_size=(5,5),strides=(1,1),padding='valid',name='Conv_2'))
model.add(layers.Activation('relu'))
model.add(layers.MaxPooling2D(pool_size=(2,2),strides=(2,2),name='Pool_2'))
# 全连接
model.add(Flatten())
model.add(Dense(120))
model.add(Activation('relu'))
model.add(Dense(84))
model.add(Activation('relu'))
model.add(Dense(10,activation='softmax'))
# 输出模型结构
model.summary()
```

通过 model.summary() 函数可以打印输出模型结构，运行结果如图 5-32 所示，这就是我们搭建的神经网络模型。可以对比查看是否满足 LeNet-5 模型结构的要求。

```
Layer (type)                 Output Shape              Param #
=================================================================
Conv_1 (Conv2D)              (None, 28, 28, 6)         156

activation_1 (Activation)    (None, 28, 28, 6)         0

Pool_1 (MaxPooling2D)        (None, 14, 14, 6)         0

Conv_2 (Conv2D)              (None, 10, 10, 16)        2416

activation_2 (Activation)    (None, 10, 10, 16)        0

Pool_2 (MaxPooling2D)        (None, 5, 5, 16)          0

flatten_1 (Flatten)          (None, 400)               0

dense_1 (Dense)              (None, 120)               48120

activation_3 (Activation)    (None, 120)               0

dense_2 (Dense)              (None, 84)                10164

activation_4 (Activation)    (None, 84)                0

dense_3 (Dense)              (None, 10)                850
=================================================================
Total params: 61,706
Trainable params: 61,706
Non-trainable params: 0
```

图 5-32 运行结果

5.3 TensorFlow 模型训练

在 5.2 节中只是进行了神经网络模型的构建，真正的神经网络模型还没有生成，还需要经过模型参数的设置、模型编译、模型训练等过程。

5.3　TensorFlow
模型训练

5.3.1 模型训练参数

在模型训练之前，需要进行模型编译，设置模型优化器、损失函数、指标（准确率）等参数，模型编译代码示例如下：

```
model.compile(loss='sparse_categorical_crossentropy',
              optimizer=keras.optimizers.Adam(lr=0.001),
              metrics=['accuracy'])
```

参数具体含义如下：

1）loss（损失函数）。用来表示预测值与目标值的差距。在训练神经网络时，通过不断改变神经网络中所有参数，使损失函数不断减小，从而训练出准确率更高的神经网络模型。损失函数（或称目标函数、优化评分函数）是编译模型时所需的参数，常用的损失函数有：

① mean_squared_error：mse，均方误差，常用的目标函数。

② mean_absolute_error：mae，绝对值均差。

③ mean_absolute_percentage_error：mape，平均绝对百分比误差。

④ mean_squared_logarithmic_error：均方对数误差。

⑤ categorical_crossentropy：多分类的交叉熵。

⑥ sparse_categorical_crossentropy：稀疏矩阵下的多分类的交叉熵。

2）optimizer（优化器）。用来更新和计算影响网络模型训练和模型输出的网络参数，使其逼近或达到最优值。Keras 官网提供的可直接使用的常见优化器如下：

① SGD：Stachasitic Gradient Descent（随机梯度下降），每次迭代时随机用一小批样本进行计算，遵循一条曲折的通往极小值的梯度路径。

② Adagrad：可以对低频的参数做较大的更新，对高频的参数做较小的更新。因此，对于稀疏数据，Adagrad 的表现很好，很好地提高了 SGD 的鲁棒性。

③ RMSProp：一种自适应学习率的算法，计算历史所有的梯度衰减平方和，解决 Adagrad 学习率急剧下降的问题。

④ Adam：Adaptive Moment Estimation，一种自适应的学习率方法，经常被采用。

⑤ Adadelta：对 Adagrad 算法的改进，解决 Adagrad 学习率急剧下降的问题。

⑥ Adamax：Adam 的变种。

⑦ Nadam：在 Adam 中加入动量因子。

3）metrics（度量）。一般使用 Accuracy（准确率）来度量，即被正确分类的样本数量占全部样本数量的比例。

5.3.2　模型训练过程

在 TensorFlow 2.x 版本中，作为高阶 API 的 Keras 已经集成在其中，将 5.2.3 节中的代码改进一下，同样可以构建 LeNet-5 卷积神经网络。使用 TensorFlow 完整实现模型训练过程主要步骤如下：

（1）导入模型训练相关库

主要有 TensorFlow、Keras、Numpy、Matplotlib 等库，这里的 Keras 主要从 TensorFlow 中导入，导入库的代码为：

```
from tensorflow import keras
from keras import datasets
import matplotlib.pyplot as plt
import numpy as np
import gzip
```

（2）加载数据集

这里以 Fashion-MNIST 数据集为例，其涵盖的来自 10 种类别的共 70000 个不同商品的正面图像，分别用 0-9 数据进行标识，分类数据见表 5-2。Fashion-MNIST 的大小、格式和训练集 / 测试集划分与原始的 MNIST 完全一致，包含 60000/10000 的训练 / 测试数据划分，28×28 的灰度图像。

表 5-2　Fashion-MNIST 分类

标 注 编 号	样 本 描 述
0	T-Shirt/Top（T恤）
1	Trouser（裤子）
2	Pullover（套衫）
3	Dress（裙子）
4	Coat（外套）
5	Sandal（凉鞋）
6	Shirt（汗衫）
7	Sneaker（运动鞋）
8	Bag（包）
9	Ankle Boot（踝靴）

Fashion-MNIST 数据集可以从 Keras 中在线下载获取，这种方式比较简单；当然也可以通过官方网站将数据下载到本地，再从本地读取出来，这种方式稍显复杂，会经过数据集处理、变换以及归一化等步骤，选择其中一种方式即可。下面的代码展示了不同方式加载

Fashion-MNIST 数据集的过程。

```
# 加载数据集 Fashion-MNIST
# 在线下载方式
# (x_train,y_train),(x_test,y_test)= datasets.fashion_mnist.load_data()
# 本地读取方式
def load_data(path,files):
    paths = [path+ each for each in files ]
    with gzip.open(paths[0], 'rb') as lbpath:
        train_labels = np.frombuffer(lbpath.read(), np.uint8, offset=8)
    with gzip.open(paths[1], 'rb') as impath:
        train_images = np.frombuffer(impath.read(), np.uint8, offset=16).reshape(len(train_labels),28,28)
    with gzip.open(paths[2], 'rb') as lbpath:
        test_labels = np.frombuffer(lbpath.read(), np.uint8, offset=8)
    with gzip.open(paths[3], 'rb') as impath:
        test_images = np.frombuffer(impath.read(), np.uint8, offset=16).reshape(len(test_labels), 28, 28)
    return (train_labels,train_images), (test_labels,test_images)
# 定义数据集路径及文件名称，以本地实际路径为准
path = 'dataset/FashionMNIST/'
files = ['train-labels-idx1-ubyte.gz', 'train-images-idx3-ubyte.gz', 't10k-labels-idx1-ubyte.gz', 't10k-images-idx3-
ubyte.gz']
# 调用读取本地数据集方法，获取训练数据和测试数据
(y_train, x_train), (y_test, x_test) = load_data(path, files)
# 输出训练集、测试集形状
print(x_train.shape,y_train.shape)
print(x_test.shape,y_test.shape)
# 训练集、测试集数据维度转换，二维数据转为 4 维度的输入数据
x_train = x_train.reshape(–1, 28, 28, 1)
x_test = x_test.reshape(–1, 28, 28, 1)
# 训练集、测试集数据归一化
x_train = x_train / 255.0
x_test = x_test / 255.0
```

（3）构建模型

以 LeNet-5 模型为例，模型构建过程与 5.2.3 节中的过程基本一致，由于 Keras 是从
TensorFlow 中导入的，语法稍有不同，具体代码如下：

```
# 构建 LeNet-5 模型
model = keras.Sequential([
    keras.layers.Conv2D(32, (3, 3), activation='relu', input_shape=(28, 28, 1)),
    keras.layers.MaxPooling2D((2, 2)),
    keras.layers.Conv2D(64, (3, 3), activation='relu'),
    keras.layers.MaxPooling2D((2, 2)),
    keras.layers.Flatten(),
    keras.layers.Dense(512, activation='relu'),
    keras.layers.Dense(10, activation='softmax')
])
# 打印网络模型结构
model.summary()
```

（4）模型编译

这个环节主要确定训练模型的参数优化器参数、损失函数参数、度量方法等，并调用编译方法 model.compile()，由于是分类问题，损失函数选择 'sparse_categorical_crossentropy'，优化器选择常用的 Adam，学习率（后面详细介绍）设为 0.001，具体代码如下：

```
# 模型编译
model.compile(loss='sparse_categorical_crossentropy',
              optimizer=keras.optimizers.Adam(lr=0.001),
              metrics=['accuracy'])
```

（5）模型训练参数设定

主要设定模型训练超参数 epochs、batch_size（后面详细介绍），并调用训练方法 model.fit()，该方法参数如下：

model.fit(self,x=None,y=None,batch_size=None,epochs=1,verbose=1,callbacks=None,validation_split=0.0,validation_data=None,shuffle=True,class_weight=None,sample_weight=None,initial_epoch=0,steps_per_epoch=None,validation_steps=None,validation_freq=1,max_queue_size=10,use_multiprocessing=False,)

主要参数说明：

① x_train 或 x：训练集图像数据。

② y_train 或 y：训练集标签数据。

③ epochs：训练的轮次数量。

④ batch_size：每批次样本数量。

⑤ validation_data：指定的验证集数据。

⑥ shuffle：布尔值或字符串，一般为布尔值，表示是否在训练过程中随机打乱输入样本的顺序。

（6）模型训练数据喂入

将训练集的图像数据、训练集标签数据喂入 model.fit() 中，具体代码如下：

```
# 训练喂入数据，包括训练集数据、训练集标签数据、训练批次、训练轮数
model.fit(x_train, y_train, epochs=epochs,bacth_size=batch_size)
```

示例代码：

```
model.fit(x_train, y_train, epochs=5,batch_size=32)
```

（7）模型测试数据喂入

将测试集的图像数据、测试集标签数据喂入 model.evaluate() 中，可输出损失率和准确率，具体代码如下：

```
# 模型测试, 喂入测试数据，包括测试集数据、测试集标签数据，输出损失率和准确率
test_loss, test_acc = model.evaluate(x_test, y_test)
```

（8）输出模型训练结果

输出测试集准确率、损失率，观察模型训练效果，具体代码如下：

```
print('Test acc: %f' % test_acc)
```

经过以上的步骤，基本就完成了模型训练整个过程。结果是什么样的呢?

结果 1　图 5-33 所示分别为训练集和测试集的数据形状。

$$(60000, 28, 28)　(60000,)$$
$$(10000, 28, 28)　(10000,)$$

图 5-33　数据形状

结果 2　图 5-34 所示是模型的完整架构，这是一个序列化的模型。

```
Model: "sequential"

Layer (type)                 Output Shape              Param #
=================================================================
conv2d (Conv2D)              (None, 26, 26, 32)        320

max_pooling2d (MaxPooling2D) (None, 13, 13, 32)        0

conv2d_1 (Conv2D)            (None, 11, 11, 64)        18496

max_pooling2d_1 (MaxPooling2 (None, 5, 5, 64)          0

flatten (Flatten)            (None, 1600)              0

dense (Dense)                (None, 512)               819712

dense_1 (Dense)              (None, 10)                5130
=================================================================
Total params: 843,658
Trainable params: 843,658
Non-trainable params: 0
```

图 5-34　模型结构

结果 3　模型经过了 5 个轮次的训练，每个轮次训练后的准确率和损失率都能看到，最终模型在测试数据集上的准确率达到 0.9056，如图 5-35 所示，因为训练的轮次不多，这样的效果还是不错的。

```
Epoch 1/5
469/469 [==============================] - 50s 106ms/step - loss: 0.4940 - accuracy: 0.8224
Epoch 2/5
469/469 [==============================] - 48s 103ms/step - loss: 0.3243 - accuracy: 0.8827
Epoch 3/5
469/469 [==============================] - 48s 102ms/step - loss: 0.2762 - accuracy: 0.8989
Epoch 4/5
469/469 [==============================] - 47s 99ms/step - loss: 0.2484 - accuracy: 0.9086
Epoch 5/5
469/469 [==============================] - 48s 103ms/step - loss: 0.2230 - accuracy: 0.9165
313/313 [==============================] - 3s 10ms/step - loss: 0.2551 - accuracy: 0.9056
Test acc: 0.905600

Process finished with exit code 0
```

图 5-35　模型评估结果

5.3.3　模型训练可视化

Keras 中的 model.fit() 方法返回一个 History 对象。History.history 属性是一个记录了连续迭代的训练 / 验证损失率和准确率的字典，History 记录了模型训练过程连续迭代参数和模型训练过程，这些过程数据为可视化提供了基础，因此采用 Matplotlib 实现模型训练过程可视化。

示例代码如下:

```
history = model.fit(x_train, y_train, batch_size=batch_size, epochs=5, shuffle=True,
                    validation_data=(x_test, y_test))
```

基于 5.3.2 节的代码，进行补充，实现模型训练可视化，实际上是为了分析准确率和损失率的变化趋势，帮助评估模型是否还有改进提升的空间，具体代码如下：

```python
# 模型训练过程，损失率可视化，保存损失率可视化结果图
plt.figure('loss')
plt.plot(np.arange(0,epochs),history.history['loss'] , 'r', label="Train_loss")
plt.plot(np.arange(0,epochs), history.history['val_loss'], 'b', label="Valid_loss")
plt.title("Loss")
plt.xlabel('epochs')
plt.ylabel('train/test loss')
plt.grid(True)
plt.legend()
# 设置保存可视化结果路径
plt.savefig('./loss.png')
# 模型训练过程准确率可视化，保存准确率可视化结果图
plt.figure('accuracy')
plt.plot(np.arange(0,epochs), history.history['accuracy'], 'r', label="Train_acc")
plt.plot(np.arange(0,epochs), history.history['val_accuracy'], 'b', label="Valid_acc")
plt.title("Acc")
plt.xlabel('epochs')
plt.ylabel('train/test acc')
plt.grid(True)
plt.legend()
# 设置可视化保存结果路径
plt.savefig('./acc.png')
plt.show()
plt.close()
```

运行以上代码，可以看到如图 5-36 所示的结果。

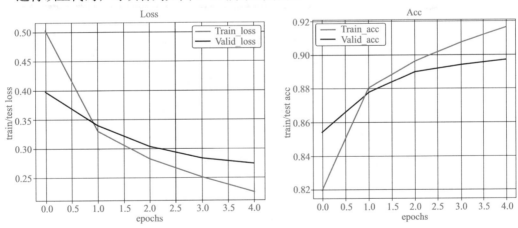

图 5-36　模型评估结果

左图 x 轴显示 epochs（轮次数），y 轴显示损失率结果，蓝色线条代表训练集损失率，黑色代表测试集损失率。

右图 x 轴显示 epochs（轮次数），y 轴显示准确率结果，蓝色线条代表训练集准确率，黑色代表测试集准确率。

总体来说，经过 5 个轮次的训练，模型准确率在训练集和测试集上都呈现上升趋势，模型损失率则呈现下降趋势，LeNet-5 模型的效果在解决 Fashion-MNIST 分类问题上是非常不错的。但目前还不是模型最佳的效果，如何提升模型效果？将在后面详细讲解。

视野拓展 聚焦算法前沿，筑牢人工智能发展根基

2019年4月，国家人工智能标准化总体组发布了《人工智能开源与标准化研究报告》，以下简称《报告》。《报告》中提出，随着深度学习技术的不断发展，大量资本和并购的涌入，加速了人工智能和产业的结合，人工智能甚至有可能成为继蒸汽机、电力和计算机之后，人类社会的第四次革命。

近年来开源技术蓬勃发展，尤其是人工智能深度学习算法相关开源技术的蓬勃发展，对我国人工智能相关产业产生了积极影响。《报告》中梳理了AI开源全栈示意图，如图5-37所示，这些开源技术有国内的，也有国外的，通过开源驱动协同创新，推动产业发展进程。

虽然应用有国界，但开源无国界，技术无国界。由于市场和技术的双向选择，开源逐渐成为基础软件研发的主流。在"新基建"政策与"十四五"规划对开源的支持下，开源基础软件近年来在国内获得了前所未有的关注与突破。国内最大的开源技术社区——开源中国 (OSCHINA.NET) 收录了国内外主要的开源技术，为我国开发者提供最新开源资讯、软件更新资讯，成为技术分享和交流的技术平台。

我国的企业现在是国际开源社区的积极贡献者，并已成为开源技术的主要消费者和贡献者。我国依靠卓越的人工智能技术研发机构及融合丰富应用场景的各类实验室，形成了多个人工智能聚集中心和地方特色人工智能发展产业，其中以北京与天津、上海与杭州、深圳与广州为重点城市群抱团发展的产业格局逐步显现，形成三大人工智能聚集中心。

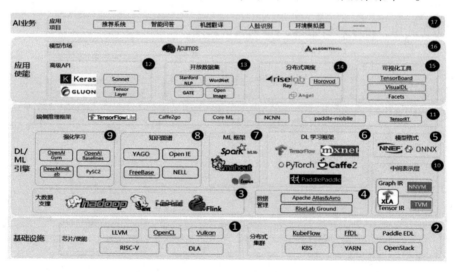

图 5-37 AI 开源全栈示意图

技能实训 人工智能系统模型训练

一、实训任务情境

某公司是一家人工智能科技公司，该公司的研发部门某算法组主要负责人工智能算法

建模。该部门计划构建常用的算法库，便于后期业务调用。按照计划，接下来先实现经典的神经网络模型算法 LeNet-5。假设你是该研发部门的一名员工，请按照进度和工作要求完成此任务。

二、实训任务内容

人工智能系统作为计算机系统，会有输入和输出，而从输入到输出经过模型的处理才能得到有价值的结果。本实训以输入 Fashion-MNIST 数据集为例，对数据集的数据进行分类，输出分成 10 个类别。通过构造 LeNet-5 神经网络模型，对模型进行训练，得到模型训练结果。为了更好地观察模型训练效果（损失率和准确率），需要将模型训练结果进行可视化。具体步骤为：

(1) 创建项目文件、创建存放数据的文件夹和 py 文件

(2) 编写代码，实现 LeNet-5 神经网络模型构建、编译、训练以及结果可视化

(3) 运行代码，保存运行结果（损失率和准确率）图片

三、职业技能目标

对照 1+X《智能计算平台应用开发职业技能等级标准》分级要求，通过本次实训能够达到以下职业技能目标，见表 5-3。

表 5-3　职业技能目标

职业技能等级	工 作 领 域	工 作 任 务	工作技能要求
智能计算平台应用开发职业技能等级标准 - 中级	人工智能应用开发	机器学习基础算法建模	能抽象出业务场景中的问题，并使用逻辑回归、决策树、随机森林、神经网络等模型，建立机器学习模型以解决业务中的分类问题

四、实训环境

1．硬件环境

华为公有云虚拟机：8CPU16GB-X86（或者自备计算机）

2．软件环境

(1) 操作系统：Ubuntu 16.04 纯净版（或 Windows 10 系统）

(2) Anaconda3

(3) PyCharm

(4) Python 3.5.5 及以上

(5) TensorFlow 2.2.0

(6) Keras 2.3.1

(7) OpenCV 4.4.1

(8) Numpy 1.19.4

(9) Matplotlib 3.3.2

五、实训操作步骤

1. 创建项目文件、创建存放数据的文件夹

（1）使用 PyCharm 创建项目

进入人工智能系统管理与维护开发机，在桌面上打开 PyCharm 软件，如图 5-38 所示。

图 5-38　打开 PyCharm 软件

　　在 PyCharm 弹出的欢迎界面中，选择"+Create New Project"，开始创建项目，输入项目名为"ModelfitProject"，选中"Existing interpreter"（已存在的解释器），在下拉列表框中选择"Python3.8（stuenv）"解释器（stuenv 环境下已经预装了代码运行依赖的包），如图 5-39、图 5-40 所示。

图 5-39　新建项目

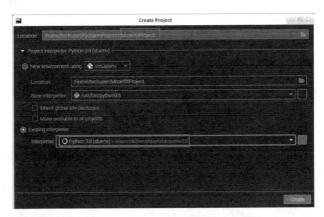

图 5-40 选择虚拟环境下的解释器

确认项目名称和解释器后，单击"Create"创建项目，创建成功的项目界面，如图 5-41 所示。

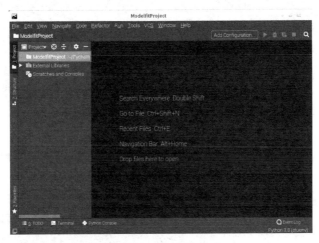

图 5-41 项目创建成功

（2）在项目中创建资源文件夹及 .py 文件

在创建资源文件夹前，先要获取实训素材数据"FashionMNIST.zip"文件，可看到"FashionMNIST"文件夹，如图 5-42 所示。

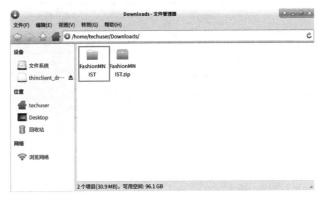

图 5-42 "FashionMNIST"文件夹

右击项目"ModelfitProject"，选择"New"→"Directory"，创建文件夹名为"dataset"的数据文件夹，将"FashionMNIST"文件夹复制到新创建的"dataset"文件夹下。在弹出的"copy"页面，选择"Refactor"，可以看到"FashionMNIST"文件夹复制到了新创建的"dataset"文件夹下，如图5-43、图5-44所示。

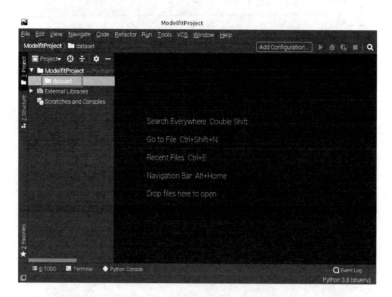

图 5-43　创建"dataset"文件夹

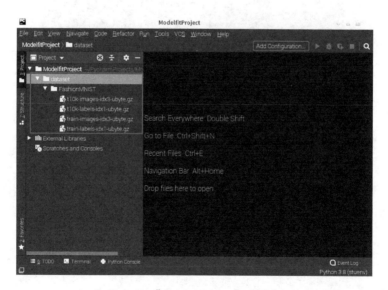

图 5-44　"FashionMNIST"数据集

右击项目"ModelfitProject"，选择"New"→"Python File"，创建文件名为"modelfit.py"的文件，如图5-45、图5-46所示。

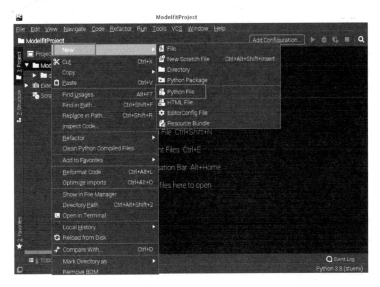

图 5-45　创建 Python 文件

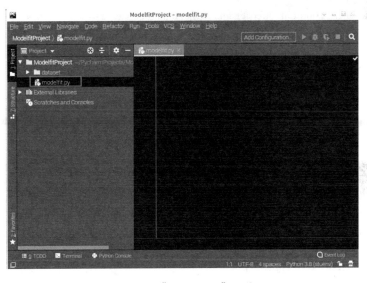

图 5-46　"modelfit.py" 文件

2．编写代码

基于 Fashion-MNIST 数据集，实现 LeNet-5 神经网络模型构建、编译、训练以及结果可视化，任务具体分解为：

1）导入相关库，如 TensorFlow、Keras、Numpy、Matplotlib 等。

2）读取本地 Fashion-MNIST 数据集。

3）训练集、测试集数据归一化处理。

4）LeNet-5 模型构建、编译和训练。

5）可视化模型训练结果（损失率和准确率），并保存运行结果图片。

在 "modelfit.py" 文件中编写如下代码：

```
# (1) 导入库
from tensorflow import keras
from keras import datasets
import matplotlib.pyplot as plt
import numpy as np
import gzip
# (2) 加载数据集 Fashion-MNIST
# 在线下载方式
# (x_train,y_train),(x_test,y_test)= datasets.fashion_mnist.load_data()
# 本地读取方式
def load_data(path,files):
    paths = [path+ each for each in files ]
    with gzip.open(paths[0], 'rb') as lbpath:
        train_labels = np.frombuffer(lbpath.read(), np.uint8, offset=8)
    with gzip.open(paths[1], 'rb') as impath:
        train_images = np.frombuffer(impath.read(), np.uint8, offset=16).reshape(len(train_labels),28,28)
    with gzip.open(paths[2], 'rb') as lbpath:
        test_labels = np.frombuffer(lbpath.read(), np.uint8, offset=8)
    with gzip.open(paths[3], 'rb') as impath:
        test_images = np.frombuffer(impath.read(), np.uint8, offset=16).reshape(len(test_labels), 28, 28)
    return (train_labels,train_images), (test_labels,test_images)
# 定义数据集路径及文件名称
path = 'dataset/FashionMNIST/'
files = ['train-labels-idx1-ubyte.gz','train-images-idx3-ubyte.gz', 't10k-labels-idx1-ubyte.gz', 't10k-images-idx3-ubyte.gz']
# 调用读取本地数据集方法，获取训练数据和测试数据
(y_train, x_train), (y_test, x_test) = load_data(path, files)
# 输出训练集、测试集形状
print(x_train.shape,y_train.shape)
print(x_test.shape,y_test.shape)
# 训练集、测试集数据维度转换，二维数据转为 4 维度的输入数据
x_train = x_train.reshape(-1, 28, 28, 1)
x_test = x_test.reshape(-1, 28, 28, 1)
# (3) 训练集、测试集数据归一化处理
x_train = x_train / 255.0
x_test = x_test / 255.0
# (4) 构建 LeNet-5 模型
model = keras.Sequential([
    keras.layers.Conv2D(32, (3, 3), activation='relu', input_shape=(28, 28, 1)),
    keras.layers.MaxPooling2D((2, 2)),
    keras.layers.Conv2D(64, (3, 3), activation='relu'),
    keras.layers.MaxPooling2D((2, 2)),
    keras.layers.Flatten(),
    keras.layers.Dense(512, activation='relu'),
```

```
        keras.layers.Dense(10, activation='softmax')
])
# 打印网络模型结构
model.summary()
# 模型编译
model.compile(loss='sparse_categorical_crossentropy',
                optimizer=keras.optimizers.Adam(lr=0.001),
                metrics=['accuracy'])
# 模型训练测试集，模型训练过程参数设定，喂入训练集数据
# 模型训练过程方法为 model.fit()
epochs = 5
batch_size = 128
# （5）模型训练过程可视化
# 可视化需要保存 history
history = model.fit(x_train, y_train, batch_size=batch_size, epochs=epochs, shuffle=True,
                    validation_data=(x_test, y_test))
# 模型训练过程损失率可视化，保存损失率可视化结果图
plt.figure('loss')
plt.plot(np.arange(0,epochs),history.history['loss'] , 'r', label="Train_loss")
plt.plot(np.arange(0,epochs), history.history['val_loss'], 'b', label="Valid_loss")
plt.title("Loss")
plt.xlabel('epochs')
plt.ylabel('train/test loss')
plt.grid(True)
plt.legend()
# 设置保存可视化结果路径
plt.savefig('./loss.png')
# 模型训练过程准确率可视化，保存准确率可视化结果图
plt.figure('accuracy')
plt.plot(np.arange(0,epochs), history.history['accuracy'], 'r', label="Train_acc")
plt.plot(np.arange(0,epochs), history.history['val_accuracy'], 'b', label="Valid_acc")
plt.title("Acc")
plt.xlabel('epochs')
plt.ylabel('train/test acc')
plt.grid(True)
plt.legend()
# 设置可视化保存结果路径
plt.savefig('./acc.png')
plt.show()
plt.close()
```

代码编写完成后，运行项目，等待程序运行成功大约需要等待 2 分钟左右，会弹出 2 张可视化运行结果图（accuracy 和 loss），并会将 "acc.png" 和 "loss.png" 图片文件保存在当前路径下，如图 5-47、图 5-48 所示，表示程序运行成功。

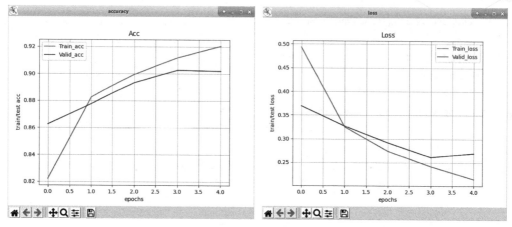

图 5-47　运行结果

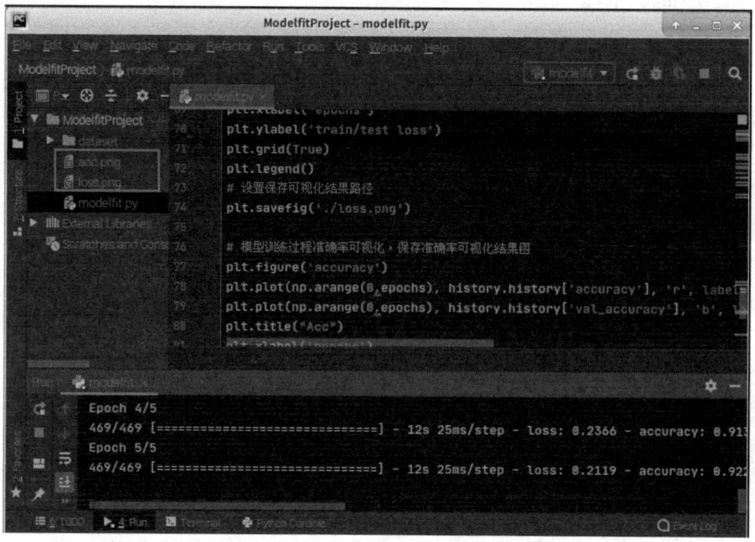

图 5-48　查看图片文件

思考

通过分析以上实训可视化结果可知，随着 epochs 的增加，模型在训练集的预测准确率逐步提升，损失率逐步降低，效果不错，但当 epochs 在 3 以后，模型在验证集的准确率却有下降趋势，损失率呈现上升趋势，这是什么原因造成的？应该如何优化？具体模型优化方法将会在后面讲解。

六、实训总结

通过本次实训，学会编写 LeNet-5 神经网络模型构建、编译、训练代码，并学会使用 Matplotlib 可视化展示运行结果，并根据模型效果初步评估模型的质量。为了让模型的效果更好，关于训练的轮次（epochs）、每批次训练样本数量（batch_size）以及训练的各项参数是可以优化调整的。还可以进一步修改代码，理解神经网络模型的运行机制。

考核评价

学生学习效果考核评价表见表 5-4。

表 5-4　学生学习效果考核评价表

考 评 标 准		配分	三 方 考 评			得分
			学生自评（20%）	小组互评（20%）	教师点评（60%）	
知识目标（40%）	掌握深度学习框架 TensorFlow 基本操作方法	10				
	掌握卷积神经网络模型典型结构及构建方法	15				
	掌握模型训练及可视化方法	15				
技能目标（45%）	能够完成 TensorFlow 基本操作	10				
	能够构建卷积神经网络模型（LeNet-5）并完成模型训练	20				
	能够使用 Matplotlib 实现模型训练过程可视化	15				
素质目标（15%）	独立工作能力	8				
	奉献意识	7				
合计		100				
考评教师						
考评日期			年　　　月　　　日			

填表说明：此表课前提前准备，过程形成性考评和终极考评考核相结合。

项目小结

　　本项目主要介绍了人工智能模型训练主要工作过程，包括深度学习框架 TensorFlow 基本操作、构建卷积神经网络模型、模型训练及可视化等内容。每个工作过程选取典型工作任务进行了介绍，并以实际案例和项目讲解了人工智能模型训练的完整过程，重点实现了 LeNet-5 卷积神经网络，通过学习就可以搭建属于自己的神经网络了。

06

项目 6
人工智能系统模型评估与优化

    神经网络模型除了能将输入信号转换为输出信号以外，还能反向回传损失函数中的误差，使用优化算法（如梯度下降）更新权重值，通过计算误差函数 L 相对于权重参数 W 的梯度，在损失函数梯度的相反方向上更新权重参数，如此重复正向计算和反向参数更新的过程，使得最终经过模型输出的预测值（$\hat{y}$）和真实值（y）之间的误差最小，从而实现自主学习。本项目将围绕人工智能系统模型评估与优化的主要工作过程及典型工作任务展开讲解，包括优化器的使用、损失函数的使用以及过拟合和欠拟合的处理方法等。

知识导航

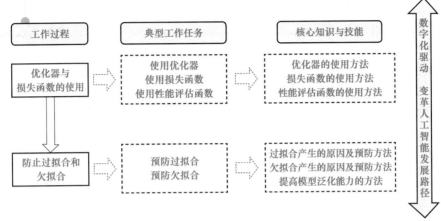

知识储备

6.1　优化器与损失
函数的使用

6.1　优化器与损失函数的使用

就像学生准备考试一样，前期已经完成学习，考试之前还需通过复习查漏补缺。神经网络模型在准备用来完成实际任务之前，也必须经过一个评估和优化的过程，以确保模型预测的结果能够满足基本使用条件。

6.1.1　优化器的使用

神经网络模型训练的目的实质上就是为了找到使损失函数的值尽可能小的参数，这是一个寻找最优参数的问题，解决这个问题的过程可以称为最优化，解决这个问题使用的算法叫作优化器（Optimizer）。

由于神经网络的不可解释性以及参数空间的复杂性，无法轻易找到最优解。尤其是在深度学习中，参数的数量非常大，导致最优化问题更加复杂，主要原因是深度神经网络是一个高度非线性的模型，其函数是一个非凸函数，如图 6-1 所示，凸函数（Convex）很容易求解最优解，但非凸函数（Non-Convex）求解最优解是存在一定难度的。

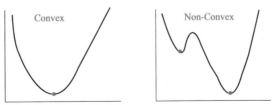

图 6-1　凸函数和非凸函数表示

（1）梯度下降算法

优化器的算法有很多种，其中梯度下降算法是机器学习中较常使用的优化算法，下面

149

重点介绍。

梯度下降算法通过迭代的方式寻找使模型目标函数达到最小值的最优参数（也称最速下降法）。当目标函数是凸函数时，梯度下降的解是全局最优解，但在一般情况下目标函数都是非凸函数，所以梯度下降无法保证全局最优，如图 6-2 所示。

梯度下降可分为批量梯度下降（Batch Gradient Descent，BGD）、随机梯度下降（Stochastic Gradient Descent，SGD）和小批量梯度下降（Mini-Batch Gradient Descent，MBGD）。

BGD 是在更新参数时使用所有的样本来进行更新，当样本数目 m 很大时，每迭代一步都需要对所有样本进行计算，训练过程会很慢。

SGD 是随机抽取一批样本（Batch）来更新参数。随机梯度下降每次使用 m 个样本的损失来近似平均损失，这样每一轮参数的更新速度大大加快，但可能求解的是局部最优值。

MBGD 是对批量梯度下降以及随机梯度下降的一个折中办法，每次迭代使用一定数量的样本来对参数进行更新。

图 6-3 所示为 BGD、SGD 和 MBGD 三种梯度下降算法的收敛过程示意图。

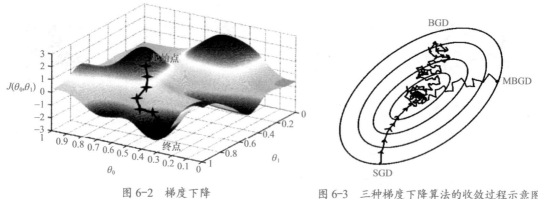

图 6-2　梯度下降　　　　　　　图 6-3　三种梯度下降算法的收敛过程示意图

SGD 是一种相对简单的梯度下降算法，因为其效率高，所以经常被使用。神经网络模型训练中使用梯度下降更新权重值，通过计算损失函数 L 相对于权重参数 W 的梯度，在损失函数梯度的相反方向上更新权重参数。

SGD 一般表示为：$W_{i,j}^{new} = W_{i,j}^{old} - \alpha \dfrac{\partial E}{\partial w_{i,j}}$

其中，$W_{i,j}^{new}$ 为更新后的权重参数，$W_{i,j}^{old}$ 为更新前的权重参数，α 为学习率，$\dfrac{\partial E}{\partial W_{i,j}}$ 为损失函数对权重 W 的梯度。α 一般取值为 0.01 或 0.001。

说明

学习率是神经网络优化时的重要参数。在梯度下降法中，学习率的取值非常关键，如果过大就不会收敛，如果过小则收敛速度太慢。

（2）Keras 常用优化器

优化器是编译模型所需的参数之一。Keras 常用优化器有：

① 随机梯度优化器：SGD 优化器。

② 自适应学习率优化器：AdaGrad、Adam。

③ 动量梯度优化器：RMSProp。

可通过 keras.optimizers 方法调用优化器。

使用优化器有两种方法：第一种是直接传入优化器名称；第二种是先定义优化器后再使用，示例代码如下（TensorFlow 2.x 版本下操作）：

```
# 第一种：直接传入优化器名称，默认优化器将被采用
model.compile(optimizer='sgd',loss='sparse_categorical_crossentropy',metrics=['accuracy'])
# 第二种：先定义优化器再使用以 SGD 为例，参数含义后续介绍
sgd=keras.optimizers.SGD(learning_rate=0.00001,decay=0.001,momentum=0.95)
model.compile(loss='sparse_categorical_crossentropy',optimizer=sgd,metrics=['accuracy'])
```

（3）随机梯度优化器 SGD 的使用

SGD 优化器对所有的参数更新使用同样的学习率，参数更新速度相对较慢。使用语法格式如下：

```
keras.optimizers.SGD(learning_rate=0.01, decay=0.001, momentum=0.0, nesterov=False, name='SGD', **kwargs)
```

主要参数说明：

① learning_rate：学习率，float 类型，值 >=0。

② decay：float 类型，值 >=0，表示每次参数更新后学习率衰减值。

③ momentum：float 类型，值 >=0，用于加速 SGD 在相关方向上的前进，并抑制震荡。

④ nesterov：boolean 类型，表示是否使用 Nesterov 动量，加快梯度下降优化算法的收敛速度。

⑤ name：优化器名称。

使用 SGD 优化器，训练 Fashion-MNIST 数据集，示例代码如下：

```
# "SGD 优化器使用 "
model.compile(optimizer='sgd',loss='sparse_categorical_crossentropy',metrics=['accuracy'])
model.fit(x_train, y_train, epochs=1, batch_size=64)
print("sgd-accuracy:{}".format(model.evaluate(x_test, y_test)))
```

（4）自适应学习率优化器 AdaGrad 的使用

AdaGrad 是具有特定参数学习率的优化器，它根据参数在训练期间的更新频率进行自适应调整，随着迭代次数增加，每一轮迭代中的学习率会越来越小。使用 AdaGrad 的语法格式如下：

```
keras.optimizers.Adagrad(learning_rate=0.01, epsilon=None, decay=0.0)
```

主要参数说明：

① learning_rate：学习率，float 类型，值 >=0。

② epsilon：模糊因子，float 类型，值 >=0，若为 None，默认为 K.epsilon()。

③ decay：float 类型，值 >=0，表示每次参数更新后学习率衰减值。

使用 AdaGrad 优化器，训练 Fashion-MNIST 数据集，示例代码如下：

```
# "AdaGrad 优化器使用 "
model.compile(optimizer='adagrad',loss='sparse_categorical_crossentropy',metrics=['accuracy'])
model.fit(x_train, y_train, epochs=1, batch_size=64)
print("adagrad -- accuracy:{}".format(model.evaluate(x_test, y_test)))
```

（5）动量梯度优化器 RMSProp 的使用

RMSProp 是动量梯度优化器，通过采用指数衰减平均，以丢弃前期的历史数据，使其能够在找到某个"凸"结构后快速收敛，语法格式如下：

keras.optimizers.RMSProp(learning_rate=0.001, rho=0.9, epsilon=1e-06)

主要参数说明：

① learning_rate：学习率，float 类型，值 >=0。

② rho：float 类型，值 >=0，表示 RMSProp 梯度平方的移动均值的衰减率。

③ epsilon：模糊因子，float 类型，值 >=0，为了维持数值稳定性而添加的常量。

使用 RMSProp 优化器，训练 Fashion-MNIST 数据集，示例代码如下：

```
# "RMSProp 优化器使用 "
model.compile(optimizer='rmsprop',loss='sparse_categorical_crossentropy',metrics=['accuracy'])
model.fit(x_train, y_train, epochs=1, batch_size=64)
print("rmsprop -- accuracy:{}".format(model.evaluate(x_test, y_test)))
```

（6）自适应学习率优化器 Adam 的使用

Adam 兼容了 AdaGrad 和 RMSProp 的优点，通过动态调整每个参数的学习率，每一次迭代学习率都有确定范围，使得参数比较平稳，该优化器经常被使用。使用 Adam 的语法格式如下：

keras.optimizers.Adam(learning_rate=0.001, beta_1=0.9, beta_2=0.999, epsilon=1e-08)

主要参数说明：

① learning_rate：学习率，float 类型，值 >=0。

② beta_1/beta_2：float 类型，0<beta<1，通常很接近 1，控制移动均值的衰减率。

③ epsilon：float 类型，值 >=0，防止除 0 错误。

使用 Adam 优化器，训练 Fashion-MNIST 数据集，示例代码如下：

```
# "Adam 优化器使用 "
model.compile(optimizer='adam',loss='sparse_categorical_crossentropy',metrics=['accuracy'])
model.fit(x_train, y_train, epochs=1, batch_size=64)
print("adam -- accuracy:{}".format(model.evaluate(x_test, y_test)))
```

以上优化器的使用只示范了一种使用方式，请大家尝试使用另外一种方式调整优化器参数，进而对比分析以上几种优化器的效果。

6.1.2　损失函数的使用

损失函数（Loss），又称目标函数、优化评分函数，是编译一个神经网络模型必需的两个参数之一，另一个必不可少的参数是前面介绍的优化器。

损失函数是用真实值（y）和预测值（$\hat{y}$）的距离来指导模型的收敛方向，是模型预测值与真实值的差距大小。

损失函数一般表示为：$Loss=f(\hat{y}, y)$

图 6-4 所示为自动学习示意图，模拟了一维线性方程自动学习的过程。其中，粗线是真实的线性方程，虚线是迭代过程的示意，w_1 是第一次迭代的权重，w_2 是第二次迭代的权重，w_3 是第三次迭代的权重。随着迭代次数的增加，w_n 将无限接近真实值。

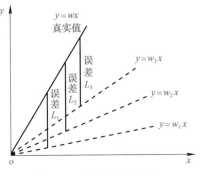

图 6-4 自动学习示意图

如何让虚线无限接近真实值？其实这就是损失函数和优化器的作用了。图 6-4 中，L_1、L_2 和 L_3 这三个标签分别是 3 次迭代过程中预测值和真实值之间的误差值，这里的误差值是用绝对差来表示的，那么在多维空间会用平方差、均方差等多种不同的距离计算公式，这就是损失函数的作用。

通常，损失函数选择得越好，模型的效果越好。不同的模型所使用的损失函数一般不一样，损失函数可以选择内置的函数，也可以自定义。示例代码如下：

```
model.compile(loss='sparse_categorical_crossentropy',optimizer='rmsprop',metrics=['accuracy'])
```

常用的损失函数有：

① mean_squared_error(mse)：均方误差。

② mean_absolute_error(mae)：平均绝对值误差。

③ mean_absolute_percentage_error(mape)：平均绝对百分比误差。

④ mean_squared_logarithmic_error(msle)：均方对数误差。

⑤ binary_crossentropy：二进制交叉熵误差。

⑥ categorical_crossentropy：多分类的交叉熵误差。

⑦ sparse_categorical_crossentropy：稀疏矩阵下的多分类的交叉熵。

除了损失函数，神经网络模型训练还需要性能评估指标。常用的性能评估指标有错误率（Error Rate）和精度（Accuracy）。它们是分类问题中常用的性能度量指标，既适用于二分类任务，也适用于多分类任务。

错误率（Error Rate）指分类错误的样本占样本总数的比例，即：分类错误的数量 / 样本总数数量。

精度（Accuracy）指分类正确的样本占样本总数的比例，即：分类正确的数量 / 样本总数数量。

在实际编程过程中，使用性能评估函数（评价函数）来评估当前训练模型的性能，当模型编译（Compile）时，评价函数作为 metrics 参数来输入，示例代码如下：

```
model.compile(loss='sparse_categorical_crossentropy',optimizer='rmsprop',metrics=['accuracy'])
```

评价函数和损失函数相似，只是评价函数的结果不会用于训练过程中。

常用性能评估函数有：

① accuracy：适用于真实值和预测值均为标量的情况。

② binary_accuracy：适用于二分类问题，计算在所有预测值上的平均正确率。

③ categorical_accuracy：适用于多分类问题，计算在所有预测值上的平均正确率。

④ sparse_categorical_accuracy：与 categorical_accuracy 相同，对稀疏的目标值预测时使用。

⑤ top_k_categorical_accuracy：计算 top-k 正确率，当预测值的前 k 个值中存在目标类别即认为预测正确。

⑥ sparse_top_k_categorical_accuracy：与 top_k_categorical_accuracy 作用相同，但适用于稀疏情况。

6.2 防止过拟合和欠拟合

真正好的模型，无论是在训练集上，还是测试集上，都应该有很好的表达能力和预测效果，函数曲线能很好地拟合已知样本数据，也能预测未知的测试数据，也就是常说的具有较好的泛化能力。

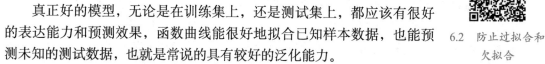

6.2　防止过拟合和
欠拟合

在训练深度神经网络的时候，经常会出现欠拟合和过拟合这两个问题，模型训练刚开始时往往是欠拟合的，也正是因为如此才有了优化的空间，需要不断地调整算法及参数来使得模型的表达能力更强、预测效果更好。但是优化到了一定程度，可能就会遇到过拟合的问题了。什么是过拟合和欠拟合？具体该怎么解决这样的问题？让我们带着问题来学习。

6.2.1　过拟合原因及优化方法

过拟合（Overfitting）是指神经网络模型训练时，训练集样本数据训练过度，模型在训练集上完美拟合训练集特征，甚至将"噪声"数据特征也学习到了，虽然能够在训练集上对数据进行分类和识别，但在新样本数据或测试集识别与分类上表现能力较差，不具备泛化性。

优点：训练集的准确率高，说明模型拟合数据较好。

缺点：模型在新样本数据或测试集上的效果不好，过度拟合噪声数据。

图 6-5 展示了拟合较好（Good fitting）和过拟合（Overfitting）的模型曲线示意图，从图中可以看出，并不是所有的样本数据（Samples）都在模型曲线上就是好的模型，这样的模型可能和真实的函数曲线偏差很大，越接近真实的函数曲线的模型才是合适的模型。

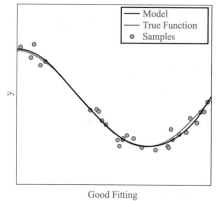
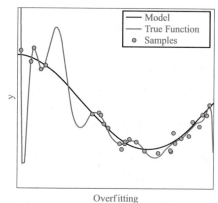

图 6-5　拟合较好（Good Fitting）和过拟合（Overfitting）的模型曲线示意图

出现过拟合的原因有很多，例如：

1）建模样本抽取错误，样本数量太少，抽样方法错误，抽样时没有足够正确考虑业务场景或业务特点，不能有效代表业务逻辑或业务场景。

2）参数太多、模型复杂度高。

3）样本里的噪音数据干扰过大，模型学习了噪音特征，反而忽略了真实的输入与输出间的关系。

4）神经网络模型参数不符合特征数据。

5）模型迭代次数过多等。

神经网络模型训练过拟合常用解决办法，见表 6-1。

表 6-1　神经网络模型训练过拟合常用解决方法

过拟合问题类型	常用解决方法
训练样本抽取错误	数据增强（Data Augmentation）：对图像旋转，缩放，剪切，添加噪声等
参数太多，模型复杂度过高	调整模型复杂度，使其适合训练集的数量级（缩小宽度和减小深度）、通过正则化引入额外新信息带来惩罚度
样本噪音干扰过大	重新整理样本数据
权值学习迭代次数过多	使用早停（Early Stopping），即在模型对训练数据集迭代收敛之前停止迭代训练来防止过拟合

6.2.2　欠拟合原因及优化方法

欠拟合是模型简单或者数据集偏少、特征太多，在训练集上的准确率不高，同时在测试集上的准确率也不高，这样如何训练都无法训练出有意义的参数，模型也得不到较好的效果。

欠拟合主要是模型没有很好地捕捉到数据特征，不能够很好地拟合数据，泛化能力较弱。图 6-6 展示了拟合较好（Good fitting）和欠拟合（Underfitting）的模型曲线示意图。

出现欠拟合的原因也有很多，例如：

1）特征量过少，可能还存在其他特征对模型产生较大的影响，但并未考虑。

2）参数太少，模型复杂度过低。

3）网络训练次数较少。

4）网络模型层数较少。

5）网络参数没有初始化、正则化。

6）网络模型单一，没有引入非线性模型等。

神经网络模型训练欠拟合常用解决方法见表 6-2。

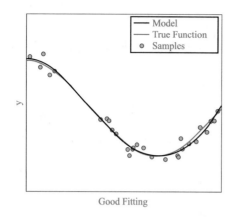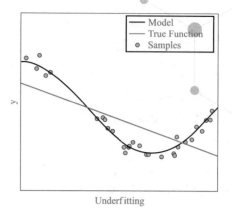

图 6-6　拟合较好（Good Fitting）和欠拟合（Underfitting）的模型曲线示意图

表 6-2　神经网络模型训练欠拟合常用解决方法

欠拟合问题类型	常用解决方法
特征量过少	增加新的有效特征或多项式特征
参数太少，模型复杂度过低	使用复杂度更高的非线性模型，如 SVM、决策树、深度学习等模型
网络训练太少	增加模型训练参数，模型训练迭代次数
网络参数没有初始化	模型参数数据进行初始化和批处理初始化，模型梯度下降过程参数优化更新

6.2.3　模型泛化能力提高方法

值得一提的是，神经网络模型的关键是泛化问题，即在样本真实分布上的误差最小化。由于神经网络的拟合能力非常强，其在训练数据上的错误率往往都可以降到非常低，甚至可以到 0，从而导致过拟合。因此，提高神经网络的泛化能力反而成为影响模型能力的最关键因素。接下来重点介绍几种常用的模型泛化能力提高方法。

（1）正则化方法

正则化方法是指在使用目标函数或代价函数进行优化时，在目标函数或代价函数后面加上一个正则项，常用的有 L1 正则化与 L2 正则化。简单来说，通过对神经网络模型添加正则化项可以限制模型的复杂度，使得模型在复杂度和性能两方面达到平衡。正则化可以看作是损失函数的"惩罚"项，所谓"惩罚"就是对损失函数中的参数做一些限制。

1）L1 正则化。L1 正则项会产生稀疏解，可以用于特征选择，一定程度上，L1 可以防止过拟合。

L1 正则化表达式：$C=C_0+\dfrac{\lambda}{n}\Sigma|w|$

C 为最终求解的代价函数，C_0 为原始代价函数，n 为样本个数，λ 为正则项参数，用来权衡正则项与 C_0 项的比重。

2）L2 正则化。L2 正则项会产生比较小的解，鼓励模型最终将所有维度上的特征都用起来，而不是只依赖其中少数几个特征维度，可以提高模型的泛化能力，降低过拟合的风险。

L2 正则项使模型参数值衰减，使模型参数值都接近 0。

L2 正则化表达式：$C=C_0+\dfrac{\lambda}{2n}\Sigma|w^2|$

C 为最终求解的代价函数，C_0 为原始代价函数，n 为样本个数，λ 为正则项参数，用来权衡正则项与 C_0 项的比重。

> **说 明**
>
> 　　在实践中，如果不是特别关注特征选择，一般说来 L2 正则化都会比 L1 正则化效果好。正则化参数 λ 越大，约束越严格，太大容易产生欠拟合；正则化参数 λ 越小，约束越宽松，太小起不到约束作用，容易产生过拟合。

Keras 中，提供了 L1 和 L2 正则化方法，使用示例如下：

```
keras.regularizers.l1(0.001)
keras.regularizers.l2(0.001)
keras.regularizers.l1_l2(l1=0.001,l2=0.001)
```

（2）丢弃法

当训练一个深度神经网络时，可以随机丢弃一部分神经元（同时丢弃其对应的连接边）来避免过拟合，这种方法称为丢弃法（Dropout Method）。

该方法是在对网络进行训练时用的一种技巧。在训练开始时，随机地删除一些（可以设定为一半，也可以为 1/3、1/4 等）隐藏层神经元，即认为这些神经元不存在，同时保持输入层与输出层神经元的个数不变，如图 6-7 所示。

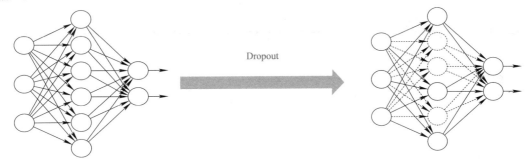

Dropout

图 6-7　丢弃法（Dropout Method）示意图

当训练一个深度神经网络时，可以随机丢弃一部分神经元，最简单的方法为固定一个丢弃率 p，实际保留神经元概率为 $(1-p)$。通常，训练阶段使用 Dropout，测试阶段把 Dropout 屏蔽。

神经元表达式：$y=f(Wx+b)$

丢弃法表达式：$mask(x)\times p\times x, p\in(0,1)$

在测试时需要将神经网络的输入 x 乘以概率 p，也相当于把不同的神经网络做了平均。丢弃率 p 可以通过验证集来选取一个最优的值。

一般来说，对于隐藏层的神经元，其丢弃率 $p=0.5$ 时效果最好，这对大部分的网络训练都比较有效。当 $p=0.5$ 时，在训练时有一半的神经元被丢弃，只剩余一半的神经元是可以激活的，随机生成的网络结构最具多样性。

在 Keras 中，支持丢弃法的使用，示例代码如下：

> keras.layers.Dropout(0.5)

（3）数据增强

深度神经网络一般都需要大量的训练数据才能获得比较理想的效果。在数据量有限的情况下，可以通过数据增强（Data Augmentation）来增加数据量，提高模型鲁棒性，避免过拟合。对于图像数据，数据增强的方法主要有以下几种，如图6-8所示。

1）旋转（Rotation）：将图像按顺时针或逆时针方向随机旋转一定角度。

2）翻转（Flip）：将图像沿水平或垂直方向随机翻转一定角度。

3）缩放（Zoom In/Out）：将图像放大或缩小一定比例。

4）平移（Shift）：将图像沿水平或垂直方向平移一定步长。

5）加噪声（Noise）：加入随机噪声等。

图6-8　图像数据增强

数据增强具体编码实现方法详见项目4讲解内容，不再赘述。

视野拓展　数字化驱动，变革人工智能发展路径

当前，全球经济数字化转型不断加剧，数字技术深刻改变着人类的思维、生活、生产、学习方式，推动世界政治格局、经济格局、科技格局、文化格局、安全格局深度变革，全民数字素养与技能日益成为国际竞争力和软实力的关键指标。

2021年11月5日，中央网信办发布《提升全民数字素养与技能行动纲要》。纲要中指出，数字素养与技能是数字社会公民学习生活应具备的数字获取、制作、使用、评价、交互、分享、创新、安全保障、伦理道德等一系列素质与能力的集合。提升全民数字素养与技能，是顺应数字时代要求，提升国民素质、促进人的全面发展的战略任务，是实现从网络大国迈向网络强国的必由之路，也是弥合数字鸿沟、促进共同富裕的关键举措。

数字化对社会经济的影响是颠覆性的，人工智能、大数据、云计算、移动互联网、物联网、工业互联网、区块链等数字技术呈现"融合发展"的趋势，数字技术应用价值如图6-9所示。大数据是人工智能的"燃料"；云计算为人工智能提供无处不在的计算能力；移动互联网、物联网、工业互联网构建对人、机、物、系统等的全面连接，为人工智能应用提供"土壤"；在"数据"维度上，区块链可以解决人工智能应用中数据可信度问题，同时通过链外协同和链间的互操作，有利于组织更大规模的数据，使得人工智能能够更加聚焦于算法。从另一角度来看，人工智能模型的可解释性和可验证性也一直是一大痛点，将人工智能引擎训练模型结果和运行模型存放在区块链上，能够确保模型可验证，以及模型不被篡改，提升了模型的可信度，同时也降低了人工智能应用遭受攻击的风险。

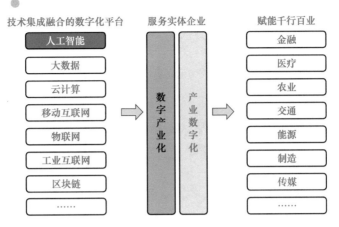

图 6-9　数字技术应用价值

技能实训　人工智能系统模型评估与优化

一、实训任务情境

某公司是一家人工智能科技公司，该公司的研发部门某算法组主要负责人工智能算法建模与优化。该部门想构建常用的算法库，便于后期业务调用，目前已完成 LeNet-5 模型的基本构建，接下来希望对该模型效果进行评估和优化。假设你是该研发部门的一名员工，请按照进度和工作要求完成此任务。

二、实训任务内容

本实训在项目 5 实训的基础上，仍然是以输入 Fashion-MNIST 数据集为例，对数据集的数据进行分类，输出分成 10 个类别。通过对构建的 LeNet-5 神经网络模型进行评估，并根据评估结果，优化模型参数，提高模型泛化能力。为了对比分析，实训中将保存优化前和优化后的运行结果（损失率和准确率）图片。具体步骤为：

（1）在项目中创建 .py 文件

（2）构建 LeNet-5 神经网络模型并评估效果，保存运行结果（损失率和准确率）图片

（3）修改模型代码，优化模型参数，提高模型泛化能力，保存运行结果（损失率和准确率）图片

（4）对比分析结果

三、职业技能目标

对照 1+X《智能计算平台应用开发职业技能等级标准》分级要求，通过本次实训能够达到以下职业技能目标，见表 6-3。

表 6-3　职业技能目标

职业技能等级	工作领域	工作任务	工作技能要求
智能计算平台应用开发职业技能等级标准 - 高级	人工智能应用开发	人工智能算法优化	能运用算法优化工具，实现算法的参数调优，提升算法的准确性

四、实训环境

1．硬件环境

华为公有云虚拟机：8CPU16GB-X86（或者自备计算机）

2．软件环境

（1）操作系统：Ubuntu 16.04 纯净版（或者 Windows 10 系统）
（2）Anaconda3
（3）PyCharm
（4）Python 3.6.5 及以上
（5）TensorFlow 2.2.0
（6）Keras 2.3.1
（7）OpenCV 4.4.1
（8）Numpy 1.19.4
（9）Matplotlib 3.3.2

五、实训操作步骤

> 如果是自备计算机，实训开始前，需要按照实训环境要求搭建好环境，并获取本书提供的实训素材。

1．在项目中创建 .py 文件

创建文件名为"modeloptimize.py"的文件，如图 6-10 所示。

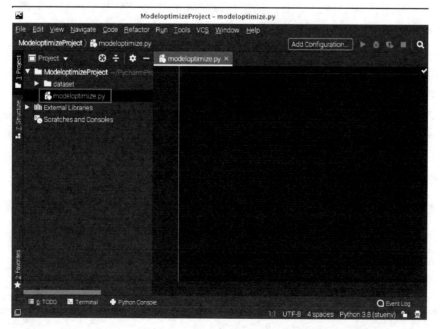

图 6-10 "modeloptimize.py"文件

2．构建的 LeNet-5 神经网络模型并评估效果

基于 Fashion-MNIST 数据集，实现 LeNet-5 神经网络模型构建、编译、训练以及结果可视化，任务具体分解为：

1）导入相关库，如 TensorFlow、Keras、NumPy、Matplotlib 等。

2）读取本地 Fashion-MNIST 数据集。

3）训练集、测试集数据归一化处理。

4）LeNet-5 模型构建、编译和训练。

5）可视化模型训练结果（损失率和准确率），评估结果，并保存运行结果图片。

在"modeloptimize.py"文件中编写如下代码：

```python
# 导入库
from tensorflow import keras
from keras import datasets
import matplotlib.pyplot as plt
import numpy as np
import gzip
# 加载数据集 Fashion-MNIST
# 在线下载方式
# (x_train,y_train),(x_test,y_test)= datasets.fashion_mnist.load_data()
# 本地读取方式
def load_data(path,files):
    paths = [path+ each for each in files ]
    with gzip.open(paths[0], 'rb') as lbpath:
        train_labels = np.frombuffer(lbpath.read(), np.uint8, offset=8)
    with gzip.open(paths[1], 'rb') as impath:
        train_images = np.frombuffer(impath.read(), np.uint8,
offset=16).reshape(len(train_labels),28,28)
    with gzip.open(paths[2], 'rb') as lbpath:
        test_labels = np.frombuffer(lbpath.read(), np.uint8, offset=8)
    with gzip.open(paths[3], 'rb') as impath:
        test_images = np.frombuffer(impath.read(), np.uint8, offset=16).reshape(len(test_labels), 28, 28)
    return (train_labels,train_images), (test_labels,test_images)
# 定义数据集路径及文件名称
path = 'dataset/FashionMNIST/'
files = ['train-labels-idx1-ubyte.gz','train-images-idx3-ubyte.gz', 't10k-labels-idx1-ubyte.gz',
't10k-images-idx3-ubyte.gz']
# 调用读取本地数据集方法，获取训练数据和测试数据
(y_train, x_train), (y_test, x_test) = load_data(path, files)
# 输出训练集、测试集形状
print(x_train.shape,y_train.shape)
print(x_test.shape,y_test.shape)
# 训练集、测试集数据维度转换，二维数据转为 4 维度的输入数据
x_train = x_train.reshape(-1, 28, 28, 1)
x_test = x_test.reshape(-1, 28, 28, 1)
# 训练集、测试集数据归一化
x_train = x_train / 255.0
x_test = x_test / 255.0
```

```
# 构建 LeNet-5 模型
model = keras.Sequential([
    keras.layers.Conv2D(32, (3, 3), activation='relu', input_shape=(28, 28, 1)),
    keras.layers.MaxPooling2D((2, 2)),
    keras.layers.Conv2D(64, (3, 3), activation='relu'),
    keras.layers.MaxPooling2D((2, 2)),
    keras.layers.Flatten(),
    keras.layers.Dense(512, activation='relu'),
    keras.layers.Dense(10, activation='softmax')
])
# 打印网络模型结构
model.summary()
# 模型编译
# 模型采用 SGD 优化器，优化器设置学习率参数，动量超参数
# 损失函数，采用交叉熵函数，模型评估用准确率评估
sgd=keras.optimizers.SGD(learning_rate=0.00001,decay=0.001,momentum=0.95)
model.compile(loss='sparse_categorical_crossentropy',
                optimizer=sgd,
                metrics=['accuracy'])
# 模型训练测试集，模型训练过程参数设定，喂入训练集数据
# 模型训练过程方法为 model.fit()
epochs = 5
batch_size = 128
# 模型训练过程可视化
# 可视化需要保存 history
history = model.fit(x_train, y_train, batch_size=batch_size, epochs=epochs, shuffle=True,
                        validation_data=(x_test, y_test))
# 模型训练过程损失率可视化，保存损失率可视化结果图
plt.figure('loss')
plt.plot(np.arange(0,epochs),history.history['loss'] , 'r', label="Train_loss")
plt.plot(np.arange(0,epochs), history.history['val_loss'], 'b', label="Valid_loss")
plt.title("Loss_0")
plt.xlabel('epochs')
plt.ylabel('train/test loss')
plt.grid(True)
plt.legend()
# 设置保存可视化结果路径
plt.savefig('./loss_0.png')

# 模型训练过程准确率可视化，保存准确率可视化结果图
plt.figure('accuracy')
plt.plot(np.arange(0,epochs), history.history['accuracy'], 'r', label="Train_acc")
plt.plot(np.arange(0,epochs), history.history['val_accuracy'], 'b', label="Valid_acc")
plt.title("Acc_0")
plt.xlabel('epochs')
plt.ylabel('train/test acc')
plt.grid(True)
plt.legend()
# 设置可视化保存结果路径
plt.savefig('./acc_0.png')
plt.show()
plt.close()
```

代码编写完成后，运行项目，查看结果。右击"modeloptimize.py"文件，选择"Run 'modeloptimize'"，等待程序运行成功，如图 6-11 所示。大约等待 2 分钟左右，会弹出 2 张可视化运行结果图（accuracy 和 loss），如图 6-12 所示，并会以"acc_0.png"和"loss_0.png"文件形式保存在当前路径下，如图 6-13 所示。

从运行结果可以看到，当前的模型在训练集和测试集上的准确率（accuracy）最高只有 0.18 ~ 0.20，这样的预测结果很明显是欠拟合的，初步分析主要原因是当前模型训练轮次 epochs 只有 5 次，且 batch_size 为 128，整个模型训练还不充分，还可以继续训练和优化。

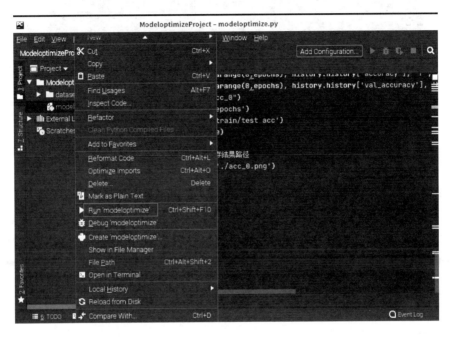

图 6-11　运行程序

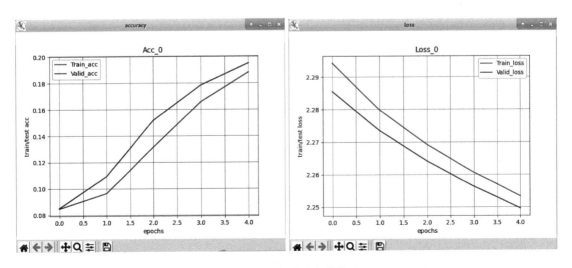

图 6-12　可视化运行结果图

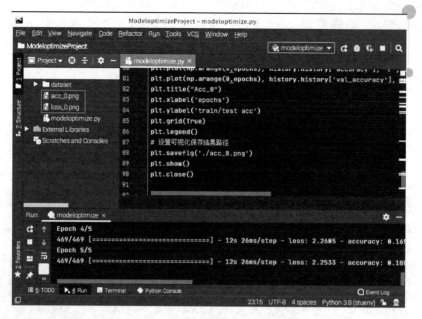

图 6-13　结果保存为图片形式

3．在"modeloptimize.py"文件中修改代码，优化模型参数

根据上一步骤的初步评估结果，优化调整模型参数，即加大 epochs(10)、减少 batch_size(32)，同时还可将优化器、L2、Dropout 参数一并优化调整。对比运行结果，主要修改模型、模型训练以及可视化代码。修改后的关键代码如下：

```python
# 构建 LeNet-5 模型
# 可调整 L1、L2、Dropout 层
model = keras.Sequential([
    keras.layers.Conv2D(32, (3, 3), activation='relu', input_shape=(28, 28,
1),kernel_regularizer=regularizers.l2(0.0001)),
    keras.layers.MaxPooling2D((2, 2)),
    keras.layers.Conv2D(64, (3, 3), activation='relu',
kernel_regularizer=regularizers.l2(0.0001)),
    keras.layers.MaxPooling2D((2, 2)),
    keras.layers.Flatten(),
    keras.layers.Dense(512, activation='relu'),
    keras.layers.Dropout(0.5),# 添加 Dropout 层
    keras.layers.Dense(10, activation='softmax')
])
# 打印网络模型结构
model.summary()
# 模型编译
# 可调整优化器，目前为 Adam 自适应学习率优化器
model.compile(loss='sparse_categorical_crossentropy',
            optimizer=keras.optimizers.Adam(lr=0.0001),
```

```
                        metrics=['accuracy'])
# 模型训练测试集，模型训练过程参数设定，喂入训练集数据
# 模型训练过程方法为 model.fit()
# 可调整 epochs、batch_size 大小
epochs = 10
batch_size = 32
# 模型训练过程可视化
# 可视化需要保存为 history
history = model.fit(x_train, y_train, batch_size=batch_size, epochs=epochs, shuffle=True,
                        validation_data=(x_test, y_test))
# 模型训练过程损失率可视化，保存损失率可视化结果图
# 查看模型损失率曲线是否平滑
plt.figure('loss')
plt.plot(np.arange(0,epochs),history.history['loss'] , 'r', label="Train_loss")
plt.plot(np.arange(0,epochs), history.history['val_loss'], 'b', label="Valid_loss")
plt.title("Loss_1")
plt.xlabel('epochs')
plt.ylabel('train/test loss')
plt.grid(True)
plt.legend()
# 设置保存可视化结果路径
plt.savefig('./loss_1.png')

# 模型训练过程准确率可视化，保存准确率可视化结果图
# 查看模型的准确率曲线是否平滑，准确率是否有上升趋势
plt.figure('accuracy')
plt.plot(np.arange(0,epochs), history.history['accuracy'], 'r', label="Train_acc")
plt.plot(np.arange(0,epochs), history.history['val_accuracy'], 'b', label="Valid_acc")
plt.title("Acc_1")
plt.xlabel('epochs')
plt.ylabel('train/test acc')
plt.grid(True)
plt.legend()
# 设置可视化保存结果路径
plt.savefig('./acc_1.png')
plt.show()
plt.close()
```

代码编写完成后，运行项目，等待程序运行成功（大约需要等待 5 分钟左右），查看结果，会弹出 2 张可视化运行结果图（accuracy 和 loss），如图 6-14 所示，并会以"acc_1.png"和"loss_1.png"文件形式保存在当前路径下，如图 6-15 所示，表示程序运行成功。通过本次优化，准确率（accuracy）在训练集和测试集上都提升到了 0.9 左右，而损失率（loss）则降到了 0.3 以下，模型优化效果非常明显，当然还可以尝试按照以上方法继续优化。

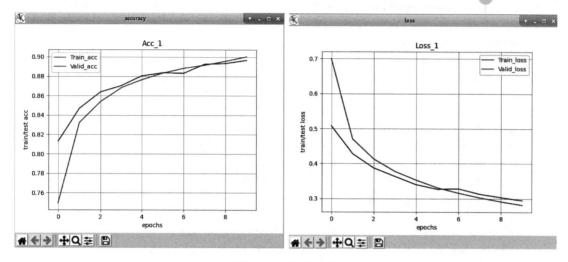

图 6-14　可视化结果

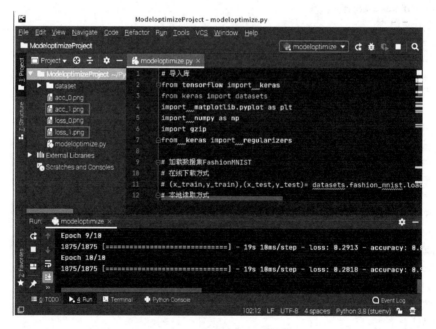

图 6-15　结果保存为图片形式

六、实训总结

通过本次实训，不但学会 LeNet-5 神经网络模型构建、模型参数优化、编译、训练代码，还学会使用 Matplotlib 可视化展示运行结果，认识到训练的轮次（epochs）、每批次训练样本数量（batch_size）以及训练的各项参数是可以优化调整的，并且会对神经网络模型预测效果产生影响。还可以进一步修改代码，提高模型的准确率和泛化能力，理解神经网络模型的优化机制。

考核评价

学生学习效果考核评价表见表 6-4。

表 6-4　学生学习效果考核评价表

考评标准		配　分	三方考评			得　分
			学生自评（20%）	小组互评（20%）	教师点评（60%）	
知识目标（40%）	掌握优化器的使用方法	10				
	掌握损失函数的使用方法	15				
	掌握过拟合和欠拟合的处理方法	15				
技能目标（45%）	能够理解优化器作用并在代码中使用	10				
	能够理解损失函数、性能评估函数作用并在代码中使用	17				
	能够结合项目实际解决过拟合、欠拟合问题	18				
素质目标（15%）	数字意识	8				
	自我革新精神	7				
合计		100				
考评教师						
考评日期			年　月　日			

填表说明：此表课前提前准备，过程形成性考评和终极考评考核相结合。

项目小结

本项目主要介绍了人工智能模型评估与优化主要工作过程，包括优化器使用、损失函数使用以及过拟合和欠拟合的处理方法等。每个工作过程选取典型工作任务进行介绍，在实训中以 LeNet-5 模型为例，对比分析模型参数优化的必要性以及意义。

07 项目 7
人工智能系统整体测评

　　国务院印发的《新一代人工智能发展规划》中指出，人工智能进入新的发展阶段，"呈现出深度学习、跨界融合、人机协同、群智开放、自主操控等新特征。"然而，业界缺乏人工智能系统尤其是对深度学习算法可靠性、可移植性、效率等的系统性评估方法，一定程度上影响着人工智能的广泛应用和技术发展。本项目将根据中国人工智能开源软件发展联盟提出的《人工智能 深度学习算法评估规范》（AIOSS—01—2018）和实际开发测试工作经验，围绕人工智能系统整体测评的主要工作过程及典型工作任务展开讲解，包括确定测评目标、选择测评指标、明确测评原则、设计测评方法、测试框架使用等内容。

知识导航

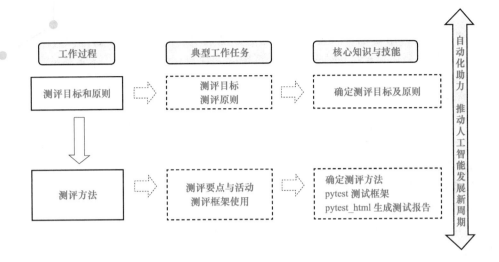

知识储备

7.1　测评目标和原则

7.1　测评目标和原则

　　人工智能技术的主要服务模式为人工智能基础服务与人工智能系统平台，如图 7-1 所示。其中，人工智能系统平台可集成相关人工智能算法形成应用平台，或者集成到专业的系统中形成智能化系统以提供综合的智能化服务。

图 7-1　人工智能技术的服务模式

　　随着人工智能技术的发展，传统的软件测试方法和评价标准，在人工智能系统中已经不能完全适用。人工智能系统的运行需要一定的环境，特别是对硬件环境有着较高的要求，在运行环境下，人工智能系统可以充分利用信息资源，与其他系统或者组件进行信息共享，并且执行其要求。在人机交互界面，人工智能技术更加简洁化，便于用户理解和使用。在信息处理方面，人工智能技术的信息处理速度更加快速，在信息的采集、传输、储存、处理以及使用中的安全性能更高。因此，对人工智能系统进行测试的过程中，需要根据人工智能技术的特点，采用合适的测试方法和内容。

7.1.1 测评目标

人工智能系统通常是包含软硬件以及算法等复杂功能的系统，下面重点介绍软件及算法相关方面的测评总体目标，即在遵循软件系统的测评目标的前提下，还要满足人工智能系统特定的测评目标。

（1）软件系统的测评目标

在设定的运行环境下，软件应能够正确运行且实现预先设计的功能。与硬件产品不一样，软件产品的质量不能直接被量化，主要通过对软件产品质量的各种因素的评估来间接衡量软件产品的质量，相关具体因素为：

1）适用性：系统是否提供了相应的功能以满足用户的需求。

2）可靠性：在规定的时间内、规定的条件下，系统不引起失效的能力。

3）易用性：在规定的使用条件下，系统具有被理解、学习、使用和吸引用户的能力。

4）效率性：在规定的条件且资源有限的情况下，系统性能满足要求。

5）可维护性：衡量对系统调整需要多大的努力。

6）可移植性：系统从一种环境迁移到另一种环境的能力，能够在不同的平台和操作系统间使用，并能够进行平台和框架的移植。这里的环境包括软件环境、硬件环境和组织环境。

7）兼容性：系统在不同平台、不同设备、不同仪器上的运行情况是否稳定。

8）安全性：系统在数据安全、网络安全等方面是否有相应的防护措施。

（2）人工智能系统特定的测评目标

人工智能系统对算力资源、GPU 资源、服务器资源、硬件传感器、机器人设备等硬件设施有一定要求，硬件环境的保障是人工智能系统提供服务的基石。数据集质量、代码质量以及算法功能和性能等也是人工智能系统需要关注的方面，如图 7-2 所示。

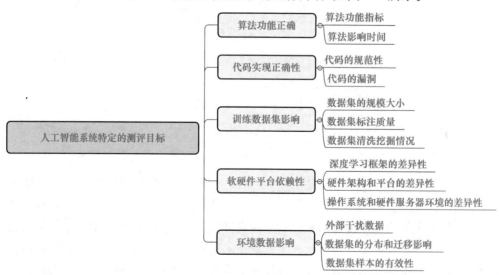

图 7-2　人工智能系统特定的测评目标

人工智能系统功能覆盖计算机视觉、自然语言处理、语音识别、服务机器人、智能搜索和推送等多个方向，不同方向又有不同测评的内容，在实际情况中应根据系统的特点和用户的需求设计测评总体目标。

7.1.2　测评原则

人工智能系统质量保障贯穿人工智能系统开发到服务的整个生命周期，它直接影响着系统的使用和维护。人工智能系统质量测评原则主要有：

1）满足系统需求。这是衡量系统质量的基础，不符合需求的系统就不满足基本的质量要求。设计的系统应在功能、性能等方面都符合需求，并能可靠地运行。

2）系统结构良好、易读、易于理解，并易于修改和维护。

3）系统具有友好的用户界面，便于用户使用。

4）系统生存周期中各阶段文档齐全、规范，便于配置与管理。

人工智能系统测评的最终目标是保证系统能提供所要求的质量，即满足用户明确的和隐含的要求。人工智能系统基本测评过程包括：确定测评需求、规定测评条件、制定测评计划和执行测评，如图 7-3 所示。

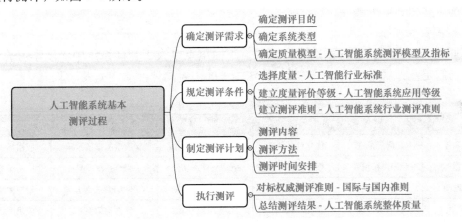

图 7-3　人工智能系统基本测评过程

思考

请结合实际情况，梳理不同人工智能系统的测评目标，总结它们有哪些共性和差异性的特征。

7.2　测评方法

为了让人工智能系统质量得到保障，测评应该是全面的、科学合理的，测评方法应该提前设计且遵循测评目标和原则。

7.2　测评方法

7.2.1 测评要点与活动概述

下面依据中国人工智能开源软件发展联盟提出的《人工智能 深度学习算法评估规范》（AIOSS—01—2018）和实际开发测试工作经验，对主要测评要点和主要测评活动进行介绍。

（1）主要测评要点

1）训练数据集质量。对数据规模、数据标注质量、数据切分比例等进行测评，分析训练数据集是否存在不均衡情况；分析训练数据集规模是否满足训练需求；分析训练数据集标注质量是否满足训练需求。

2）算法模型构建质量。对算法模型功能实现的正确性进行测评，算法模型功能是否满足需求阶段设定的功能性要求；算法模型响应时间要求是否满足需求阶段设定的效率性要求。

3）训练结果预测质量。分析训练模型是否满足算法需求，包括模型拟合程度、准确率、损失率等。

4）硬件及软件平台环境保障。主要测评内容包括 GPU 资源、传感器资源、CPU 资源、操作系统、算法框架、接口设计、API 使用等。分析深度学习框架差异对算法带来的影响；分析操作系统差异对算法带来的影响；分析硬件架构差异对算法带来的影响。

5）代码的正确性、功能扩展性。主要测评内容包括代码规范性、代码复用性、代码漏洞、功能可移植和可扩展等。

（2）主要测评活动

不同的测评内容，测评活动也会不同。下面重点以人工智能系统中深度学习算法的测评为例，制定测评规则，设计深度学习算法相关的主要测评活动，见表 7-1。

表 7-1 深度学习算法主要测评活动

算法功能实现	代码正确性实现	目标函数实现	训练数据集影响	软硬件平台依赖性	环境数据影响
算法功能	代码规范性	优化目标任务	数据集样本大小	深度学习框架差异	应用场景差异
任务指标	代码可移植性	模型拟合程度	数据集样本切分	操作系统差异	应用服务质量
响应时间	代码漏洞	模型损失率	数据集样本均衡	GPU/CPU 资源差异	用户体验差异
算法复用性	代码兼容性	模型准确率	数据集标注质量	硬件构架差异	应用市场环境

由于篇幅有限，无法穷尽所有的人工智能系统测评方法，关于人工智能系统测评的更多信息可关注《人工智能 深度学习算法评估规范》（AIOSS—01—2018）标准及"中国人工智能开源软件发展联盟"公众号。

7.2.2 测评框架使用

人工智能系统开发语言 Python 的常见测试框架有：doctest、unittest、nose、pytest 等。

doctest 是一个 Python 发行版自带的标准模块，doctest 模块会搜索交互式会话的 Python 代码片段，然后尝试执行并验证结果。

unittest 是 Python 内置的标准类库。它的 API 跟 Java 的 JUnit、.net 的 NUnit、C++ 的 CppUnit 很相似。可以通过继承 unittest.TestCase 来创建一个测试用例。

nose 是对 unittest 的扩展。nose 可自动发现测试代码并执行。nose 提供了大量的插件，使得 Python 的测试更加简单。

pytest 也被称为 py.test，一般使用 pytest 指代这个测试框架，py.test 特指运行命令，如图 7-4 所示。

接下来重点介绍 pytest 测试框架安装与使用。pytest 是 Python 的第三方单元测试框架，比自带的 unittest 更简洁、高效，支持 3 种及以上插件，同时兼容 unittest 框架。unittest 框架很容易迁移到 pytest 框架下，并不需要重写代码。pytest 文档丰富，可通过 pytest 官网获得使用上的帮助。

Full pytest documentation

Download latest version as PDF

- Installation and Getting Started
  - Install **pytest**
  - Create your first test
  - Run multiple tests
  - Assert that a certain exception is raised
  - Group multiple tests in a class
  - Request a unique temporary directory for functional tests
  - Continue reading
- Usage and Invocations
  - Calling pytest through **python -m pytest**
  - Possible exit codes
  - Getting help on version, option names, environment variables
  - Stopping after the first (or N) failures
  - Specifying tests / selecting tests
  - Modifying Python traceback printing
  - Detailed summary report
  - Dropping to PDB (Python Debugger) on failures
  - Dropping to PDB (Python Debugger) at the start of a test

Search　Go

Table Of Contents

Home
Install
Contents
API Reference
Examples
Customize
Changelog
Contributing
Backwards Compatibility
Python 2.7 and 3.4 Support
Sponsor

图 7-4　pytest 测试框架

> 关于 pytest 的更多介绍可通过官网查阅，pytest 官网地址为：https://docs.pytest.org/en/latest/contents.html。

（1）测试框架 pytest 安装

使用测试框架 pytest 前，需要先安装 pytest。以 Windows 10 系统为例，打开命令行窗口，输入如下命令：

```
pip install pytest
```

以上命令可能因为网络超时等原因导致安装失败，可以配置下载源（以豆瓣下载源为例），如图 7-5 所示，尝试以下命令：

```
pip install pytest -i http://pypi.douban.com/simple/ --trusted-host pypi.douban.com
```

图 7-5　安装 pytest

注意

以上安装 pytest 时，配置了豆瓣下载源，如果此下载源失效，下载源还可以配置成其他下载源地址，如清华源 https://pypi.tuna.tsinghua.edu.cn/simple 等。

查看 pytest 是否安装成功，使用如下命令：

```
pip show pytest # 查看 pytest 详细信息
pytest --version # 查看 pytest 版本信息
```

查看 pytest 详细信息和版本信息分别如图 7-6 和图 7-7 所示。

```
C:\WINDOWS\system32\cmd.exe
(techaienv) C:\Users\86188>pip show pytest
Name: pytest
Version: 6.2.1
Summary: pytest: simple powerful testing with Python
Home-page: https://docs.pytest.org/en/latest/
Author: Holger Krekel, Bruno Oliveira, Ronny Pfannschmidt, Floris Bruynooghe, Brianna Laugher, Florian Bruhin and others

Author-email: None
License: MIT
Location: d:\installsoftware\anaconda\envs\techaienv\lib\site-packages
Requires: packaging, atomicwrites, toml, py, iniconfig, colorama, attrs, importlib-metadata, pluggy
Required-by:
```

图 7-6　查看 pytest 详细信息

```
(techaienv) C:\Users\86188>pytest --version
pytest 6.2.1
```

图 7-7　查看 pytest 版本信息

（2）测试框架 pytest 使用规则

使用 pytest 执行测试时，需要遵行的规则如下。

1）.py 测试文件以 test_ 开头（或者以 _test 结尾）。

2）测试类以 Test 开头，不能有 init 方法。

3）测试方法以 test_ 开头。

4）断言必须使用 assert。

具体做法将在后面的示例中体现。

（3）创建第一个 pytest 示例

1）在 PyCharm 中创建 test_1.py 文件。

2）在 test_1.py 文件中输入代码，主要定义 1 个加法函数和 1 个减法函数，并定义以 test 开头的 2 个测试函数，使用断言定义测试条件，如果测试条件为 True 则测试通过（passed），测试条件为 False 则测试不通过（failed），如图 7-8 所示。

```python
# 导入pytest库
import pytest
# 定义加法函数
def add(x, y):
    return x + y
# 定义减法函数
def sub(m, n):
    return m - n
# 定义test_开头的测试函数
def test_answer1():
    assert add(1, 3) == 5
def test_answer2():
    assert sub(5, 3) == 2
# 调用pytest的main函数执行测试
if __name__ =="__main__":
    pytest.main()
```

图 7-8　代码片段

3）运行 test_1.py 文件，查看结果，如图 7-9 所示。

从上面的测试结果中可以明显看出，2 个测试函数全部执行，其中测试函数 1（test_answer1()）中 add(1,3) 等于 4 而不等于 5，此测试条件不成立，测试不通过；测试函数 2（test_answer2()）中的 sub(5,3) 等于 2，此测试条件成立，测试通过。

当需要编写多个测试案例时，为了让代码更清晰，便于管理和维护，可以将多个测试案例放到一个测试类当中，将上面的代码进一步优化，改进后的代码如图 7-10 所示。

```
❸ Tests failed: 1, passed: 1 of 2 tests – 0 ms
E        assert 4 == 5
E          + where 4 = add(1, 3)

test_1.py:11: AssertionError

.                                                    [100%]

=============================== FAILURES ===============================
_____ test_answer1 _____

    def test_answer1():
>       assert add(1, 3) == 5
E       assert 4 == 5
E          + where 4 = add(1, 3)

test_1.py:11: AssertionError
========================= short test summary info =========================
FAILED test_1.py::test_answer1 - assert 4 == 5
========================= 1 failed, 1 passed in 0.12s =========================
Process finished with exit code 0
```

图 7-9　运行结果

图 7-10　改进后的代码

通过上面内容的学习，应掌握 pytest 的使用方法。请尝试为自己写的其他代码增加测试框架，提高代码的健壮性。

（4）测试报告输出

pytest 测试报告输出可以使用 pytest-html，可以生成测试结果的 html 报告。

使用前需要安装 pytest-html，在命令行输入如下命令，如图 7-11 所示。如果下载速度慢，同样可以配置下载源。

```
pip install pytest-html
```

图 7-11　安装 pytest-html

在使用时，需进入测试程序所在目录，输入命令：

```
pytest test_1.py --html=report1.html
```

其中 test_1.py 为测试文件名，report1 就是生成的 html 的文件名，如图 7-12 所示。

测试报告是 html 格式文件。可以使用浏览器打开查看文件内容。文件中会包括测试结果统计及详情，如图 7-13 所示。

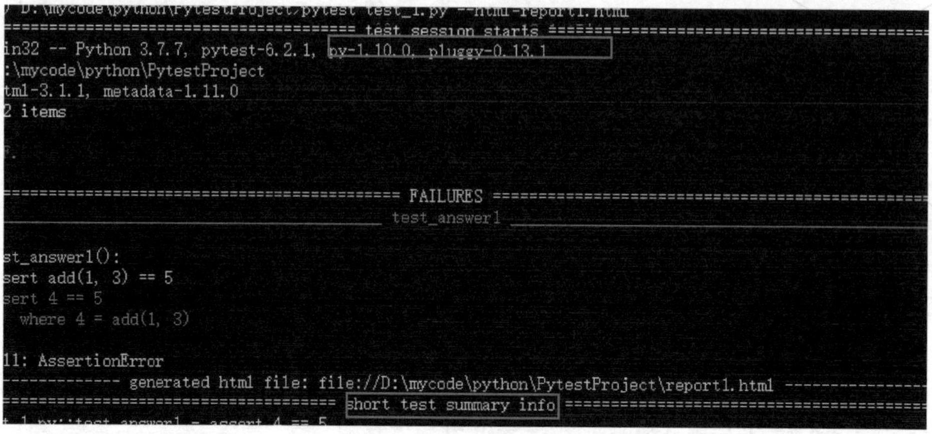

图 7-12　生成测试报告

图 7-13　查看测试报告

视野拓展　自动化技术助力，推动人工智能发展新周期

随着信息技术的快速发展，人工智能技术的发展更加成熟。在此背景下，针对人工智能领域系统的测评方法也在不断更新。软件测试作为保证软件质量工程的一个关键环节，从最初的手工测试到自动化测试，再到当前应用广泛的云测试，其智能化的脚步越来越快。

自从软件测试开始以来，人们一直在不断探索自动化测试技术。自动化测试是把以人为驱动的测试行为转化为机器执行的一种过程。自动化测试实际是通过较少的开销获得更彻底的测试，最终提高开发效率。由于人工智能系统的复杂性，也给对应的自动化辅助测试工具的研发带来挑战，同时还受通用性和扩展性的限制。但随着研究的推进，自动化测试技术已经逐步配置到软件开发过程中，成为降低测试成本、提高测试效率的有效方法。

从发展过程来看，自动化测试先后经历了如图 7-14 所示的 4 个阶段，从最初解决采用自动方法替代机械重复且烦琐的人工测试问题，到如何提高自动测试后的测试效果，再到如何提高自动化程度和测试性能。这些自动化测试技术推动了人工智能系统的快速和高质量应用落地。

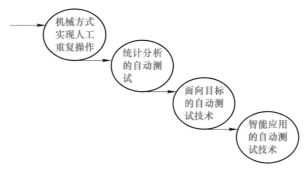

图 7-14　自动化测试技术的发展

技能实训　人工智能系统测评

一、实训任务情境

某公司是一家人工智能科技公司，该公司的测试部门主要负责人工智能系统的质量管控。该公司产品部门计划向客户交付一款人工智能系统，要求该部门对这款系统进行整体测试并督促研发部门对测试问题进行整改。假设你是该测试部门的一名员工，请按照进度和工作要求完成此任务。

二、实训任务内容

读取数据集是人工智能系统模型训练的基础，本实训以本地读取 Fashion-MNIST 数据集为例，使用测试框架 pytest 自动测试读取函数功能是否正确，并将测试报告以 HTML 格式保存到项目目录中。具体步骤为：

（1）安装测试框架 pytest 包和测试报告输出 pytest_html 包

（2）创建项目文件、创建存放数据的文件夹和 py 文件

（3）编写代码，定义读取 Fashion-MNIST 数据集函数、定义测试类、定义测试函数等

（4）通过命令行运行代码，将测试报告以 HTML 格式保存到项目目录中

三、职业技能目标

对照 1+X《智能计算平台应用开发职业技能等级标准》分级要求，通过本次实训能够达到以下职业技能目标，见表 7-2。

表 7-2　职业技能目标

职业技能等级	工作领域	工作任务	工作技能要求
智能计算平台应用开发职业技能等级标准 - 初级	人工智能应用开发	人工智能基础应用软件开发测试	能运用测试工具或自动化测试脚本，独立完成基础应用产品的相关指标测试，并输出测试报告

四、实训环境

1．硬件环境

华为公有云虚拟机：8CPU16GB-X86（或者自备计算机）

2．软件环境

（1）操作系统：Ubuntu 16.04 纯净版（或者 Windows 10 系统）

（2）Anaconda3

（3）PyCharm

（4）Python 3.6.5 及以上

（5）Tensorflow 2.2.0

（6）Keras 2.3.1

（7）Numpy 1.19.4

（8）Matplotlib 3.3.2

（9）pytest 6.2.1

（10）Pytest-html 3.1.1

五、实训操作步骤

　　如果是自备计算机，实训开始前，需要按照实训环境要求搭建好环境，并获取本书提供的实训素材。

1．安装测试框架 pytest 包和测试报告输出 pytest-html 包

进入人工智能系统管理与维护开发机，单击"所有应用程序"→"终端模拟器"，打开终端模拟器，进入命令行操作界面，如图 7-15 所示。

图 7-15　打开终端模拟器

在命令行操作界面中，输入命令"conda activate　stuenv"，激活虚拟环境 stuenv，可以看到，环境由 base 环境切换到 stuenv 环境，如图 7-16 所示。

图 7-16　激活虚拟环境

接下来是安装测试框架 pytest 和测试报告输出 pytest-html，除了项目 4 中介绍的使用命令在线安装的方法，还可以到官网下载安装包后进行手动安装，下面重点介绍。在命令行操作界面中，输入命令"cd /home/techuser/Downloads/"，切换目录到 pytest 安装包和 pytest-html 安装包所在文件夹目录，如图 7-17 所示。

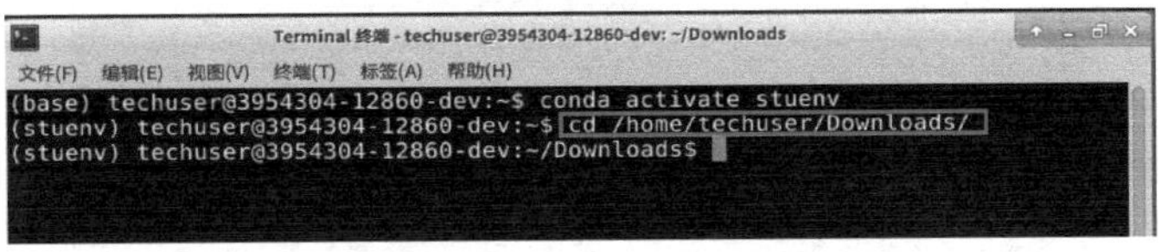

图 7-17　进入安装包目录

分别输入命令"pip install pytest-6.2.1-py3-none-any.whl"和"pip install pytest_html-3.1.1-py3-none-any.whl"，分别安装 pytest 包和 pytest-html 包，安装成功后，如图 7-18、图 7-19 所示。

图 7-18　安装 pytest 包

图 7-19　安装 pytest-html 包

输入命令"conda list"，确认当前环境下是否包含 pytest 包和 pytest-html 包，如果出现 pytest 包和 pytest-html 包，且版本号分别为 6.2.1 和 3.1.1，说明安装成功，如图 7-20 所示。

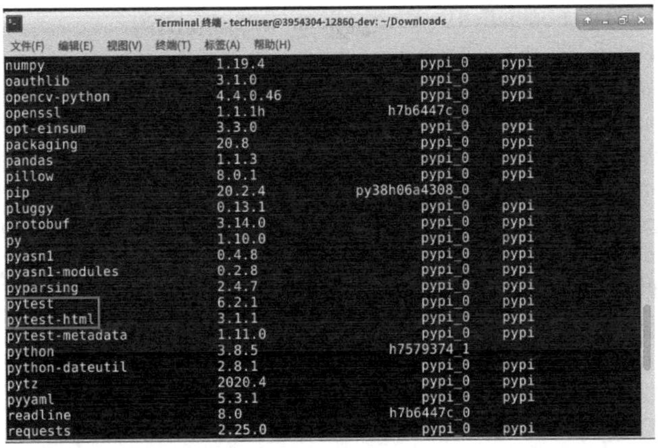

图 7-20　安装测试

2．创建项目文件、创建存放数据的文件夹和 py 文件

按照前面的方法创建项目"PytestProject"，创建数据文件夹"dataset"，并放入 Fashion-MNIST 数据集，再创建文件名为"Pytest_test.py"的文件，如图 7-21 所示。

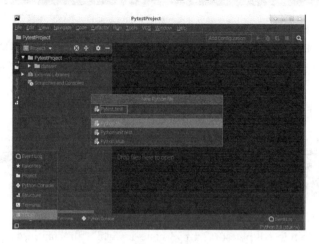

图 7-21 "Pytest_test.py"文件

3．编写代码

基于 Fashion-MNIST 数据集，定义本地读取 Fashion-MNIST 数据集函数、定义测试类、定义测试函数等。

在"Pytest_test.py"文件中编写如下代码：

```
# 导入库
import  numpy as np
import gzip
import pytest
# 加载数据集 Fashion-MNIST
# 定义本地读取文件函数
def load_data(path,files):
    paths = [path+ each for each in files ]
    with gzip.open(paths[0], 'rb') as lbpath:
        train_labels = np.frombuffer(lbpath.read(), np.uint8, offset=8)
    with gzip.open(paths[1], 'rb') as impath:
        train_images = np.frombuffer(impath.read(), np.uint8, offset=16).reshape(len(train_labels),28,28)
    with gzip.open(paths[2], 'rb') as lbpath:
        test_labels = np.frombuffer(lbpath.read(), np.uint8, offset=8)
    with gzip.open(paths[3], 'rb') as impath:
        test_images = np.frombuffer(impath.read(), np.uint8, offset=16).reshape(len(test_labels), 28, 28)
    return (train_labels,train_images), (test_labels,test_images)
# 定义 Test_ 开头的测试类
class Test_load_data:
    # 定义 test_ 开头的测试函数 1
    def test_1(self):
        # 定义数据集路径及文件名称
        path = 'dataset/FashionMNIST/'
```

```
        files = ['train-labels-idx1-ubyte.gz','train-images-idx3-ubyte.gz', 't10k-labels-idx1-ubyte.gz',
't10k-images-idx3-ubyte.gz']
        # 调用读取本地数据集方法，获取训练数据和测试数据
        (y_train, x_train), (y_test, x_test) = load_data(path, files)
        # 输出训练集、测试集形状
        print(x_train.shape,y_train.shape)
        print(x_test.shape,y_test.shape)
        # 断言成功
        assert 1
    # 定义 test_ 开头的测试函数 2
    def test_2(self):
        # 错误定义数据集路径及文件名称
        path = 'dataset1/FashionMNIST/'
        files = ['train-labels-idx1-ubyte.gz', 'train-images-idx3-ubyte.gz', 't10k-labels-idx1-ubyte.gz',
                 't10k-images-idx3-ubyte.gz']
        # 调用读取本地数据集方法，获取训练数据和测试数据
        (y_train, x_train), (y_test, x_test) = load_data(path, files)
        # 输出训练集、测试集形状
        print(x_train.shape, y_train.shape)
        print(x_test.shape, y_test.shape)
        # 断言失败
        assert 0
    # 定义 test_ 开头的测试函数 3
    def test_3(self):
        print("------->test_3")
        # 断言失败
        assert 0

# 调用 pytest 的 main 函数执行测试
if __name__ =="__main__":
    pytest.main()
```

4．运行代码

代码编写完成后，运行项目，查看结果。右击"Pytest_test.py"文件，选择"Run'Pytest_test'"，等待程序运行完成，会显示测试通过（passed）和失败（failed）的结果，如图 7-22 所示，表示程序运行成功。

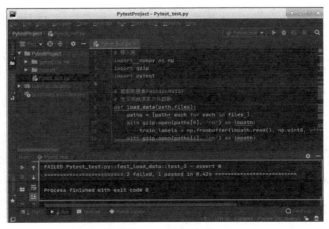

图 7-22　运行结果

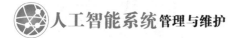

为了输出 html 格式的格式报告，可以通过在终端模拟器（注意，虚拟环境仍然是在 stuenv 里），输入命令"cd /home/techuser/PycharmProjects/PytestProject/"，切换目录到 "PytestProject"项目所在文件夹，如图 7-23 所示。

图 7-23　切换目录

输入命令"pytest Pytest_test.py --html=myreport.html"，输出文件名为"myreport.html" 的测试报告，该测试报告保存在当前项目路径下，如图 7-24 ～图 7-26 所示。

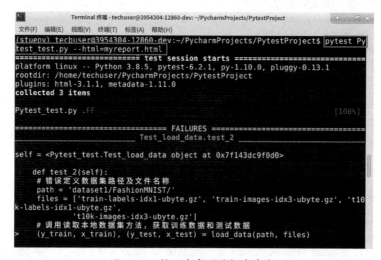

图 7-24　输入生成测试报告命令

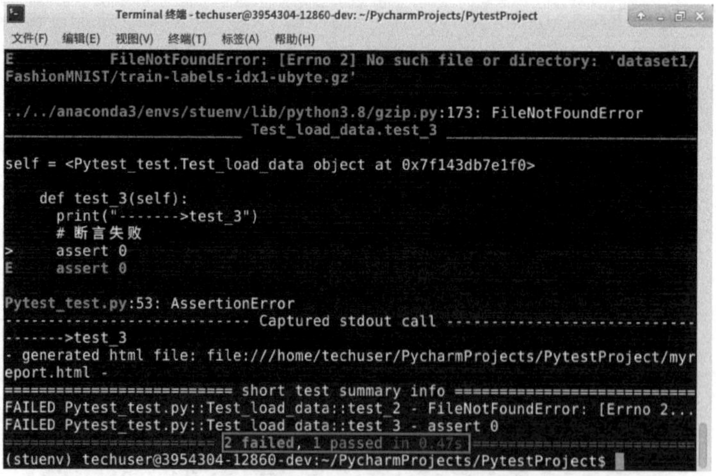

图 7-25　测试结果

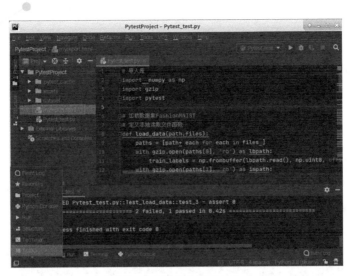

图 7-26　生成的测试报告

可通过火狐浏览器（Firefox）查看 html 文件的具体内容，如图 7-27、图 7-28 所示。

图 7-27　打开文件

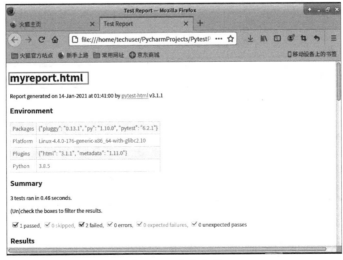

图 7-28　查看文件

六、实训总结

通过本实训，学会本地读取 Fashion-MNIST 数据集函数、定义测试类、定义测试函数，并学会使用 pytest 和 pytest-html 库执行测试及输出测试报告。pytest 测试框架的功能非常强大，大家要进一步去探索新功能，开启自动化测试之旅，提高人工智能系统整体质量。

考核评价

学生学习效果考核评价表见表 7-3。

表 7-3 学生学习效果考核评价表

考评标准		配 分	三 方 考 评			得 分
			学生自评（20%）	小组互评（20%）	教师点评（60%）	
知识目标（40%）	掌握主要的人工智能系统测评目标、原则及测评方法	10				
	掌握定义测试类、定义测试函数方法及 pytest 基本使用方法	15				
	掌握 pytest-html 生成 html 格式测试报告方法	15				
技能目标（45%）	能够使用人工智能测评方法设计测评活动	10				
	能够按照 pytest 测试框架要求定义测试类及测试函数	17				
	能够使用 pytest-html 生成 html 格式测试报告	18				
素质目标（15%）	分析归纳能力	8				
	良好的编程习惯	7				
合计		100				
考评教师						
考评日期				年　　月　　日		

填表说明：此表课前提前准备，过程形成性考评和终极考评考核相结合。

项目小结

本项目主要介绍了人工智能整体测评主要工作过程，包括确定测评目标、选择测评指标、明确测评原则、设计测评方法、测试框架使用等内容。每个工作过程选取典型工作任务进行了介绍，并以实际案例和项目讲解了 pytest 测试框架安装与使用以及使用 pytest-html 生成 html 格式测试报告。

08 项目 8
人工智能系统部署

　　从重复性任务的自动化到优化业务流程，人工智能系统提供的服务正在改善人们的工作与生活场景，人们可以节省时间以便专注于其他高价值的活动，并挖掘那些在海量数据中存在的机会。

　　人工智能系统开发后需要进行部署发布，才能对外提供相应的服务，本项目主要介绍在 Windows 和 Linux 环境下部署人工智能系统的相关内容。

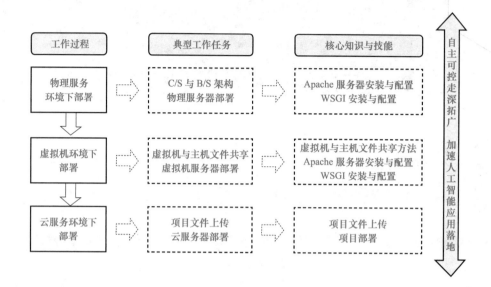

知识导航

工作过程	典型工作任务	核心知识与技能
物理服务环境下部署	C/S 与 B/S 架构物理服务器部署	Apache 服务器安装与配置 WSGI 安装与配置
虚拟机环境下部署	虚拟机与主机文件共享 虚拟机服务器部署	虚拟机与主机文件共享方法 Apache 服务器安装与配置 WSGI 安装与配置
云服务环境下部署	项目文件上传 云服务器部署	项目文件上传 项目部署

自主可控 走深拓广 加速人工智能应用落地

知识储备

8.1　物理服务环境下部署

8.1.1　C/S 与 B/S 架构介绍

8.1　物理服务环境下部署

C/S 与 B/S 架构是软件系统设计的 2 种不同架构模式，普遍应用于软件的程序框架中。在开发软件时，根据客户要求、业务需求等因素决定采用哪种架构进行软件设计与开发。

（1）C/S 架构

C/S 架构是客户端 / 服务器端交互模式，是 Client/Server 的简称。它是早期常用的一种软件架构，主要用于局域网内，由服务器端软件和客户端软件共同组成一个软件系统。它主要分为客户机和服务器两层。第一层（客户机）：在客户机系统上实现界面显示与业务逻辑；第二层（服务器）：通过网络和数据库服务器提供后台服务，如图 8-1 所示。例如，QQ、微信等属于 C/S 架构的软件范畴。

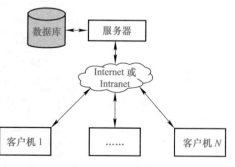

图 8-1　C/S 架构

C/S 架构的界面和操作相对丰富，安全性能可以很容易保证，响应速度较快。但由于程序需要安装才可使用，因此不适合面向一些不可知的用户；维护成本高，发生一次升级，则所有客户端的程序都需要改变和重新安装。

（2）B/S 架构

B/S 架构是浏览器 / 服务器交互模式，是 Browser/Server 的简称。B/S 架构是目前最常用的一种软件架构，这种架构的软件只需要在用户的计算机上安装浏览器，不需要在用户的计算机上安装任何客户端程序，用户通过浏览器访问 Web 服务器和数据库，交互的结果将会以网页的形式显示在浏览器端。例如，百度、论坛等都属于 B/S 架构的软件范畴。B/S 架构如图 8-2 所示。

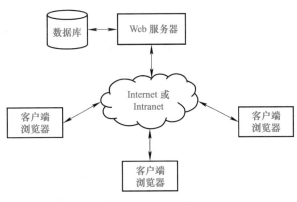

图 8-2　B/S 架构

B/S 架构维护简单方便，只要在服务器端进行配置和部署；只要有浏览器且能够上网就能够登录系统进行信息处理、数据采集等工作，不受客户端的限制；如需升级，只更新服务器端程序，客户端在访问时就会是更新后的系统。但是 B/S 架构在兼容性、安全性两方面，对开发的技术有一定的要求，需要开发人员有较高的设计水平；这种架构交互是请求—响应模式，通常需要刷新页面，响应速度受客户端硬件配置、网络带宽等各种因素的限制较多；对服务器端的硬件配置、网络带宽和稳定性有较高的要求。接下来，主要介绍 B/S 架构下的 Python Web 框架。

请结合你使用软件的情况，举例说明还有哪些典型 C/S 和 B/S 架构的软件。

8.1.2　Python Web 框架

目前 Python Web 编程框架多达数十种，主流 Python Web 编程框架有 Django、Flask、Tornado、Twisted 等，这些框架在系统架构和运行环境中有很多共同之处。

1．Django

Django 是一个开放源代码的 Web 应用框架，由 Python 写成，采用 MVT 的框架模式，最初用来制作在线新闻的 Web 站点，目前已发展为应用最广泛的 Python 网络框架之一。

2．Flask

Flask 是一个使用 Python 编写的轻量级 Web 应用框架，使用 Python 语言编写，较其他同类型框架更为灵活、轻便、安全且容易上手。它可以很好地结合 MVC 模式进行开发，开发人员分工合作，小型团队在短时间内就可以完成功能丰富的中小型网站或 Web 服务的实现。

3．Tornado

Tornado 是使用 Python 开发的全栈式 Web 框架和异步网络库，最早由 Friendfeed 开发。其跟其他主流 Web 服务器框架（主要是 Python 框架）的不同是采用 epoll 非阻塞 IO，响应快速，可处理数千并发连接，特别适用于实时的 Web 服务，主要由 Web 框架、实现 HTTP 的客户端和服务器端、异步网络库、协程库 4 个部分组成。接下来，重点介绍 Django 项目创建与部署。

8.1.3　物理服务器部署

创建 Django 项目的具体过程参考本项目实训"AITest"的创建步骤，这里不再赘述。

Django 项目在 Windows 环境下的部署，依赖 Python 和 Django 环境，安装 Python 和 Django 过程请参考本项目实训。为了让开发的 Web 服务能够被用户访问，通常还需要借助 Web 服务器软件，本节重点介绍 Web 服务器软件 Apache2、中间插件 mod_wsgi 安装、配置和部署发布过程。

（1）下载 Apache 服务器程序包

Apache 是目前世界使用排名第一的 Web 服务器软件。它可以运行在几乎所有广泛使用的计算机平台上，具有较高的安全性。

下载 Apache 服 务 器 程 序 包，下 载 地 址 为 https://www.apachelounge.com/download/，本书选择 httpd-2.4.52-win64-VS16.zip 下载。

下载后直接解压缩，不需要安装，直接将解压后的 Apache24 文件夹移动到 E 盘位置（根据自己的需要放到相应位置即可），如图 8-3 所示。

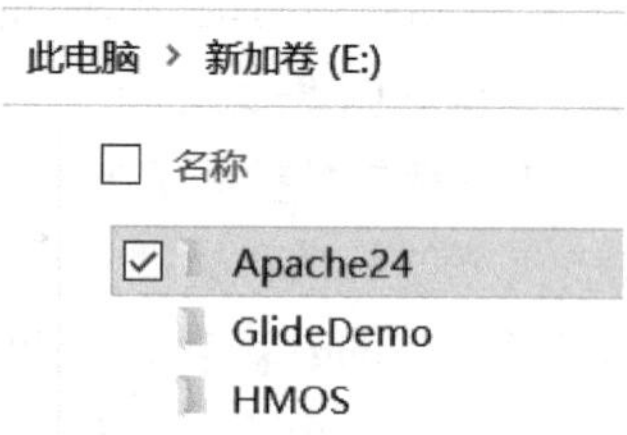

图 8-3　Apache24 安装位置

（2）配置 Apache 服务器文件

进入 E:\Apache24\conf 目录，找到 httpd.conf 文件。该文件是 Apache 服务器的配置文件。用记事本打开 httpd.conf 文件，直接找到以下代码行修改 Apache 安装路径、设置服务器监听 IP 地址和端口号，并把 #Listen 80 设置为注释。

```
....
Define SRVROOT "E:/Apache24"
....
Listen 192.168.0.103:8000
#Listen 80
```

（3）启动与测试 Apache 服务器

进入 E:\Apache24\bin 目录，双击"httpd.exe"文件，启动 Apache 服务，则弹出一个 DOS 窗口，显示 Apache 服务器启动成功。在浏览器中输入 http://192.168.0.103:8000 地址，则浏览器中显示"It works!"，表示 Apache 服务器配置成功并成功启动 Web 服务。

（4）下载 mod_wsgi 插件

WSGI 是 Web 服务网关接口（Web Server Gateway Interface，简称"WSGI"），是一种在 Web 服务器和 Python Web 应用程序或框架之间的标准接口。通过标准化 Web 服务器和 Python Web 应用程序或框架之间的行为和通信，WSGI 使得编写可移植的 Python Web 代码变为可能，使其能够部署在任何符合 WSGI 的 Web 服务器上。

访问网址 https://www.lfd.uci.edu/~gohlke/pythonlibs/#mod_wsgi，在浏览器页面中找到 Mod_wsgi 字样的位置，根据 Python 版本和 Apache 版本选择对应的 mod_wsgi 版本下载，本书选择 mod_wsgi-4.7.1-cp36-cp36m-win_amd64.whl 下载，对应 Python 3.6 版本，如图 8-4 所示。

Mod_wsgi: a WSGI adapter module for the Apache HTTP Server 2.4.
Linked against the VC16 binaries from Apache Lounge and VC9 binaries from Apache House.
See Running mod_wsgi on Windows for version (in)compatibilities.

mod_wsgi-4.9.0-cp310-cp310-win_amd64.whl
mod_wsgi-4.9.0-cp310-cp310-win32.whl
mod_wsgi-4.9.0-cp39-cp39-win_amd64.whl
mod_wsgi-4.9.0-cp39-cp39-win32.whl
mod_wsgi-4.9.0-cp38-cp38-win_amd64.whl
mod_wsgi-4.9.0-cp38-cp38-win32.whl
mod_wsgi-4.9.0-cp37-cp37m-win_amd64.whl
mod_wsgi-4.9.0-cp37-cp37m-win32.whl
mod_wsgi-4.7.1-cp36-cp36m-win_amd64.whl
mod_wsgi-4.7.1-cp36-cp36m-win32.whl
mod_wsgi-4.7.0+ap24vc14-cp35-cp35m-win_amd64.whl
mod_wsgi-4.7.0+ap24vc14-cp35-cp35m-win32.whl
mod_wsgi-4.7.0+ap24vc9-cp27-cp27m-win_amd64.whl
mod_wsgi-4.7.0+ap24vc9-cp27-cp27m-win32.whl
mod_wsgi-4.6.5+ap24vc10-cp34-cp34m-win_amd64.whl
mod_wsgi-4.6.5+ap24vc10-cp34-cp34m-win32.whl
mod_wsgi-4.5.24+ap24vc14-cp35-cp35m-win_amd64.whl
mod_wsgi-4.5.24+ap24vc14-cp35-cp35m-win32.whl
mod_wsgi-4.5.24+ap24vc10-cp34-cp34m-win_amd64.whl
mod_wsgi-4.5.24+ap24vc10-cp34-cp34m-win32.whl

图 8-4 选择 mod_wsgi 版本下载

（5）安装 mod_wsgi

把下载的 mod_wsgi-4.7.1-cp36-cp36m-win_amd64.whl 拷贝到 Django 项目"AITest"目录下，在 PyCharm 的终端中运行下面命令进行安装，安装成功如图 8-5 所示。

pip install mod_wsgi-4.7.1-cp36-cp36m-win_amd64.whl

```
PS F:\Django\AITest> pip3 install mod_wsgi-4.7.1-cp36-cp36m-win_amd64.whl
Processing f:\django\aitest\mod_wsgi-4.7.1-cp36-cp36m-win_amd64.whl
Installing collected packages: mod-wsgi
Successfully installed mod-wsgi-4.7.1
```

图 8-5 安装 mod_wsgi

（6）mod_wsgi.so 复制到 E:\Apache24\modules

把 mod_wsgi-4.7.1-cp36-cp36m-win_amd64.whl 文件名改为 mod_wsgi-4.7.1-cp36-cp36m-win_amd64.whl.zip，即把扩展名改为 zip 压缩文件，并复制到桌面进行解压，再找到 mod_wsgi\server 文件夹，把 mod_wsgi.cp36-win_amd64.pyd 文件名改为 mod_wsgi.so，最后把 mod_wsgi.so 复制到 E:\Apache24\modules 文件夹下。

（7）配置 Django 项目信息

1）收集 WSGI 配置信息。在 PyCharm 的终端中运行 mod_wsgi-express module-config 命令显示 WSGI 配置信息，这 3 行信息要添加到 httpd.conf 文件中，如图 8-6 所示。

```
PS F:\Django\AITest> mod_wsgi-express module-config
LoadFile "c:/users/p52/anaconda3/envs/tfgpuenv/python36.dll"
LoadModule wsgi_module "c:/users/p52/anaconda3/envs/tfgpuenv/lib/site-packages/mod_wsgi/server/mod_wsgi.cp36-win_amd64.pyd"
WSGIPythonHome "c:/users/p52/anaconda3/envs/tfgpuenv"
```

图 8-6 WSGI 配置信息

2）配置静态路径。打开"AITest"项目中的 settings.py 文件，找到 STATIC_URL = '/

static/' 行, 在下面添加 STATIC_ROOT = os.path.join(BASE_DIR, 'static') 一行代码, 同时在该文件上方引入 os 包。

3) 提取静态文件。在 PyCharm 终端中运行 python manage.py collectstatic 命令提取静态文件, 在 "AITest" 项目文件夹下生成一个 static 文件夹和相关 html、css 等文件。

（8）配置 httpd.conf 文件

进入 E:\Apache24\conf 目录, 找到 httpd.conf 文件, 在文件最末尾添加以下代码:

```
LoadFile "c:/users/p52/anaconda3/envs/tfgpuenv/python36.dll"
LoadModule wsgi_module "c:/users/p52/anaconda3/envs/tfgpuenv/lib/site-packages/mod_wsgi/server/mod_wsgi.cp36-win_amd64.pyd"
WSGIPythonHome "c:/users/p52/anaconda3/envs/tfgpuenv"
LoadModule wsgi_module modules/mod_wsgi.so
# 设置工程中的 WSGI 路径
WSGIScriptAlias / F:/Django/AITest/AITest/wsgi.py
# 设置工程路径
WSGIPythonPath F:/Django/AITest
# 设置 WSGI 路径
<Directory F:/Django/AITest/AITest>
    <Files wsgi.py>
        Require all granted
    </Files>
</Directory>
# 设置静态文件路径
Alias /static F:/Django/AITest/static
<Directory F:/Django/AITest/static>
    AllowOverride None
    Options None
    Require all granted
</Directory>
```

（9）重新启动服务器

重启 Apache 服务器, 在浏览器中输入 http://192.168.0.103:8000 进入 Django 默认界面或输入 http://192.168.0.103:8000/admin 进入后台登录界面, 表示 Django 项目部署发布成功。

8.2 VMware 虚拟服务环境下部署

8.2.1 虚拟机与主机文件共享方法

把主机中的应用程序和文件复制到虚拟机中, 或者把虚拟机中程序和文件复制到主机中是经常遇到的问题, 虚拟机中提供了与主机共享文件方法。下面介绍在主机中设置 VMware 虚拟机与主机共享文件的方法。

1) 打开 VMware 虚拟机, 如图 8-7 所示。

2) 单击 "编辑虚拟机处理", 弹出 "虚拟机设置" 对话框, 如图 8-8 所示。

3) 在 "虚拟机设置" 对话框中的 "选项" 选项卡中, 可以看到 "共享文件夹", 选择 "总是启用"单选按钮，进行文件夹共享设置，如图 8-9 所示。

4）单击"添加"按钮，弹出"添加共享文件夹向导"对话框，单击"下一步"按钮，在弹出的对话框中选择共享文件夹的主机路径，并对共享文件夹进行命名，如图 8-10 所示。

5）单击"下一步"按钮，在弹出的对话框中设置共享文件夹的属性，可以根据需求自行设置是只读还是启用此共享，如图 8-11 所示。

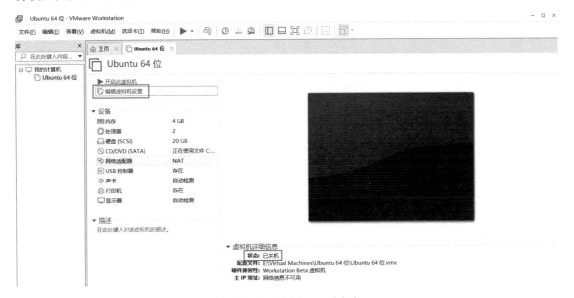

图 8-7　打开 VMware 虚拟机

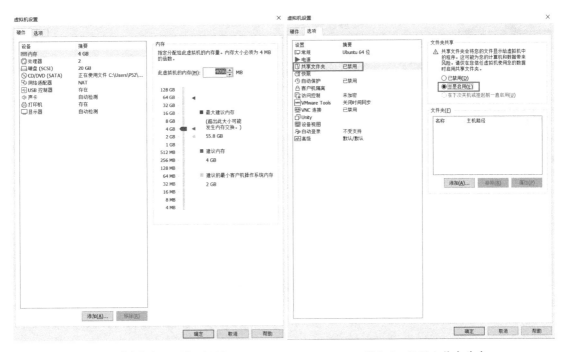

图 8-8　"虚拟机设置"对话框　　　　　图 8-9　设置文件夹共享

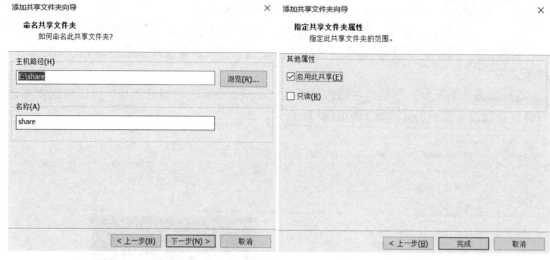

图 8-10　命名共享文件夹　　　　　图 8-11　设置共享文件夹属性

6）单击"完成"按钮，回到"虚拟机设置"对话框，单击"确定"则共享文件夹设置完毕，如图 8-12 所示。

7）在虚拟机 VMware 的菜单栏执行"虚拟机"→"安装 VMware Tools"命令进行下载，如图 8-13 所示。

图 8-12　设置共享文件夹

图 8-13　下载 VMware Tools

8）在"工具栏"中单击"DVD"菜单，如图 8-14 所示。在弹出的"VMware Tools"窗口中把下载的 VMwareTools-10.3.23-16594550.tar.gz 文件复制到 /tmp 目录下（文件名比较复杂，可以给文件重命名）。

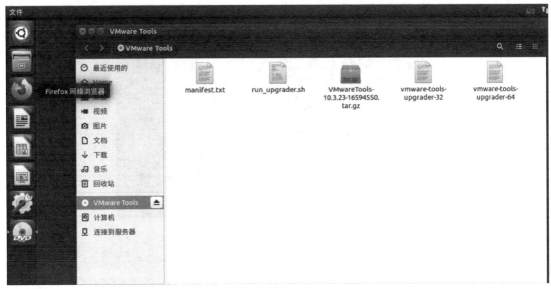

图 8-14　打开 VMware Tools 窗口

9）打开终端进入 /tmp 目录下解压 VMwareTools-10.3.23-16594550.tar.gz 文件（运行命令 tar -xzf VMwareTools-10.3.23-16594550.tar.gz）。解压后文件夹名为 vmware-tools-distrib。

10）进入 vmware-tools-distrib 文件目录，运行命令 sudo ./vmware-install.pl 进行安装，输入管理员密码，接着输入"yes"并按 <Enter> 键按照步骤执行即可，命令执行过程如图 8-15 所示。

11）在 Ubuntu 下，打开 /mnt/hgfs/ 目录，会出现主机共享的文件夹名称。该共享文件夹内的文件在宿主机和 Ubuntu 上都是可见的，如图 8-16 所示。

图 8-15　安装 VMware Tools 命令　　　　图 8-16　共享文件夹

8.2.2　虚拟机服务器部署

安装并部署 Django 项目，同时把该项目复制到虚拟机和主机共享文件夹中。本节主要介绍 Ubuntu 系统下 Apache2 服务器的安装与配置和 WSGI 插件的安装。

1．安装与配置 Apache2 服务器

（1）安装 Apache2 服务器

输入 sudo apt-get install apache2 命令进行安装，按照提示信息输入字母"Y"即可，如图 8-17 所示。

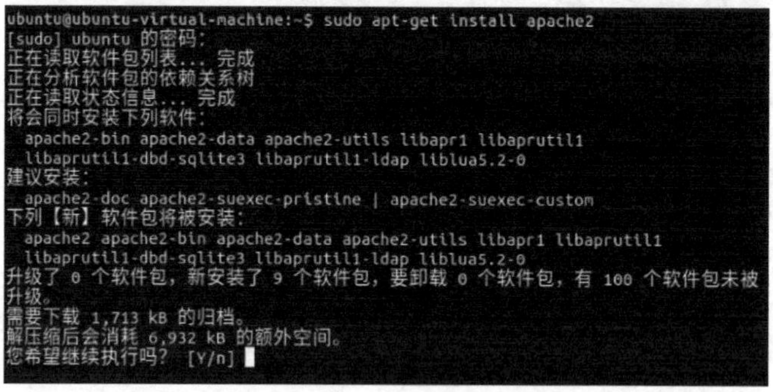

图 8-17　安装 Apache2

（2）修改 apache2.conf 权限和配置服务器地址

apache2.conf 是只读文件，需要修改为可读写权限。而 apache2 软件安装在 /etc 目录下，输入 cd /etc/apache2 命令进入 apache2 的目录，如图 8-18 所示。

图 8-18　Apache2 目录

输入 sudo chmod 666 apache2.conf 命令，把只读权限修改为可读写权限。打开该文件，在最后一行添加 ServerName locaohost 语句。

（3）启动 Apache2 服务

输入 sudo /etc/init.d/apache2 start 命令，启动 Apache2 服务器，如图 8-19 所示。

图 8-19　Apache 服务器启动成功

在浏览器中输入 http://127.0.0.1，显示如图 8-20 所示界面，表示 Apache2 服务器安装成功。

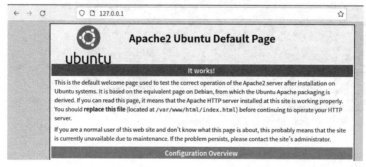

图 8-20　Apache2 服务器默认界面

2．安装 WSGI 插件

输入 sudo apt-get install libapache2-mod-wsgi-py3 命令安装 WSGI 插件，如图 8-21 所示。

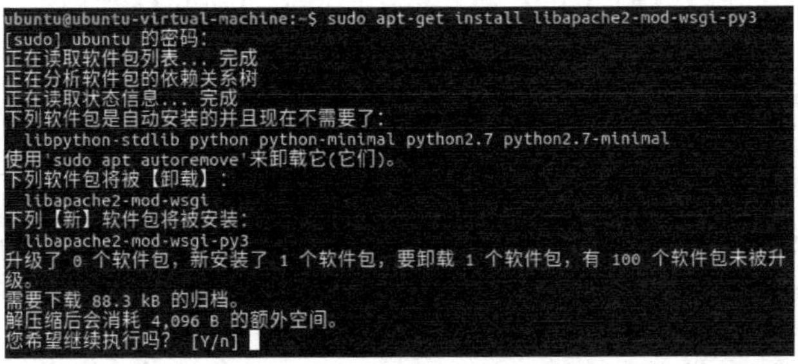

图 8-21　安装 WSGI 插件

3．配置 000-default.conf

进入 /etc/apache2/sites-available 目录下把 000-default.conf 文件的只读权限通过命令修改为可读写权限后，打开该文件。在 VirtualHost 标记符中直接写如下代码，配置工程路径和文件权限等信息。其中 /mnt/hgfs/share/AITest 目录是发布项目文件夹，/home/ubuntu/stuenv 是 Python 虚拟环境目录，/home/ubuntu/stuenv/bin/python 目录是 Python 虚拟环境中的 Python 目录。

```
LoadModule wsgi_module modules/mod_wsgi.so
#Alias    /static/    /mnt/hgfs/share/AITest/static/
<Directory    /mnt/hgfs/share/AITest/static>
    AllowOverride None
    Options None
    Require all granted
</Directory>
WSGIScriptAlias / /mnt/hgfs/share/AITest/AITest/wsgi.py
WSGIDaemonProcess AITest python-home=/home/ubuntu/stuenv  python-path
=/home/ubuntu/stuenv/bin/python
<Directory /mnt/hgfs/share/AITest/AITest>
<Files wsgi.py>
  Require all granted
 </Files>
</Directory>
```

在虚拟环境下运行 sudo apache2ctl configtest 命令，检查 Apache 配置文件是否有语法错误，如图 8-22 所示。出现 "Syntax OK" 信息表示配置没有问题，有问题则提示错误信息。

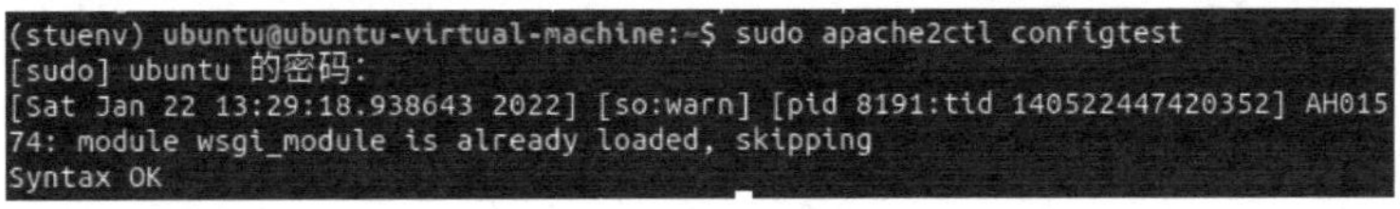

图 8-22　检查 Apache 配置文件

4．安装 Django

首先进行基础环境的搭建，在虚拟环境下输入 pip install django 命令进行安装。因为虚拟环境中 Python 的版本是 3.6 版本，则自动安装 Django 3.2 版本。

5．测试工程项目

在虚拟环境下进入项目"AITest"目录下，输入 python manage.py runserver 命令运行，如图 8-23 所示，在浏览器中输入 http://127.0.0.1:8000/admin 打开后台登录界面，表示工程项目所需要的 Python 和 Django 等环境安装成功。

图 8-23　运行 Django 项目

6．发布项目

在虚拟环境目录下输入 sudo /etc/init.d/apache2 restart 命令重新启动 Apache 服务器，如图 8-24 所示。

图 8-24　启动 Apache 服务器

在 Apache 配置文件中是没有改变端口号的，因此默认端口是 8000，所以在地址栏输入 http://127.0.0.1.8000/admin，如图 8-25 所示，表示项目部署成功。如果是对外提供服务，则替换成外网 IP 地址即可。

图 8-25　Django 项目部署成功

8.3　云服务环境下部署

云服务器是一种集群式服务器，提供简单高效、安全可靠、处理能

8.3　云服务环境下部署

力可弹性伸缩的计算服务，其管理方式比物理服务器更简单高效，软硬件配置比单机部署相对来说更规范，并有专业的维护方案，用户可根据业务需求购买云服务器。本节主要介绍华为云服务器项目文件上传和项目部署。

8.3.1　项目文件上传

购买华为云服务器后，需要把发布的项目部署到云服务器上，而华为云服务器提供了项目上传文件的方式。

1）登录华为云官网，选择"控制台"，在产品管理中选择"弹性云服务器"，进入所购买云服务器列表，如图 8-26 所示，单击"远程登录"，进入登录方式界面。

图 8-26　购买弹性云服务器列表

2）在登录方式页面中选择"CloudShell 登录"，单击并进入登录页面，如图 8-27 所示。

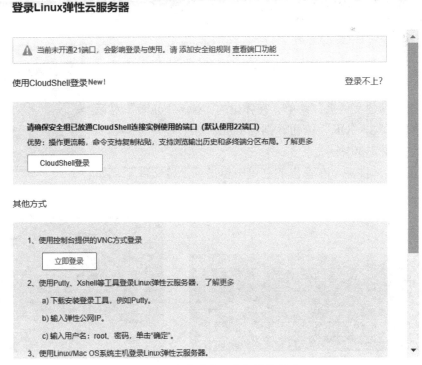

图 8-27　登录弹性云服务器的方式

3）在登录页面输入登录密码后，进入 Ubuntu 系统，如图 8-28 所示。

图 8-28　Ubuntu 系统

4）在左侧文件夹列表中选中 home 文件夹，右击弹出菜单，如图 8-29 所示。

5）单击"新建文件夹"菜单，在弹出的"New Folder"对话框中输入 AI，单击"OK"按钮，则在 home 文件夹下创建一个 AI 文件夹，如图 8-30 所示。

6）右击 AI 文件夹，在弹出的菜单中单击"上传文件"，如图 8-31 所示，弹出"打开"对话框。

图 8-29　右击菜单

图 8-30　"New Folder"对话框

图 8-31　上传文件

7) 在"打开"对话框中选择要上传的文件，如 AITest.rar 文件，之后单击"打开"按钮上传文件，如图 8-32 所示。AITest.rar 文件上传成功后如图 8-33 所示。

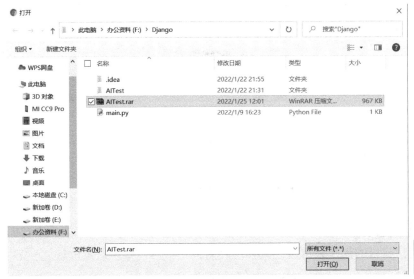

图 8-32　"打开"对话框

图 8-33　上传成功

8.3.2　云服务器部署

在华为云上购买一个 Ubuntu 系统的云服务器就相当于购买一台主机，已经安装完 Ubuntu 操作系统，只不过该主机放置在网上。应用项目在部署前，需要安装 Python、Anaconda、Django 等基础环境，安装过程参考本书相关内容。项目部署需要安装 Apache2 服务器和 WSGI 插件，以及配置相关文件，安装软件与配置、发布过程参考本书 8.2.2 节虚拟机服务器部署。

视野拓展　自主可控走深拓广，加速人工智能应用落地

要想实现大众对人工智能技术"用得起、用得好、用得放心"，不但要有充盈的人工智能算力，还要能根据场景进行云、边、端分级部署和高效协同。近年来，人工智能应用的发展不断广泛和深入，通过数据中心提供集中式处理的人工智能算力，已不能满足很多"大带宽、低时延"场景的需求。2019 年 4 月 10 日，华为正式推出基于昇腾人工智能芯片的 Atlas 人工智能计算平台——即针对人工智能全场景的解决方案。华为 Atlas 智能计算平台基于华为昇腾系列人工智能处理器和业界主流异构计算部件，通过模块、板卡、小站、人工智能服务器等丰富的产品形态，打造面向"端、边、云"的全场景人工智能基础设施方案，可广泛用于平安城市、智慧交通、智慧医疗、人工智能推理等领域。

作为华为全栈人工智能解决方案的重要组成部分，Atlas 智能计算平台一方面着力于人工智能产品的算力，采用智能异构、端边云分级部署、边云协同等关键技术，为人工智能提升算力；另一方面源于应用场景，不断丰富产品形态，将华为昇腾系列芯片和业界主流异构计算部件，封装为模块、人工智能加速卡、智能边缘小站、一体机等丰富的产品形态，形成完整的人工智

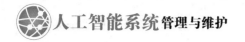

能解决方案。

华为 Atlas 智能计算平台包括面向端侧的 Atlas 200 人工智能加速模块、面向数据中心侧的 Atlas 300 人工智能加速卡、面向边缘侧的 Atlas 500 智能小站，以及定位于企业领域一站式人工智能平台的 Atlas 800 人工智能一体机等。

技能实训 Django 项目创建与部署

一、实训任务情境

某公司是一家人工智能科技公司，接到一个项目需要用 Django 框架开发和完成项目部署。假设你是该公司一名员工，请按照进度和工作要求完成此任务。

二、实训任务内容

Django 是 Python 语言使用最广的 Web 编程框架之一，是企业开发的首选框架。本实训要求完成 Django 的安装、项目的创建和部署。具体内容为：

(1) Django 安装

(2) Django 项目创建

(3) 中文语言设置

(4) 超级用户创建

(5) 项目运行

(6) 项目的部署

三、职业技能目标

对照 1+X《智能计算平台应用开发职业技能等级标准》分级要求，通过本次实训能够达到以下职业技能目标，见表 8-1。

表 8-1 职业技能目标

职业技能等级	工作领域	工作任务	工作技能要求
智能计算平台应用开发职业技能等级标准 - 高级	人工智能应用开发	人工智能应用开发	能运用常用的开发流程和开发工具，实现人工智能算法到嵌入式平台的落地；能根据业务需求设计，开发人工智能平台的应用服务

四、实训环境

1. 硬件环境

计算机

2. 软件环境

(1) 操作系统：Windows 10 系统

(2) PyCharm

(3) Python 3.6

(4) Django 4.0.1

五、实训操作步骤

1．安装 Django

PyCharm 中创建一个工作区间，如 F 盘 F：\Django。利用 PyCharm 打开 Django 工作区间，在 PyCharm 中选择 Teminal 终端，运行命令 pip install django，安装 Django，如图 8-34 所示。

图 8-34 安装 Django

2．创建 Django 项目 AITest

在 Teminal 终端，运行 django-admin startproject AITest 命令。在 PyCharm 工程导航区中，创建一个 AITest 项目，目录结构如图 8-35 所示。目录为自动创建，其使用在后文介绍。

3．设置 admin 后台控制显示中文

在 settings.py 配置中，对语言和时区进行修改，改成对应中文显示的语言和时区，修改如下：

```
#LANGUAGE_CODE = 'en-us'
#TIME_ZONE = 'UTC'
LANGUAGE_CODE = 'zh-hans'    # admin 后台显示中文
TIME_ZONE = 'Asia/Shanghai'
```

在终端中进入 AITest 文件夹中，运行 cd AITest 命令。

4．创建超级用户

运行 python manage.py createsuperuser 命令，输入账号、邮箱、密码，创建后台管理超级用户，如图 8-36 所示。

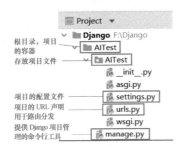

图 8-35 AITest 项目目录结构

```
PS F:\Django\AITest> python manage.py createsuperuser
用户名 (leave blank to use 'p52'): admin
电子邮件地址：690095259@qq.com
Password:
Password (again):
密码长度太短。密码必须包含至少 8 个字符。
这个密码太常见了。
密码只包含数字。
Bypass password validation and create user anyway? [y/N]: y
Superuser created successfully.
PS F:\Django\AITest>
```

图 8-36 创建超级用户

5. 项目运行

虽然并未加入项目的核心业务代码，但已经搭建完成项目的基本框架，可以运行。运行 python manage.py runserver 命令，等待项目启动成功后，在浏览器中输入 http://127.0.0.1:8000/admin 进入登录界面，如图 8-37 所示。输入用户名和密码进入 Django 管理后台界面，如图 8-38 所示。表示 Django 项目创建成功。

图 8-37　Django 管理后台登录界面　　　　图 8-38　Django 管理后台界面

6. 项目部署

根据部署环境不同，项目部署过程可分别参考 8.1.3、8.2.2、8.3.2 节。

六、实训总结

通过本次实训，掌握 Django 项目创建、运行和部署的整个工作流程，进一步体会到不同岗位工作职责和能力的要求。

考核评价

学生学习效果考核评价表如表 8-2 所示。

表 8-2　学生学习效果考核评价表

考评标准		配　分	三方考评			得　分
			学生自评（20%）	小组互评（20%）	教师点评（60%）	
知识目标（40%）	了解 Django	5				
	了解 Apache 服务器和配置	15				
	了解 WSGI 插件	5				
	掌握创建 Django 项目、超级用户和运行命令	15				
技能目标（45%）	能够安装 Django	4				
	能够创建 Django 项目	5				
	能够设置中文语言 / 时区	5				

（续）

考评标准		配　分	三方考评			得　分
			学生自评 （20%）	小组互评 （20%）	教师点评 （60%）	
技能目标 （45%）	能够创建超级用户	9				
	能够运行项目	4				
	能够部署项目	18				
素质目标 （15%）	任劳任怨	8				
	自我规划	7				
合计		100				
考评教师						
考评日期				年　　月　　日		

填表说明：此表课前提前准备，过程形成性考评和终极考评考核相结合。

项目小结

　　本项目主要学习了 Django 项目的创建与部署方法。重点是在物理服务环境、虚拟机环境以及云服务环境部署 Django 项目。需要注意的问题是 Python、Django、Apache、WSGI 插件等版本依赖问题，版本相互匹配才能部署成功。

09 项目 9
综合实战

　　人工智能技术不断发展，尤其是以深度学习为代表的机器学习算法及图像识别、语音识别、自然语言处理等为代表的感知智能技术取得显著进步。在我国，人口老龄化、资源环境约束等挑战依然严峻，人工智能在教育、医疗、养老、环境保护、城市运行、司法服务等领域的广泛应用，将极大提高公共服务精准化水平，提升人民生活品质。本项目采用人工智能关键技术和项目开发流程，进行项目综合实战演练，涵盖人工智能模型应用过程，复现人工智能系统管理与维护工作的概貌。本项目还结合全国信息安全标准化技术委员会大数据安全标准特别工作组编制的《人工智能安全标准化白皮书（2019 版）》的相关内容，介绍了人工智能广阔的应用前景。

知识导航

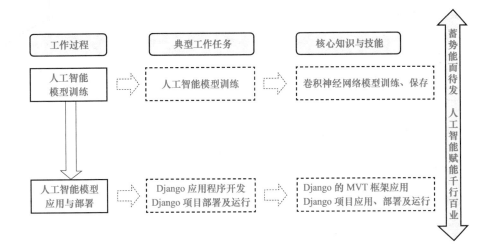

综合项目　人工智能模型应用与部署

综合项目　人工智
能模型应用与部署

9.1　项目需求

某公司是一家专业技术教育培训公司,该公司的研发部门计划开发一款完整的人工智能系统。该系统需要使用深度学习算法实现图片分类任务,涵盖人工智能应用与部署的典型过程,包括开发环境搭建、数据处理、模型训练、模型保存、模型应用及部署等。

9.2　项目任务

人工智能模型训练及优化后,最终需要将模型与业务系统相结合,实现模型的应用及部署,构成完整的人工智能系统。

本项目将搭建基于卷积神经网络的 Django 项目,解决图像分类结果预测的问题,主要实现图像上传、图像列表显示、图像详情展示、图片预测、数据集介绍、图片数据管理等功能,并可以通过 Web 端访问。具体实现思路为构建卷积神经网络,对 CIFAR-10 数据集进行训练,将训练好的模型保存为 h5 文件格式,提供给 Django Web 端调用,完成图像分类预测。

本项目中的主要任务为:

(1) 使用 Anaconda 创建虚拟环境

(2) 安装人工智能开发常用库

(3) 加载 CIFAR-10 数据集,构建卷积神经网络,训练模型及保存模型

(4) 使用 Django 框架创建项目

（5）使用 Django 项目 MVT（Model+View+Template）架构搭建 Web 端应用

（6）调用人工智能模型预测图像分类

（7）项目整体测试和优化

（8）项目部署和运行

9.3 项目设计

1．硬件环境

华为公有云虚拟机：8CPU16GB-X86（或者自备计算机）

2．软件环境

（1）操作系统：Ubuntu 16.04 纯净版（或者 Windows 10 系统）

（2）Anaconda3

（3）PyCharm

（4）Python 3.7.7

（5）Tensorflow 1.13.1

（6）Keras 2.1.5

（7）Pandas 0.25.3

（8）Matplotlib 3.1.1

（9）opencv-python 3.4.5.20

（10）Pillow 7.2.0

（11）scikit-learn 0.23.1

（12）Django 3.1.5

（13）h5py 2.10.0

3．CIFAR-10 数据集

CIFAR-10 数据集是由 Geoffrey Hinton 及学生 Alex Krizhevsky 和 Ilya Sutskever 整理的一个用于识别普适物体的小型数据集，它是一个更接近普适物体的彩色图像数据集。

CIFAR-10 数据集共有 60000 张彩色图像，每张图像像素是 32×32，分为 10 个类别，每个类别 6000 张图像。

CIFAR-10 数据集将 50000 张图像用于训练，构成了 5 个训练批次，每一批次 10000 张图；另外 10000 张图像构成一个测试批次。

CIFAR-10 数据集共有 10 个标签：airplane、automobile、bird、cat、deer、dog、frog、horse、ship、truck，分别代表 10 个类别，在预测结果中分别用数字 0～9 标识，如图 9-1 所示。

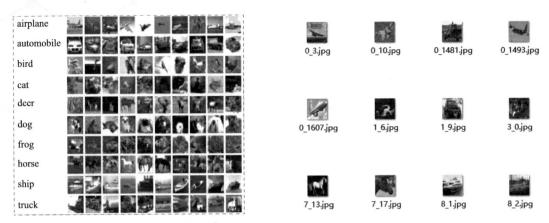

图 9-1 CIFAR-10 数据集

4．项目架构设计

项目采用 Django 的 MVT 架构，即模型 Model、视图 View 和模板 Template，可以帮助快速搭建 Web 应用，如图 9-2 所示。在人工智能模型应用与部署项目中，具体的架构设计如图 9-3 所示。

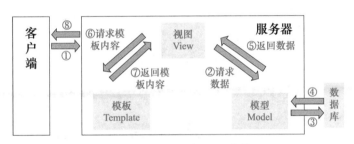

图 9-2 Django 的 MVT 架构

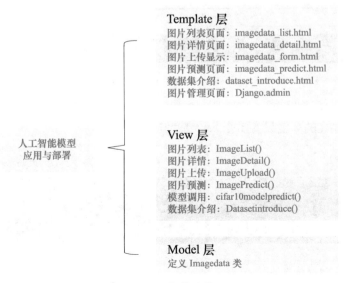

图 9-3 架构设计

9.4 项目实现

> 本项目的实训环境为：8CPU16GB-X86+Ubuntu 16.04。如果是自备计算机，实训开始前，需要按照实训环境要求搭建好环境，并获取本书提供的实训素材。

1. 使用 Anaconda 创建虚拟环境 stuenv（Python 版本为 3.7.7）

进入人工智能系统管理与维护开发机，单击"所有应用程序"→"终端模拟器"，如图 9-4 所示。打开终端模拟器，进入 Terminal 终端的命令行操作界面，如图 9-5 所示。

图 9-4　打开终端模拟器

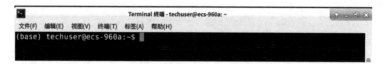

图 9-5　Terminal 终端

输入命令"conda info -e"，按 <Enter> 键，查看当前存在的虚拟环境，如图 9-6 所示。可以看到，当前存在的环境只有 1 个 base 基础环境。

图 9-6　查看当前存在的虚拟环境

创建虚拟环境之前，需要更新 conda 及配置 conda 下载源，主要目的是加快资源下载速度，输入命令"conda update conda"，如图 9-7 所示。

图 9-7　更新 conda

在更新过程中，需要安装一些新的包，根据提示，输入"y"继续，如图 9-8 所示。

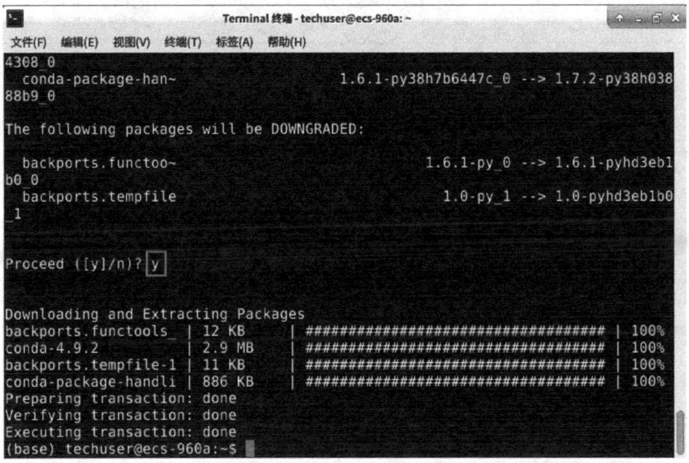

图 9-8　更新过程

输入命令"conda config --show channels"，查看下载通道，如图 9-9 所示。

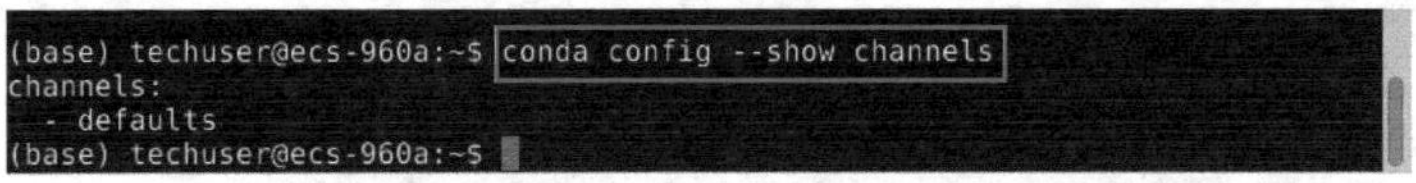

图 9-9　查看下载通道

配置清华下载源（也可以配置其他源）作为 conda 的下载通道，如图 9-10 所示，具体命令如下：

conda config --add channels https://mirrors.tuna.tsinghua.edu.cn/anaconda/pkgs/free

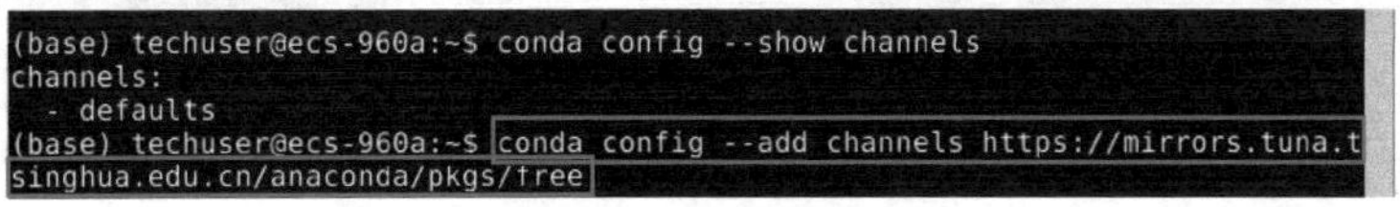

图 9-10　配置下载源

输入命令"conda config --show channels"，查看新配置的下载通道，清华下载源已经配置好，如图 9-11 所示。

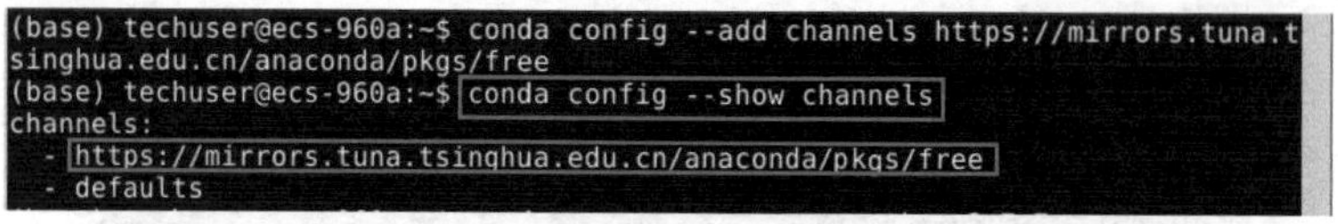

图 9-11　查看新配置的下载通道

接下来，新创建一个虚拟环境，环境名称为 stuenv。输入命令"conda create -n stuenv python=3.7.7"，按 <Enter> 键，创建环境名称为 stuenv、Python 版本为 3.7.7 的虚拟环境，其中，stuenv 是自定义的环境名称，如图 9-12 所示。

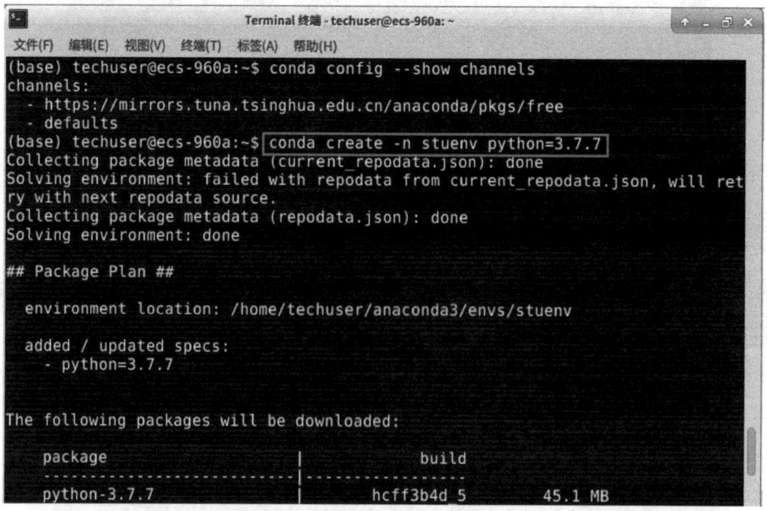

图 9-12　创建虚拟环境

在创建虚拟环境过程中，需安装一些新的包，根据提示，输入"y"继续，耐心等待环境创建（实际时间因网速而定），创建成功后，可以看到激活环境和退出环境命令，如图 9-13 所示。

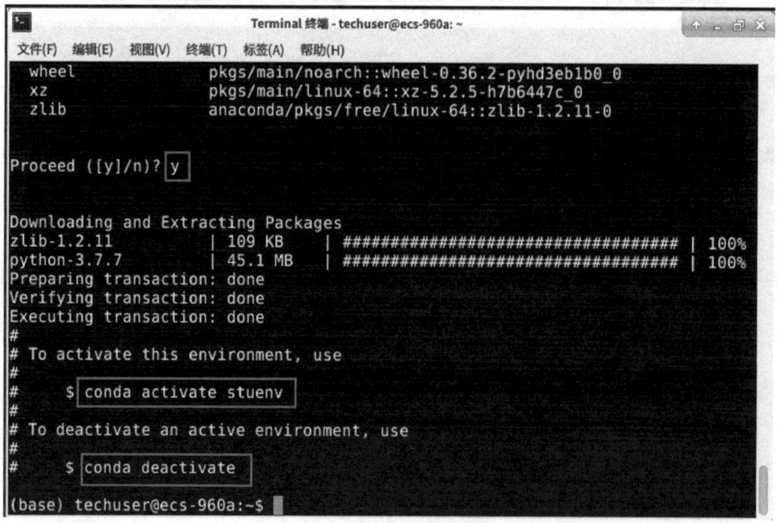

图 9-13　创建虚拟环境过程

2．在虚拟环境 stuenv 中安装人工智能开发常用库

项目需要安装的人工智能开发库主要包括：TensorFlow 1.13.1、Keras 2.1.5、Matplotlib 3.1.1、Pandas 0.25.3、opencv-python 3.4.5.20、Pillow 7.2.0、scikit-learn 0.23.1、Django 3.1.5、h5py 2.10.0 等。

> **注意**
>
> 由于人工智能开发库版本更新较快，不同版本之间存在很强的依赖关系，安装时，请按照以上版本号进行安装，否则本项目可能无法正常运行。

3．创建项目文件、创建存放数据的文件及 .py 文件

创建项目"AIapplication"，创建文件夹名为"dataset"的数据文件夹，如图 9-14 所示。将项目资源中的"cifar-10-batches-py"文件夹复制到新创建的"dataset"文件夹下，如图 9-15 所示。

图 9-14　dataset 数据文件夹

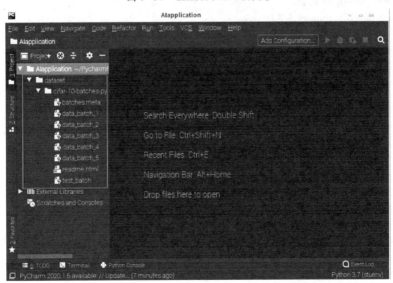

图 9-15　CIFAR-10 数据文件

创建文件名为"cifar10_modelfit.py"的文件，如图 9-16 所示。

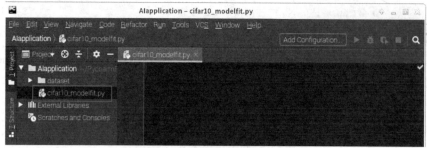

图 9-16 "cifar10_modelfit.py" 文件

4．编写模型训练、编译、保存等代码及运行代码

神经网络模型应用的前提是调用训练好的模型文件。考虑到神经网络模型训练涉及的计算较多，可能耗时较长，影响用户体验，下面采用规模相对较小的 CIFAR-10 数据集，构建卷积神经网络，编译模型后，训练模型后固化保存模型。

本项目将 epoch 设置为 1，实际上这样的训练轮次是远远不够的，主要为了减少模型训练时间，所以模型训练存在欠拟合的现象，最终预测的准确率和损失率结果还不是很理想。后期可以通过调整模型训练参数，即 epoch、batch_size、优化器、学习率等超参数，提高预测的准确率。

（1）导入模型训练相关库

在 "cifar10_modelfit.py" 文件中编写如下代码：

```python
import keras
from keras.datasets import cifar10
from keras.preprocessing.image import ImageDataGenerator
from keras.models import Sequential
from keras.layers import Dense, Dropout, Activation, Flatten
from keras.layers import Conv2D, MaxPooling2D
import matplotlib.pyplot as plt
from keras.optimizers import SGD
from keras.preprocessing.image import ImageDataGenerator
import numpy as np
import pickle
import os
```

（2）加载 CIFAR-10 数据集，并输出训练集、测试集图片数据及标签

在 "cifar10_modelfit.py" 文件中编写如下代码，以下提供在线和本地读取数据两种方式，可任选一种，供参考。在线读取方式较为简单，本地读取方式较为复杂。

```python
# 在线读取
# (x_train,y_train),(x_test,y_test) = cifar10.load_data()
# print(x_train.shape,y_train.shape)
# 本地读取 CIFAR-10
# 定义获取 CIFAR-10 Pickle 数据字典的方法
def unpickle(file):
    with open(file, 'rb') as fo:
        # 加载 CIFAR-10 本地数据文件，规划数据编码格式
        dict = pickle.load(fo, encoding='iso-8859-1')
```

```
        return dict
# 存放 CIFAR-10 的文件路径，以实际路径为准
file =
r'/home/techuser/PycharmProjects/AIapplication/dataset/cifar-10-batches-py/data_batch_'
# 训练集数据样本 shape, 训练集标签列表
x_train = np.empty(shape = [0, 3072])
y_train = []
# 训练集 data_batch 有 5 批存放样本数据，根据 id 索引
# 根据文件 file 下标遍历所有训练集数据
for id in range(5):
    file1 = file + str(id + 1)
    # 将 data_batch 文件读入到数据结构（字典）中
    dict_train_batch1 = unpickle(file1)
    # 获取字典中取 data
    data_train_batch1 = dict_train_batch1.get('data')
    # 获取字典标签
    labels1 = dict_train_batch1.get('labels')
    # 训练集数据拼接组合到训练集的图片列表
    x_train = np.append(x_train, data_train_batch1, axis=0)
    # 训练集的标签数据拼接组合到标签数据列表
    y_train = np.append(y_train, labels1)
# 输出训练集样本数据、大小，标签数据、大小
print("train images:\n",x_train,x_train.shape)
print("train labels:\n",y_train,y_train.shape)
# 加载测试集，获取测试集数据、标签，以实际路径为准
file =
r'/home/techuser/PycharmProjects/AIapplication/dataset/cifar-10-batches-py/test_batch'
# 测试集数据样本 shape, 测试集标签列表
x_test = np.empty(shape=[0, 3072])
y_test = []
# 将 test_batch 文件读入到数据结构（字典）中
dict_test_batch = unpickle(file)
dict_test_batch2 = dict_test_batch.get("data")
lables2 = dict_test_batch.get("labels")
x_test = np.append(x_test, dict_test_batch2, axis=0)
y_test = np.append(y_test, lables2)
# 输出测试集数据、标签
print("test images:\n",x_test, x_test.shape)
print("test labels:\n",y_test, y_test.shape)
```

（3）对数据进行归一化处理

在"cifar10_modelfit.py"文件中编写如下代码：

```
class_names = ['airplane', 'automobile', 'bird', 'cat', 'deer',
               'dog', 'frog', 'horse', 'ship', 'truck']
# 数据归一化
class_num = len(class_names)
x_train = x_train.reshape(-1, 32, 32, 3)
x_test  = x_test.reshape(-1, 32, 32, 3)
```

```
x_train = x_train/255
x_test = x_test/255
y_train = keras.utils.to_categorical(y_train,class_num)
y_test = keras.utils.to_categorical(y_test,class_num)
```

（4）构建卷积神经网络序列化模型并编译模型

在"cifar10_modelfit.py"文件中编写如下代码：

```
model = Sequential([
    Conv2D(32, (3, 3), padding='same', input_shape=(32, 32, 3), activation='relu'),
    Conv2D(32, (3, 3), activation='relu'),
    MaxPooling2D(pool_size=(2, 2)),
    Dropout(0.25),
    Conv2D(64, (3, 3), padding='same', activation='relu'),
    Conv2D(64, (3, 3), activation='relu'),
    MaxPooling2D(pool_size=(2, 2)),
    Dropout(0.25),
    Flatten(),
    Dense(512, activation='relu'),
    Dropout(0.5),
    Dense(10, activation='softmax')
])
model.summary()
# sgd=SGD(learning_rate=0.001,decay=0.0001,momentum=0.9)
model.compile(loss='categorical_crossentropy',
              optimizer=keras.optimizers.Adam(lr=0.0001),
              metrics=['accuracy'])
```

（5）训练模型

在"cifar10_modelfit.py"文件中编写如下代码：

```
data_augment = ImageDataGenerator(rotation_range= 10,zoom_range= 0.1,
              width_shift_range = 0.1,height_shift_range = 0.1,
              horizontal_flip = True, vertical_flip = False)
epochs = 1
history=model.fit_generator(data_augment.flow(x_train,y_train,batch_size=32),steps_per_epoch=1000,epochs=epochs,validation_data=(x_test,y_test),workers=4,verbose=1)
```

（6）保存模型为 .hs 文件，评估模型，显示模型最终准确率和损失率

在"cifar10_modelfit.py"文件中编写如下代码：

```
model.save('./cifar10.h5')
scores = model.evaluate(x_test,y_test,verbose=1)
print('Test loss:',scores[0])
print('Test accuracy:',scores[1])
```

代码编写完成后，运行项目，查看结果。右击"cifar10_modelfit.py"文件，选择"Run'cifar10_modelfit'"，如图 9-17 所示。等待程序运行完成后（大约需要 5 分钟），显示模型评估结果（Test loss 和 Test accuracy），并在当前路径下生成"cifar10.h5"文件，表明程序运行成功，如图 9-18 所示。

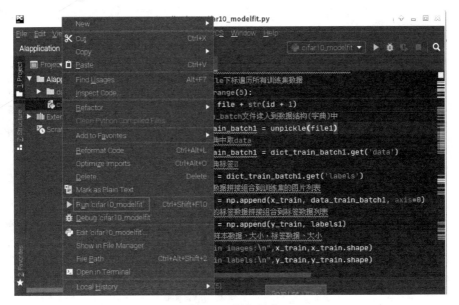

图 9-17　运行程序

图 9-18　运行结果

5．创建 Django 项目、创建 APP 应用

接下来实现 Web 端调用前面训练好的卷积神经网络模型，采用的 Web 框架是 Django。

（1）创建 Django 项目

单击 PyCharm 左下角的"Terminal"打开命令终端，然后在命令终端输入命令"django-admin startproject AImodelProject"，创建 Django 项目，创建成功后，可看到对应目录结构，如图 9-19 所示。

（2）创建 APP 应用

在命令终端中，输入命令"cd AImodelProject/"将当前目录切换到 AImodelProject，如图 9-20 所示。

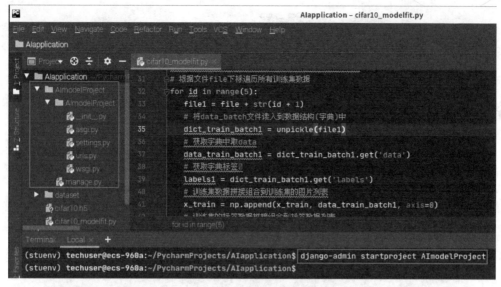

图 9-19　创建 Django 项目

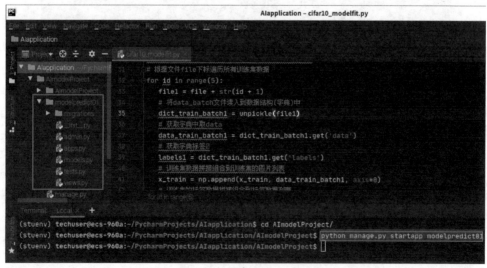

图 9-20　切换目录

在命令终端中，输入命令 "python manage.py startapp modelpredict01"，创建 Django 应用，创建成功后，可看到对应应用目录结构，如图 9-21 所示。其中，admin.py 是一个可选文件，用于向 Django 后台管理系统中注册模型；migrations 中的文件为执行迁移时生成的迁移文件；models.py 为模型文件，Django 应用的必需文件，包含应用的数据模型，可以为空；tests.py 为测试文件，可在该文件中编写测试用例；Views.py 是视图文件，用于定义应用的逻辑，每个视图文件接收一个 HTTP 请求，处理请求并返回一个响应结果。

图 9-21　创建 Django 应用

6．创建资源存放文件夹

右击"/home/techuser/PycharmProjects/AIapplication"目录下的"AImodelProject"，选择"New"→"Directory"，创建名为"static"的文件夹和"media"的文件夹，分别存放静态文件数据和上传的图片数据。将"/home/techuser/Downloads/alldata"路径下的"css"文件夹和"images"文件夹复制到新创建的"static"文件夹下，在弹出的"copy"页面，选择"Refactor"，可以看到两个文件夹复制到了新创建的"static"文件夹下，如图 9-22 ～图 9-25 所示。

图 9-22　创建文件夹

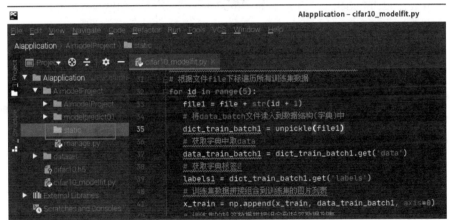

图 9-23　"static"文件夹

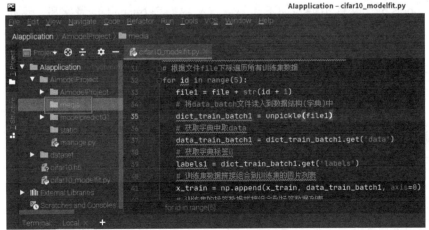

图 9-24　"media"文件夹

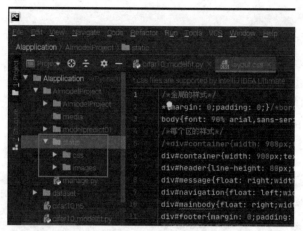

图 9-25　页面资源文件

7. 使用 Django 的 MVT 架构编写代码

（1）编写模型 Model

以下主要完成 Model 和 URL 的设计与配置，在 PyCharm 中打开"/AIapplication/AImodelProject/modelpredict01"目录下的"models.py"文件，如图 9-26 所示。

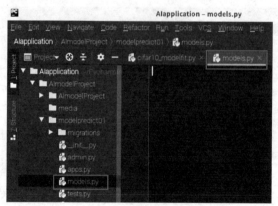

图 9-26　"models.py"文件

在"models.py"文件中编写如下代码，定义数据表 Imagedata 及字段，调用 Django 通用视图，提高开发效率。

```python
from django.db import models
from datetime import date
from django.urls import reverse

# Create your models here.
# 编写模型 Model
class Imagedata(models.Model):
    title = models.CharField(" 标题 ", max_length=100, blank=False, default="")
    image = models.ImageField(" 图片 ", upload_to="mypictures", blank=False)
    date = models.DateField(default=date.today)

    def __str__(self):
```

```
        return self.title

    # 使用 Django 自带的通用视图
    def get_absolute_url(self):
        return reverse('modelpredict01:image_detail', args=[str(self.id)])
```

（2）URL 的设计与配置

右击"modelpredict01"，选择"New"→"Python File"，创建名为"urls.py"的文件，用于创建 APP 中的 URL，如图 9-27 所示。

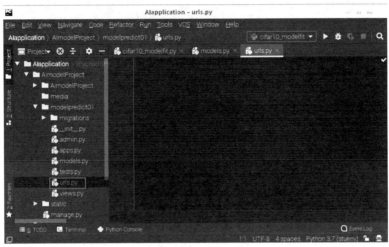

图 9-27　"urls.py"文件

因为有 5 个功能页面，所以需要编写 5 个 URL，分别为展示所有图片列表、上传图片、展示图片详情、预测图片、显示数据集信息，需要设计和配置 URL，这样才能在网页中正常访问，在"urls.py"文件中，编写如下代码：

```
from django.urls import path, re_path
from . import views
# URL 的设计与配置
# namespace
app_name = 'modelpredict01'
urlpatterns = [
    # 展示所有图片列表
    path('', views.ImageList.as_view(), name='image_list'),
    # 上传图片
    re_path(r'^img/upload/$',
            views.ImageUpload.as_view(), name='image_upload'),
    # 展示图片详情
    re_path(r'^img/(?P<pk>\d+)/$',
            views.ImageDetail.as_view(), name='image_detail'),
    # 预测图片
    re_path(r'^img/predict/$',views.ImagePredict,name='image_predict'),
    # 显示数据集信息
    re_path(r'^img/dataset_introduce/$', views.Datasetintroduce,name='dataset_introduce'),
]
```

8．视图 (View) 和模板 (Template) 的编写

（1）视图 (View) 的编写

视图 (View) 主要处理 URL 发过来的请求，主要实现图片上传、图片列表显示、图片详情展示、图片预测、数据集介绍业务逻辑等功能。

在 PyCharm 中打开"/AIapplication/AImodelProject/modelpredict01"目录下的"views.py"文件，如图 9-28 所示。

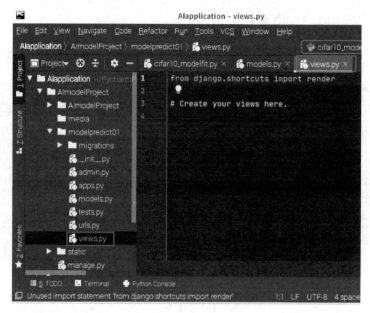

图 9-28 "views.py"文件

在"views.py"文件中，编写如下代码，将用 Django 的 ListView 展示图片清单，DetailView 展示图片详情，CreateView 用来上传新图片。

```python
from django.shortcuts import render
from django.views.generic import DetailView, ListView
from django.views.generic.edit import CreateView
from .models import Imagedata
import os
from PIL import Image
import numpy as np
from tensorflow.keras.models import load_model
os.environ["TF_CPP_MIN_LOG_LEVEL"] = "2"
# Create your views here.
# 视图 (View) 的编写
class ImageList(ListView):
    queryset = Imagedata.objects.all().order_by('-date')
    # ListView 默认 Context_object_name 是 object_list
    context_object_name = 'latest_picture_list'


class ImageDetail(DetailView):
```

```
        model = Imagedata

class ImageUpload(CreateView):
        model = Imagedata
        # 可以通过 fields 选项自定义需要显示的表单
        fields = ['title', 'image']
def ImagePredict(request):
                if request.method == 'GET':
                    curPath = os.path.abspath(os.path.dirname(__file__))
                    # 获取项目根路径
                    rootPath = curPath[:curPath.find("AImodelProject\\")+len("AImodelProject\\")]
                    imgpath = request.GET.get('imagepath')
                    imgpath = os.path.abspath(rootPath +
'/PycharmProjects/AIapplication/AImodelProject/'+ str(imgpath))
                    predictdata= cifar10modelpredict(imgpath)
                    return render(request, 'modelpredict01/imagedata_predict.html', {"data": predictdata})
                else:
                    predictdata = "None"
                    return render(request, 'modelpredict01/imagedata_predict.html', {"data": predictdata})
def cifar10modelpredict(imgpath):
    # 加载模型预测
    curPath = os.path.abspath(os.path.dirname(__file__))
    ## 获取项目根路径
    rootPath = curPath[:curPath.find("AImodelProject\\") + len("AImodelProject\\")]
    modelpath = os.path.abspath(rootPath + '/PycharmProjects/AIapplication/cifar10.h5')

    model = load_model(modelpath)
    class_names = ['airplane', 'automobile', 'bird', 'cat', 'deer',
                    'dog', 'frog', 'horse', 'ship', 'truck']
    # 加载本地图片
    img_path = imgpath
    img = Image.open(img_path)
    img = img.resize((32, 32), Image.BILINEAR)
    img = img.convert('RGB')
    img=np.array(img)
    img = np.reshape(img,[-1,32,32,3])
    img = img.astype('float32')/255.0
    # 预测，输出预测结果和分类标签类名
    predict = model.predict(img.reshape(-1,32,32,3))
    result = np.argmax(predict)# 取最大值的位置
    predict_result = class_names[result]
    return predict_result

def Datasetintroduce(request):
        return render(request, 'modelpredict01/dataset_introduce.html')
```

（2）模板（Template）的编写

对应视图的功能，这里需要完成的有图片列表显示页面（imagedata_list.html）、图片上传页面（imagedata_form.html）、图片详情展示页面（imagedata_detail.html）、图片预测页面（imagedata_predict.html）、数据集介绍页面（dataset_introduce.html）。

右击"modelpredict01"，选择"New"→"Directory"，创建名为"templates"的文件夹，如图 9-29 所示。

右击"templates"文件夹，选择"New"→"Directory"，创建名为"modelpredict01"的文件夹，用于存放 html 页面，将项目资源路径下的 html 文件复制到新创建的"modelpredict01"文件夹下，可以看到 5 个 html 页面复制到了新创建的"modelpredict01"文件夹下，如图 9-30、图 9-31 所示。

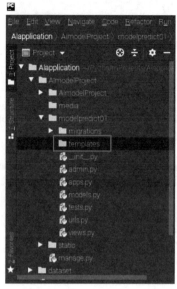

图 9-29 "templates"文件夹

图 9-30 "modelpredict01"文件夹

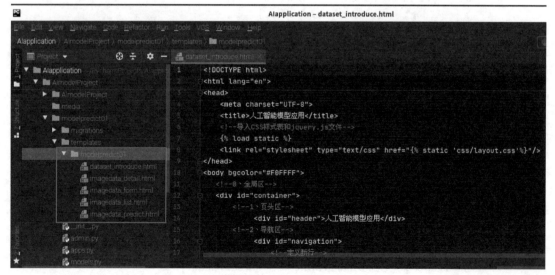

图 9-31 html 文件

9. 项目基础配置

（1）激活模型

为了让 APP 应用能正常使用，需要将应用加入到"settings.py"文件 INSTALLED_

APPS 下。打开 "AImodelProject" 文件夹下的 "settings.py" 文件, 如图 9–32 所示。

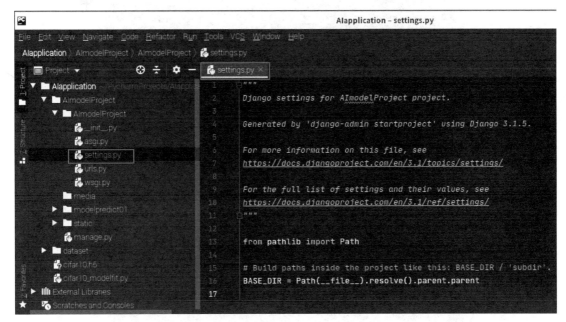

图 9–32 打开 "settings.py" 文件

在 "settings.py" 文件中的 "INSTALLED_APPS" 里添加代码 "**'modelpredict01',**", 如图 9–33 所示。

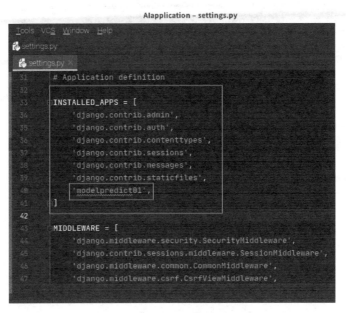

图 9–33 "settings.py" 文件配置

(2) 模板映射地址配置

在 "settings.py" 文件中的 "TEMPLATES" 里添加代码 "os.path.join(BASE_DIR, 'templates')", 并导入 os 库 "import os", 如图 9–34、图 9–35 所示。

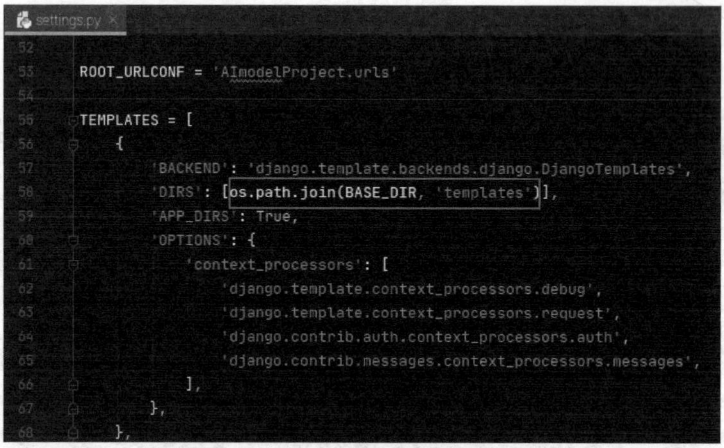

图 9-34　添加模板映射地址代码

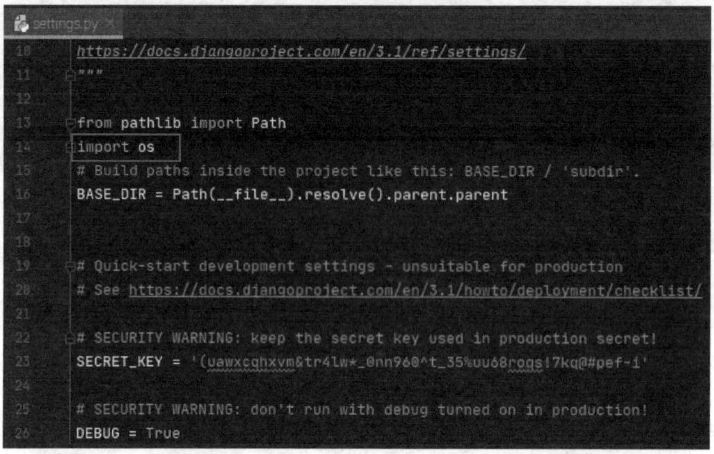

图 9-35　导入 os 库

（3）配置 Django 语言和时区（见图 9-36）

为了实现 Django 管理页面中文显示，需要配置语言和时区，在"settings.py"文件中将对应国际化代码修改如下：

```
# Internationalization
# https://docs.djangoproject.com/en/3.1/topics/i18n/

# LANGUAGE_CODE = 'en-us'
LANGUAGE_CODE = 'zh-hans'

# TIME_ZONE = 'UTC'
TIME_ZONE = 'Asia/Shanghai'

USE_I18N = True

USE_L10N = True

USE_TZ = True
```

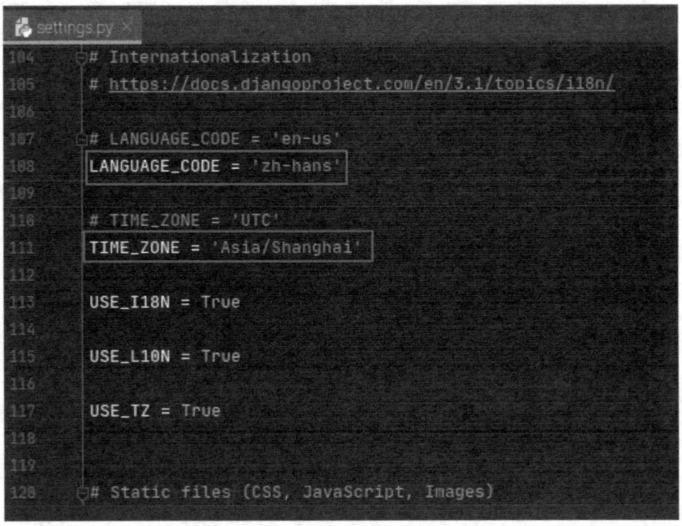

图 9-36　配置 Django 语言和时区

（4）静态文件映射地址配置（见图 9-37）

为了能让页面访问到静态文件数据资源，需要在"settings.py"文件中的末尾添加如下代码：

```
STATICFILES_DIRS = (
    os.path.join(BASE_DIR, 'static'),
)
# 设置媒体文件夹，对于图片和文件上传很重要
MEDIA_ROOT = os.path.join(BASE_DIR, 'media').replace('\\', '/')
# url 映射
MEDIA_URL = '/media/'
```

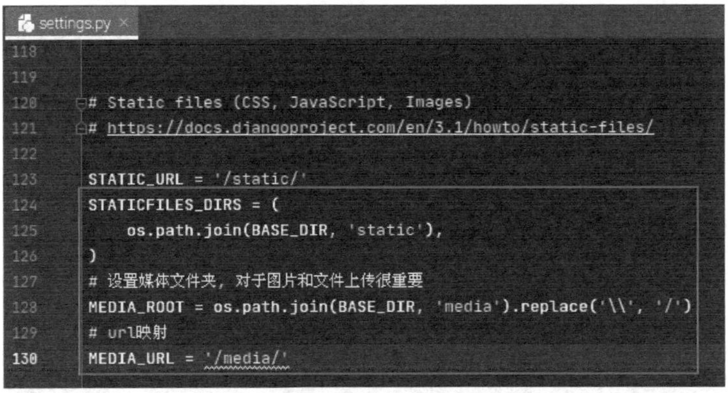

图 9-37　静态文件映射地址配置

10．URL 关联配置

打开"AImodelProject"文件夹下的"urls.py"文件，如图 9-38 所示。

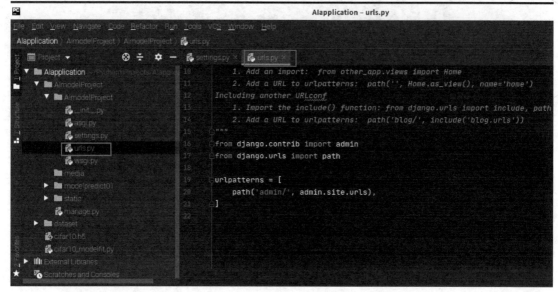

图 9-38　打开"urls.py"文件

将"modelpredict01"应用中的 urls 及静态文件地址关联配置到项目里，如图 9-39 所示，原代码修改如下：

```python
from django.contrib import admin
from django.urls import path, include
# 显示静态文件需要
from django.conf import settings
from django.conf.urls.static import static
urlpatterns = [
    path('admin/', admin.site.urls),
    path('', include('modelpredict01.urls')),
] + static(settings.MEDIA_URL, document_root=settings.MEDIA_ROOT)
```

图 9-39　URL 关联配置

11．Django 管理配置

本项目数据库使用默认的 sqlite，数据库相关数据在"models.py"中配置后，还要在

"admin.py"中注册，才可以实现在管理端对数据的维护。

打开"modelpredict01"文件夹下的"admin.py"文件，如图 9-40 所示。

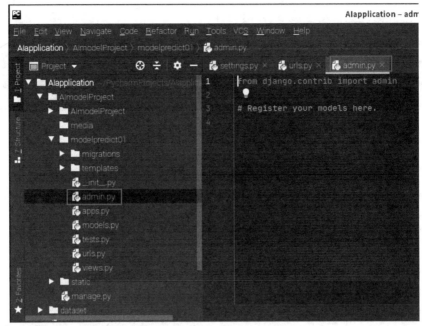

图 9-40　打开"admin.py"文件

如果需要使用 Django admin 管理模型，还需要注册，这样可以在管理端对数据进行维护，如图 9-41 所示，在"admin.py"文件中修改及添加代码如下：

```
from django.contrib import admin
from .models import *
# Register your models here.
# 通过使用 Django admin 管理模型 Imagedata，需要注册
admin.site.register(Imagedata)
```

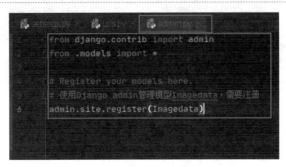

图 9-41　Django 管理配置

12．部署及运行项目，查看结果

（1）数据库迁移及创建超级管理员

迁移及更新数据库，需要在 PyCharm 的终端命令行中输入如下命令（注意：命令需要在 /home/techuser/PycharmProjects/AIapplication/AImodelProject/ 目录下执行）：

```
python manage.py makemigrations
python manage.py migrate
```

系统将会根据模型自动生成 SQL 语句并执行 SQL 语句，如图 9-42～图 9-45 所示。

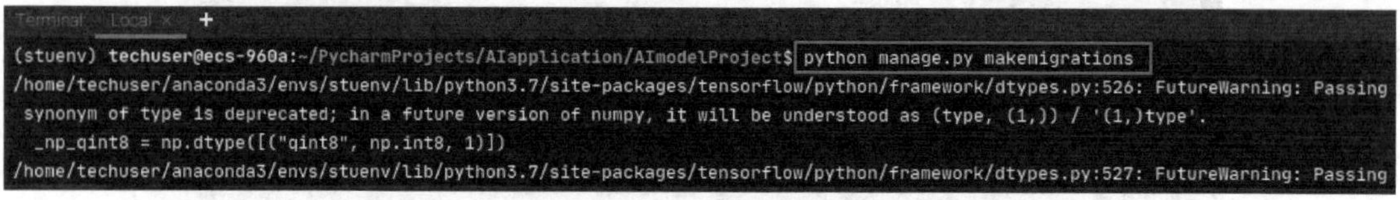

图 9-42　生成数据库迁移语句

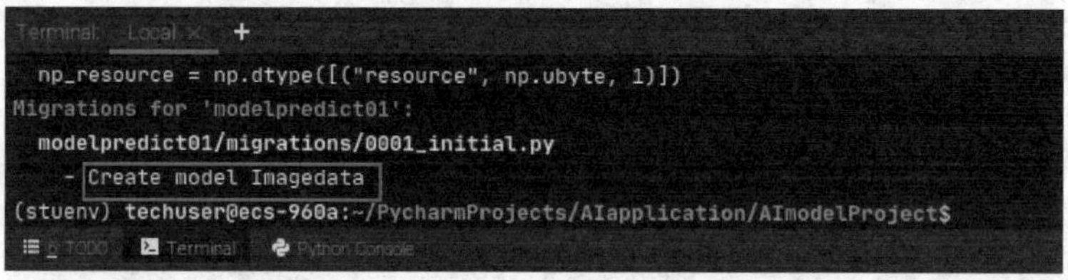

图 9-43　生成数据模型

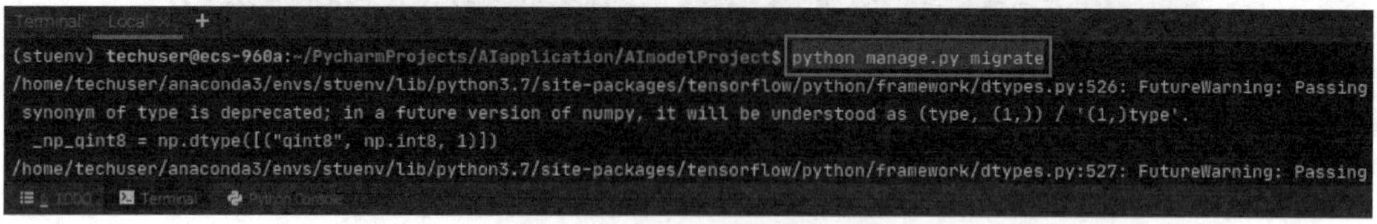

图 9-44　执行数据迁移

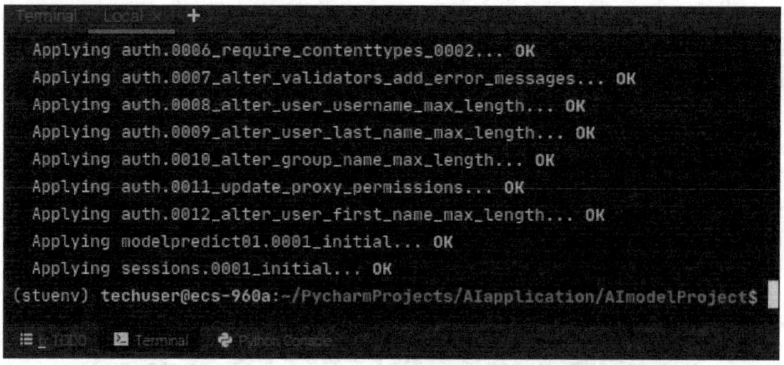

图 9-45　数据迁移成功

为了便于维护数据库中的数据，需创建一个超级管理员，在终端命令行输入命令：

```
python manage.py createsuperuser
```

分别输入用户名"root"（root 可以自定义）和"电子邮箱"（可缺省），输入密码"Password"，再次输入密码"Password (again)"。密码需要输入两次，输入过程中密码不显示，密码要牢记，访问管理页面时需要使用，如果密码设置过于简单，会有提示。由于是测试系统，可以输入"y"，继续创建，超级管理员将会创建成功，提示"Superuser created successfully."，如图 9-46～图 9-48 所示。

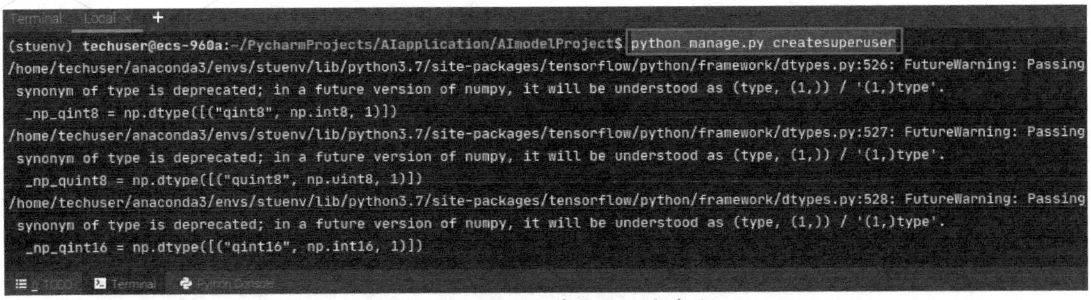

图 9-46　输入创建超级用户命令

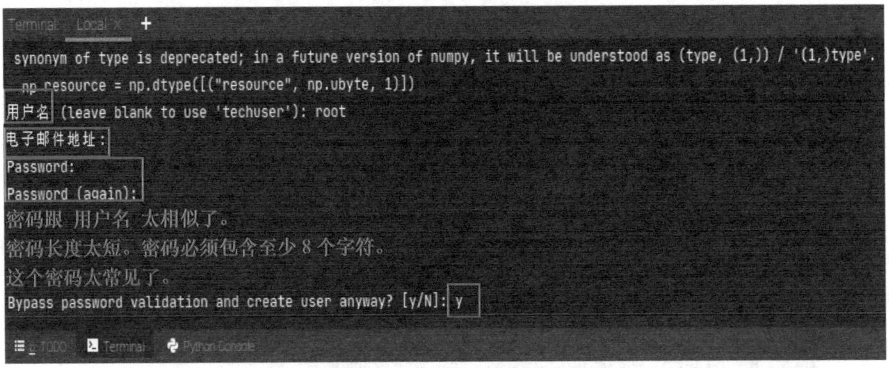

图 9-47　输入关键信息

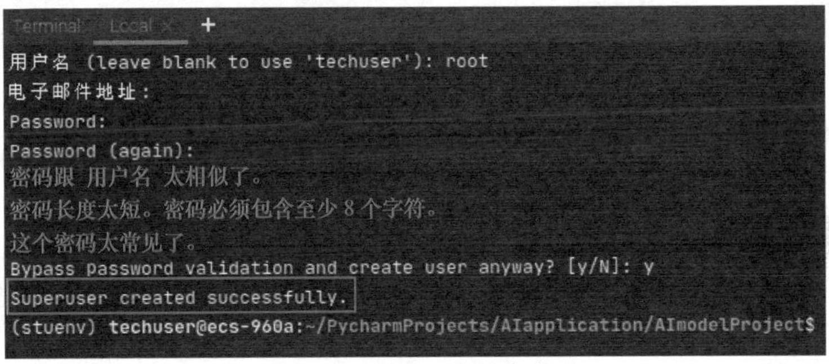

图 9-48　超级用户创建成功

（2）部署及运行项目，查看结果

在 PyCharm 终端命令行，输入命令"python manage.py runserver"，部署即运行项目服务端（如需启用 Apache 进行部署，参考项目 8 的内容），项目启动成功，会出现网址"http://127.0.0.1:8000"，如图 9-49、图 9-50 所示。

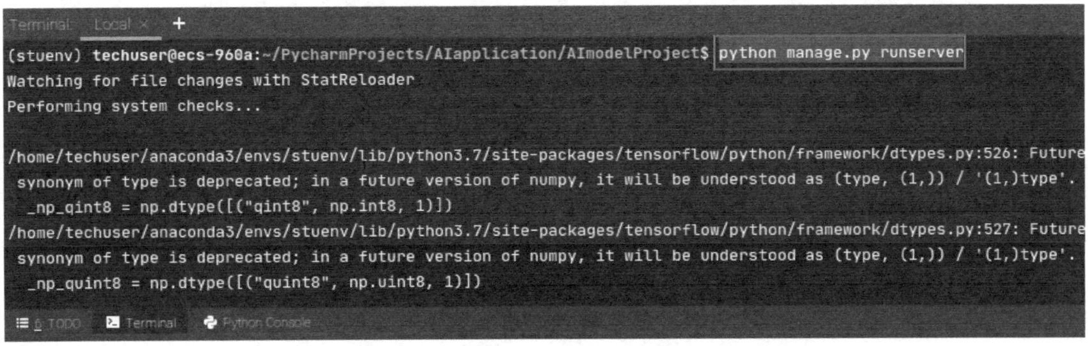

图 9-49　运行项目服务端

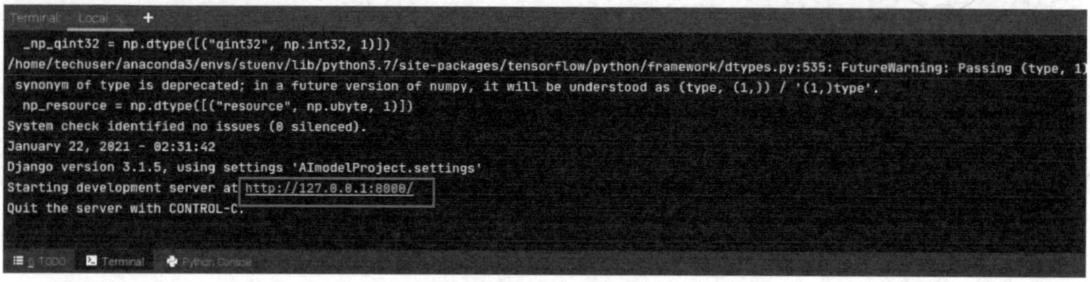

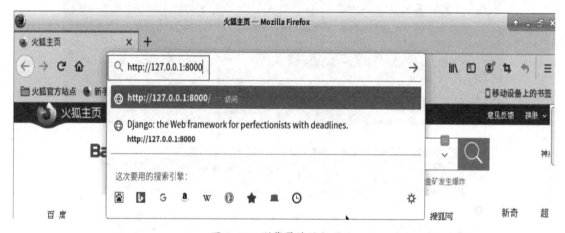

图 9-50　项目运行成功

打开浏览器，并在浏览器中输入网址"http://127.0.0.1:8000"，成功显示图片列表页面，表明项目运行成功，如图 9-51、图 9-52 所示。

图 9-51　浏览器端运行项目

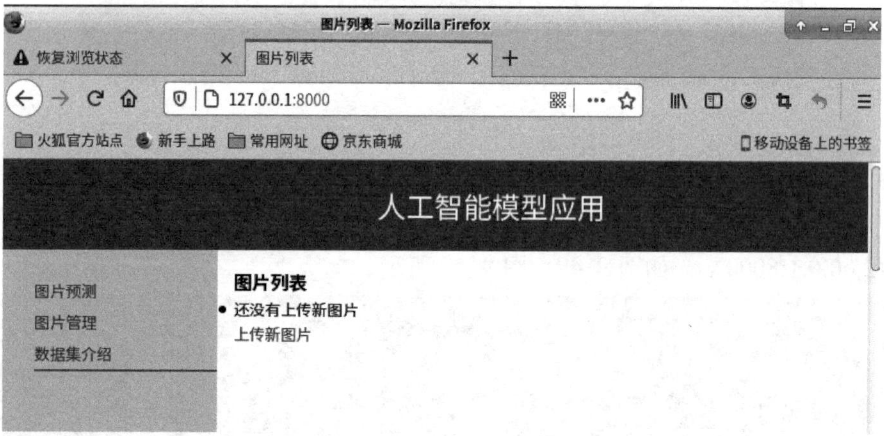

图 9-52　项目界面

继续验证其他页面的功能，看是否能返回成功，尤其是图片预测功能。上传来源于项目资源下的"testimages"文件夹下的图片，选择图片并单击"打开"，输入标题，单击"确定"，即可完成上传，如图 9-53 ～图 9-55 所示。

图 9-53 浏览图片文件

图 9-54 选择测试图片文件

图 9-55 上传新图片

　　图片上传后，会自动跳转到图片详情页，单击"图片预测"，查看模型预测结果，如图 9-56、图 9-57 所示。

图 9-56 单击"图片预测"

图 9-57 预测结果

预测结果为 deer，实际为 airplane。由于模型只训练了 1 轮，准确率可能不高，请思考该如何优化？

数据集介绍页面如图 9-58 所示，主要介绍模型训练所使用的数据集相关信息。

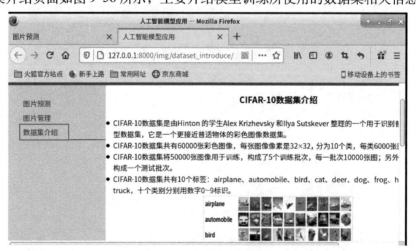

图 9-58 数据集介绍页面

单击"图片管理"，可进入 Django 站点管理页面，输入前面设置的超级管理员用户名和密码，可进入管理页面，如图 9-59、图 9-60 所示，可执行对图片数据添加和删除等维护的操作。

图 9-59　Django 站点管理页面

图 9-60　进入图片管理页面

9.5　项目总结

本项目综合性较强，限于篇幅，项目业务逻辑并不复杂，基本涵盖人工智能系统管理与维护的主要工作过程，从人工智能开发环境搭建、数据处理模型构建、模型训练、模型保存、模型应用及部署运行等过程，帮助建立人工智能系统化的认识。本项目涉及的技术较多，如 Python 编程、Django 框架使用、前端设计、卷积神经网络建模等，大家可根据自己的兴趣，不断深入学习，掌握更多的人工智能系统管理与维护综合应用技能。

9.6 项目拓展

目前项目预测准确率还不理想，主要原因是模型训练次数还不够，参数还可以继续优化调整，请根据项目效果，优化卷积神经网络模型代码"cifar10_modelfit.py"，如图 9-61 所示，提高图像预测准确率。

请参考上面的步骤，使用其他的数据集（如牛津花卉数据集，如图 9-62 所示）并对数据集进行处理，选择项目 5 介绍的主流模型进行训练和调参，并完成模型应用与部署，进一步了解人工智能系统开发、管理与维护的整个过程。

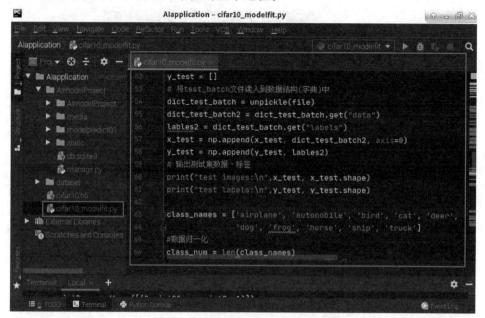

图 9-61　优化卷积神经网络模型代码

102 Category Flower Dataset

Category	#Ims	Category	#ims	Category	#ims
alpine sea holly	43	buttercup	71	fire lily	40
anthurium	105	californian poppy	102	foxglove	162
artichoke	78	camellia	91	frangipani	166
azalea	96	canna lily	82	fritillary	91
ball moss	46	canterbury bells	40	garden phlox	45

图 9-62　牛津花卉数据集

视野拓展　蓄势能而待发，人工智能赋能千行百业

近年来，我国陆续出台多项政策推动人工智能产业发展，多角度促进人工智能与经济社会深度融合发展。工信部印发《促进新一代人工智能产业发展三年行动计划（2018-2020）》，中央深改委会议审议通过了《关于促进人工智能和实体经济深度融合的指导意见》，科技部印发了《国家新一代人工智能创新发展试验区建设工作指引》。

在国家和地方政策扶持、数据资源丰富等多因素的驱动下，我国的人工智能发展应用市场初具规模。从垂直行业来看，如图9-63所示，人工智能在安防、金融、零售、医疗、交通、制造、家居等行业领域得到应用。相关报告显示，当前机器人、安防、医疗成为热门应用场景，智能军事、智能写作、无人船等领域相对处于起步阶段。人工智能在金融领域应用最为丰富，在零售行业各环节多点开花，在医疗行业智能应用发展迅速，在政务和安防领域发展前景广阔，在制造业领域有待进一步开发应用潜力。

智慧金融	智能客服	智能风控	智能投资顾问	基于生物特征识别的支付	……		
智慧医疗	医学图像识别	医学影像辅助诊疗	在线智能化问诊	电子病历	健康管理	疾病风险预测	医院管理 ……
智慧零售	智能客服	个性化推荐	智能货架	门店选址	无人零售	智慧供应链	……
智能制造	产品质检	无序分拣	工业机器人	产品定制设计	生产资源分配	无人挖掘机	智能工厂 ……
智能交通	自动驾驶	无人物流	无人共享汽车	智能路灯	智能交管	智能停车管理	……
智能安防	人脸识别	智慧警务	高危行为识别	车辆识别	智能视频识别	……	
智能家居	智能音箱	智能门锁	智能家电	家用服务机器人	家庭智能网关	……	

图 9-63　人工智能行业应用

考核评价

学生学习效果考核评价表见表 9-1。

表 9-1 学生学习效果考核评价表

考评标准		配分	三方考评			得分
			学生自评 （20%）	小组互评 （20%）	教师点评 （60%）	
知识目标 （40%）	掌握人工智能模型构建到模型部署应用过程	15				
	掌握人工智能系统管理与维护的主要工作过程	25				
技能目标 （45%）	能够使用人工智能技术解决实际问题	15				
	能够熟悉人工智能系统的开发流程和实现步骤	15				
	能够完成人工智能模型构建到模型应用部署	15				
素质目标 （15%）	分析问题和解决问题的能力	10				
	安全意识	5				
合计		100				
考评教师						
考评日期			年　　月　　日			

填表说明：此表课前提前准备，过程形成性考评和终极考评考核相结合。

项目小结

本项目主要整合前面所学的相关技术实现一个完整的综合实战项目。通过本项目的学习，可以更加熟悉人工智能系统的开发流程和实现步骤，对人工智能模型构建到模型应用部署过程会有更深入的理解，对人工智能系统管理与维护工作有更加全面和系统化的认识。在本项目学习过程中，请实际动手实践体验人工智能综合项目的开发流程，并结合实际项目加以拓展应用。

参 考 文 献

[1] 张广渊，周风余. 人工智能概论 [M]. 北京：中国水利水电出版社，2019.

[2] 任云晖，丁红，徐迎春. 人工智能概论 [M]. 北京：中国水利水电出版社，2020.

[3] 国家人工智能标准化总体组. 人工智能开源与标准化研究报告 [Z]. 2019.

[4] 中国人工智能开源软件发展联盟. 人工智能深度学习算法评估规范 [Z]. 2018.

[5] 全国信息安全标准化技术委员会大数据安全标准特别工作组. 人工智能安全标准化白皮书 (2019 版) [Z]. 2019.